爭先界

# 쟁선계 5

2017년 5월 12일 초판 1쇄 인쇄
2017년 5월 17일 초판 1쇄 발행

**지은이** 이재일
**발행인** 이종주

**기획 팀** 이기헌 송윤성 왕소현
**책임 편집** 백승미

**발행처** (주)로크미디어
**출판등록** 2003년 3월 24일
**주소** 서울시 마포구 성암로 330 DMC첨단산업센터 3층 314호
Tel (02)3273-5135  Fax (02)3273-5134
**홈페이지** rokmedia.com  E-mail rokmedia@empas.com

ⓒ 이재일, 2013

값 11,000원

ISBN 979-11-6048-605-6 (5권)
ISBN 978-89-257-3094-3 04810 (세트)

爭先界 쟁선계 ⑤

| 이재일 장편소설 |

ROK
MEDIA
로크미디어

# 차례

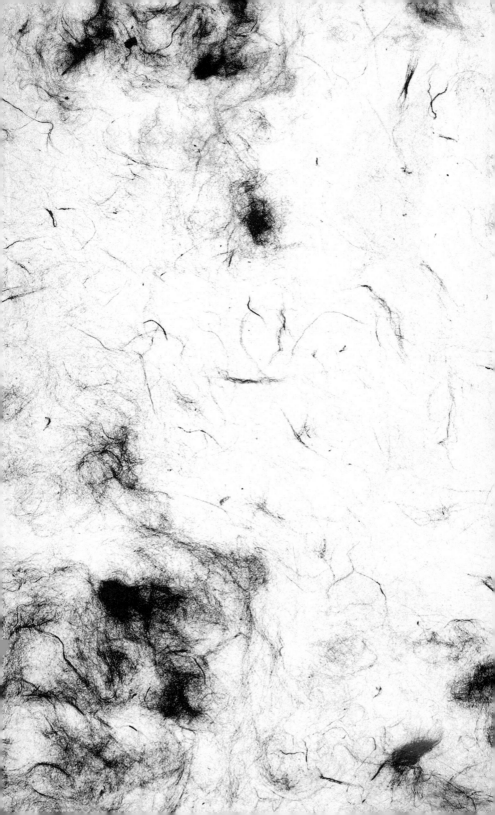

# 대국對局 (一)

## (1)

문득 목연은 자신의 걸음이 너무 빠른 것 같다는 생각이 들었다. 그 생각이 그녀의 걸음을 멈추게 만들었다.

'내가 바보처럼 왜 이럴까?'

목연은 혀를 찼다. 그녀의 나이도 벌써 스물넷. 처녀로서는 결코 적다 할 수 없는, 아니 오히려 넘친다고 해도 틀리지 않은 꽉 찬 나이였다. 그런 그녀가 만나기를 청하는 외간 남자의 말 한마디에 꽁지에 불붙은 고양이처럼 허둥거리다니.

마음을 다스린다는 것은 힘든 일이었다. 그녀처럼 젊은 여자라면 더욱 그랬다.

"호오."

목연은 이마를 짚으며 나직이 한숨을 쉬었다.

찰그랑!

한 줄기 맑고 차가운 금속성이 치켜든 손에서 울렸다. 목연은 얼굴 앞에 어른거리는 자신의 왼손으로 눈길을 주었다. 은어처럼 싱싱해 보이는 손목에는 손가락만 한 굵기의 옥팔찌 세 개가 걸려 있었다. 곤륜의 서벽옥西碧玉으로 만든 그 옥팔찌들은 회랑의 창으로 비쳐든 햇살을 받아 취록의 영롱함으로 빛나고 있었다. 일견하기에도 범상치 않은 귀물이었다.

목연의 눈망울이 흔들렸다.

평소 경박하다 하여 요란한 치장을 멀리하던 그녀였다. 부친이자 무양문의 대호법인 목군평으로부터 소녀 시절 선물 받은 이 취벽삼옥환翠碧三玉環이 햇빛 구경을 하는 것은, 그래서 참으로 오랜만의 일이었다.

그런 그녀가 이 팔찌들을 왜 꺼내었을까? 그리고 거울 앞에는 왜 그리 오래 앉았던 것일까?

목연은 가볍게 도리질을 했다.

'아마도…… 나는 그를 좋아하게 되었나 보다.'

그녀는 다시 한 번 나직이 한숨을 쉰 뒤, 그가 있는 객사를 향해 걸음을 옮기기 시작했다.


방문 옆에는 호의胡椅(접을 수 있는 간의 의자)가 놓였고, 그 위엔 허리가 구부정한 노인 하나가 눈을 지그시 감은 채 앉아 있었다. 바닥을 짚은 것은 나무로 만든 지팡이. 그 머리 부분을 감싼 것은 나무껍질처럼 꺼칠해 보이는 손. 비뚜름하게 포갠 두 손등에는 강퍅한 느낌을 주는 턱.

목연은 정물처럼 미동도 없이 앉아 있는 한로의 모습에서 기이한 감흥을 맛볼 수 있었다.

한로는 스스로 그의 종이라 했다. 실제로 목연이 이레 동안 지켜본바 그 말은 옳았다. 한로는 그의 매우 충직한 종이었다. 그가 밥을 먹기 전에는 절대로 젓가락을 잡으려 하지 않았고, 그가 잠들기 전에는 절대로 침상에 들려 하지 않았다. 그가 세 가지 반찬을 받으면 두 가지 반찬에만 젓가락을 대었고, 그가 비단 이불을 덮으면 뻣뻣한 베 이불만을 고집했다.

저렇게 방문 앞에 앉아 있는 것만 해도 그랬다.

방문을 통째로 막고 있으니 누구든 방에 들어가기 위해서는 반드시 한로를 거칠 수밖에 없었다. 적이든 친구이든, 비천한 하녀든 무양문주 서문숭이든. 아들뻘밖에 되지 않는 주인에게 이런 식의 충성심을 보일 수 있는 종이란 그리 흔치 않으리라.

목연은 가벼운 헛기침으로 기척을 알린 뒤, 한로를 향해 물었다.

"석 공자께서는 안에 계신가요?"

무겁게 닫혔던 한로의 눈까풀이 들렸다. 목연을 바라보는 한로의 눈빛은 구름을 뚫고 떨어지는 냉전冷電을 닮아 있었다. 하지만 그녀는 조금도 언짢게 여기지 않았다. 원래가 그렇게 생겨먹은 눈초리였다. 며칠 겪다 보니 어느새 익숙해진 것이다.

"목 소저였구려."

한로는 느릿하게 몸을 일으켰다.

"석 공자께서 저를 보자고 하시기에……."

목연의 말이 채 끝나기도 전에 한로는 호의를 접으며 방문을 향해 손짓했다.

"들어가 보시구려. 아기씨도 와 계시오."

한로가 말한 아기씨가 서문숭의 손녀 서문관아를 가리키는 말임을 깨달은 것은 바로 다음 순간의 일이었다.

'요 앙큼한 계집애, 아침 먹기가 무섭게 달아나더니…….'

목연은 고소를 지으며 문고리를 당겼다.

방문 안쪽에서는 이야기꽃이 만발해 있었다.

"……그러자 돌 원숭이는 코웃음을 치면서 근두운을 불렀지. '좋아! 단숨에 십만 팔천 리를 날아가는 제천대성님의 재주를 보여 주지!'라고 하면서 말이야. 하지만 세존께서는 돌 원숭이의 무례함을 나무라지 않으셨단다. '어디 마음껏 네 재주를 부려 보려무나.'라며 빙그레 웃기만 하신 거야. 참, 그런데 관아야, 너, 십만 팔천 리가 얼마나 먼 거리인지 아니?"

"몰라. 되게 먼가 보지?"

"암, 되게 머다마다. 사람의 걸음이면 삼 년이 걸려도 도착하지 못할 거리지."

"와! 그렇게 멀어?"

석대원은 손오공과 석가모니가 대화하는 대목에서는 목소리까지 바꿔 가며 재담꾼 흉내를 내고 있었고, 침대에 걸터앉은 관아는 모아 쥔 두 손에 턱을 괸 채 눈을 초롱초롱 빛내며 그가 하는 이야기에 빠져들어 있었다.

목연은 방문에 몸을 기댄 채 두 사람이 노는 수작을 미소 띤 얼굴로 지켜보았다.

"……그러자 저 만치에 높다란 기둥 다섯이 서 있는 게 보이지 않겠니. 그걸 본 돌 원숭이는 생각했지. '옳지! 저게 하늘 끝이로구나!' 하며, 머리털 하나로 붓을 만들어 그중 한가운데 서 있는 기둥에다가 '제천대성께서 다녀가시다.'라고 쓰고는, 바지를 척 까고 기둥 아래에다 오줌을 찍 갈겼단 말씀이야."

"아유, 더러워!"

이야기는 당나라 삼장법사가 서천에서 불경을 가져오는 서유기 중, 하늘 높은 줄 모르고 날뛰던 돌 원숭이가 석가모니의 손바닥 안에서 맴도는 장면이었다.

"……돌 원숭이가 그렇게 뻐기며 말하니까, 세존께서는 껄껄 웃으시더니……."

"웃으시더니?"

석대원은 빙긋 웃은 뒤 손바닥을 활짝 펴 관아 앞에 내밀었다.

"'요 어리석은 돌 원숭이야, 너는 지금껏 내 손바닥 안에서 놀았단다.' 하고 말씀하셨지."

"손바닥?"

"보렴, 여기 원숭이가 쓴 글씨가 보이지?"

관아는 눈을 동그랗게 뜨고 하늘 끝의 기둥들처럼 큼직한 석대원의 다섯 손가락을 들여다보았다. 과연 그 가운뎃손가락에는 '제천대성께서 다녀가시다.'라는 글자가 깨알만 하게 쓰여 있었다.

"어? 진짜네?"

관아는 깜짝 놀랐고, 석대원은 아이가 눈치채지 못하게 목연을 향해 눈을 찡긋거렸다.

목연은 자신도 모르게 풋, 웃고 말았다. 석대원이 석가모니가 아닐진대, 돌 원숭이가 석대원의 손가락에 글을 남길 까닭이 없지 않은가!

하지만 일곱 살짜리 아이에게 그런 것은 중요한 문제가 되지 않았다.

"맡아 봐라, 냄새도 나지?"

점입가경이라더니, 석대원은 손바닥을 관아의 얼굴에 바싹 갖다 대었고 관아는 정말로 지린내가 나기라도 한 것처럼 오만

상을 찌푸리며 고개를 뒤로 뺐다.

"손에 낙서하는 건 나쁜 버릇이에요, 석 공자."

목연이 웃으며 말하자 석대원과 관아 모두 그녀를 바라보았다.

"이모구나! 언제 왔어? 참! 이모도 아무 데나 오줌 싸고 다니는 더러운 원숭이 얘기 알아?"

능청스러운 석대원과 달리 관아는 정신없이 빠져 있던 이야기 탓인지 목연의 출현을 이제야 알아차린 듯했다.

"아다마다. 어디 그것뿐이니? 우리 관아도 며칠 전에 그 원숭이처럼 이불에……."

"이모!"

관아는 역모의 누설을 막으려는 역신처럼 빽 소리를 질러 목연의 말허리를 잘랐다. 며칠 전 이부자리에 오줌을 지린 사실을 석대원에게 들키는 일은 아이에게 있어서 역모가 누설되는 것보다 훨씬 심각한 문제인 모양이었다.

"자! 이제 아저씨는 목 이모하고 할 얘기가 있으니, 관아는 여기 앉아서 조금만 기다려 주겠니?"

석대원이 관아의 머리를 쓰다듬으며 말했다. 관아의 얼굴이 첩에게 서방을 뺏긴 마누라의 것처럼 변했다. 하지만 강짜를 부리기에는 너무 어린 나이였나 보다.

"오래 걸려?"

"아니. 금방 끝날 거야."

관아는 눈알을 굴리다가 말했다.

"그럼 이모랑 얘기 끝나면 나 구름 태워 줘야 해. 알았지, 상숙象叔?"

상숙이란 다름 아닌 석대원을 가리켰다. 처음 만난 날, 삐친 관아를 달래기 위해 코끼리 흉내를 낸 뒤부터 석대원은 아이에게 코끼리 아저씨, 상숙이 되었다.

"물론이지."

석대원은 코끼리처럼 큼직한 웃음을 지어 보인 뒤, 목연에게 자리를 권했다.

"청해 놓고 딴청을 부려 죄송합니다."

"저도 재미있었으니 미안해하실 필요 없어요. 그나저나 관아하고는 벌써 무척이나 친해지신 것 같군요. 안 그런가요, 상숙?"

목연의 말에는 한 줄기 풍자가 담겨 있었다. 나이 어린 꼬마 계집애와는 쉽게 친해지면서 나이 든 자신에게는 도학자처럼 점잔만 빼는 석대원을 비꼰 것이다.

물론 석대원은 그런 풍자를 알아차릴 만큼 감성적인 남자가 아니었다. 그래서 그는 씩 웃으며 이렇게 말할 수 있었다.

"관아가 워낙 예뻐서요."

생각 없이 들으면 별 의미 없는 말이지만 목연의 귀에는 마치 '너는 안 예뻐서 친할 마음이 없다.'는 말로 들렸다. 목연은 조금 꽁한 마음이 될 수밖에 없었다.

"그런데 무슨 일로 소녀를 보자 하셨죠?"

마음이 그대로 드러난 딱딱한 목소리. 석대원은 잠시 머뭇거리다가 은근한 목소리로 말했다.

"그게…… 소저께 부탁드리고 싶은 것이 있어서 이렇게 오시라 청했습니다."

'부탁?'

목연의 눈동자가 반짝 빛났다.

"무슨 부탁인가요?"

하지만 뭔가 말하기 곤란한 문제라도 있는지 석대원은 쉽사리 뒷말을 이으려 하지 않았다. 기다리다 못한 목연이 채근했다.

"말씀해 보세요, 석 공자."

석대원은 목연의 채근을 받고 나서도 두어 차례나 헛기침을 한 후에야 본론을 꺼냈다.

"양금良金을 쓸데가 생겨서 그런데…… 마침 소저께서 풍고豊庫를 관리하신다기에……."

목연의 버들가지처럼 유려한 눈썹이 살짝 찌푸려졌다. 부탁이란 말에 일말의 낭만적인 기대를 품었던 그녀였다. 그런데 재물을 달라고? 그야말로 기생 등쳐 먹는 기둥서방이나 할 법한 소리라 그녀는 실망과 동시에 배신감을 느끼지 않을 수 없었다.

하지만 목연은 이내 평정을 회복했다. 조신한 성격은 하루아침에 이루어지는 것이 아니었다.

"얼마나 필요하시죠?"

"조금 많습니다. 열 냥 정도……."

석대원은 송구스러운 듯 말꼬리를 흐렸다. 그럴 수밖에 없는 것이, 금, 그것도 좋은 금으로 열 냥이면 일반 백성들로선 팔자를 고칠 수도 있는 큰 액수였다. 안면을 튼 지 얼마 안 되는 여자에게 말 몇 마디로 얻어 낼 재물은 절대로 아닌 것이다.

"어디에 쓰시게요?"

목연의 물음에 석대원은 대답하지 못하고 뒤통수를 긁기만 했다. 목연의 미간에 잔주름이 잡혔다. 그녀의 직위는 호공당의 부당주. 그리고 석대원의 말처럼 무양문의 모든 재보와 물품을 관리하는 풍고는 호공당의 하부 조직이었다.

풍고는 이름처럼 풍성한 창고였다. 중원 각지에 흩어진 백련교도들의 수는 물경 백만을 헤아린다고 하는데, 초근목피로 삶을 이어 가는 천민들에서부터 천하제일 거부로 알려진 북경 보운장의 왕고에 이르기까지 모든 교도들이 매년 무양문을 위해 자신의 수입 중 일부를 기부한다 하니, 무양문의 재정이 웬만한 성도省都와 맞먹는다는 얘기는 괜히 나도는 말이 아닌 것이다. 그중 양금 열 냥이면 구우일모九牛一毛에 지나지 않을 터.

그러나 목연은 난처했다. 상대가 석대원임을 감안한다면, 당장이라도 고개를 끄덕이고 싶은 마음이 굴뚝같았다. 만약 풍고가 그녀 개인 소유라면 열두 개 창고들을 통째로 내줘도 안 아까울지 모른다.

하지만 풍고는 무양문의 소유였고, 석대원은 무양문의 일개 식객에 불과했다. 일군장 제갈휘의 식객에서 이제는 문주 서문숭의 식객으로 신분이 격상한 듯하지만, 그래 봤자 식객은 식객. 다시 말해 '외인'인 것이다. 문파의 재물은 문파와 문도들을 위해서 쓰여야 한다. 문파의 재물이 외인의 사사로운 목적에 쓰이게 한다면, 이는 관리자의 독직이요, 남용이었다. 목연은 그런 면에 있어서는 염라대왕만큼이나 철저하다 자부하고 있었다. 그런데…….

"곤란하신 모양입니다. 허, 허헛!"

석대원이 어색하게 웃으며 이렇게 말한 순간, 목연은 염라대왕을 버렸다.

"죄송합니다. 안 들으신 걸로……."

"드릴게요!"

목소리가 얼마나 컸는지, 석대원은 물론이거니와 침상에 앉아 있던 관아까지도 눈을 동그랗게 뜨고 목연의 얼굴을 쳐다보았다.

'내가 무슨 짓을…….'

목연은 자신의 실책을 금방 깨달을 수 있었다. 숯불을 끼얹은 것처럼 얼굴이 확확 달아올랐다. 그 기색을 감추려 그녀는 황급히 석대원에게 물었다.

"언제까지 드리면 되나요?"

"그, 그게…… 뭐 그렇게 급한 건 아니고……."

"오늘 저녁까지 마련해 드리죠. 그럼 소녀는 바쁜 일이 있어서 이만."

목연은 총총히 자리에서 일어섰다.

"소, 소저, 가시게요?"

석대원의 다급한 목소리가 들렸지만 목연은 이를 악물고 고개를 돌리지 않았다.

방문 밖에서는 한로가 있었다. 의아한 듯 자신을 바라보는 한로의 눈길이 부담스러웠다. 어물거리다가는 마음 밑바닥까지 송두리째 들켜 버릴 것 같은 기분에 그녀는 인사를 하는 둥 마는 둥 걸음을 재촉했다.

'내 힘으로 어떻게 마련할 수 있겠지.'

회랑 모퉁이를 돌며 목연은 팔목에 걸린 세 개의 팔찌들을 만지작거렸다. 만일 부족하다면 안 쓰는 패물 두어 개를 함께 처분하면 될 것이다.

———◆———

세상에는 서 푼 무게의 붓을 천 근 바위보다 무겁게 여기는 사람이 있었다. 석대원이 바로 그랬다.

글씨면 글씨, 그림이면 그림, 무엇 하나 제대로 하는 것이 없었으니, 부친 석안이 그의 손에 일찌감치 검을 쥐여 준 것은 참으로 선견지명이라 아니할 수 없었다.

　그리고 붓과 석대원의 불편한 관계에 대해 한로만큼 잘 아는 사람도 없었다. 사천 청류산에서 수련하던 시절, 모친의 초상화를 붙잡고 한 달이나 끙끙거리던 석대원을 지켜본 유일한 사람이 바로 한로였기 때문이다. 그 고생을 해서 그려 놓은 그림이 시장판 싸구려 환쟁이의 것보다도 훨씬 떨어졌으니…….

　그런 의미에서 볼 때 목연은 참으로 팔방미인이었다.

　"제가 한번 그려 볼까요?"

　아까운 종이가 낙서로 망쳐지는 것을 보다 못한 참견이었으리라. 석대원은 종이에 파묻다시피 하고 있던 고개를 들었다.

　"소저께서요?"

　목연을 바라보는 석대원의 얼굴은 한나절 동안 격전을 치른 사람처럼 땀으로 흠뻑 젖어 있었다.

　"지금 꽃을 그리시려는 거죠?"

　목연은 소매를 둥둥 걷어붙이고 석대원의 손에 있던 세필을 받아 들었다. 그녀가 이각 가까이 지켜본 바에 따르면 석대원이 그리려는 것은 꽃이었다. 망친 종이마다 그려진 그림은 제각각이지만, 대략의 모양새로 미루어 그것이 꽃이라는 사실은 어렵잖게 짐작할 수 있었다.

　"어떤 꽃이죠?"

　목연이 물었다.

　"그, 그게 이 세상엔 없는 꽃이라서……."

　석대원의 애매한 대답에 목연은 고소를 지으며 다시 물었다.

　"그래도 머릿속에 잡아 놓은 형상은 있을 게 아니에요. 그걸 알려 주세요."

　"뭐랄까, 극락에서나 볼 수 있는 예쁜 꽃을 그리려고 했소."

이번에는 하마터면 소리 내어 웃을 뻔했다. 지옥에서나 볼 수 있는 식충식물食蟲食物을 그려 놓고서 하는 소리라니!

"어쨌거나 예쁘기만 하면 된단 말씀이죠?"

"그, 그렇소."

"알았어요. 제게 맡겨 주세요."

목연은 입술을 야무지게 다문 뒤 세필을 움직여 나가기 시작했다. 잠시 후 석대원은 휘둥그레진 눈으로 종이를 바라봐야만 했다. 자신이 그린 것과는 비교조차 할 수 없을 만큼 아름다움 꽃이 종이에 활짝 피어 있었다.

"훌륭하오! 대단한 솜씨외다! 소저는 이 길로 나가는 게 훨씬 나을 뻔했소!"

석대원이 큰 소리로 감탄했다. 세필을 거두던 목연은 콧등을 찡그렸다. 칭찬으로 받아들이기엔 화공에 대한 세간의 인식이 너무 박했던 것이다. 이 하나만 보더라도 저 남자가 아부와는 거리가 얼마나 먼 위인인지 알 수 있었다.

"소저 덕분에 일이 훨씬 빨라질 수 있게 되었소. 고맙소!"

석대원은 싱글벙글 웃으며 목연을 향해 감사의 인사를 거듭 던졌다. 그 모습이 보기에 그리 나쁜 것은 아니어서, 목연의 마음도 덩달아 즐거워졌다.

"그런데 이 그림으로 무엇을 하시게요?"

목연은 아까부터 궁금하게 여기던 질문을 꺼냈다.

"이 그림을 보고 비싼 물건을 하나 만들어 볼 생각이지요."

석대원은 그림을 그리던 탁자 아래에서 몇 개의 물건을 꾸역 꾸역 꺼내기 시작했다.

작은 술 단지만 한 단로丹爐와 목침보다 조금 작은 크기의 납 덩이, 그리고 끝이 바늘처럼 뾰족한 소도 몇 자루……

목연의 얼굴에 의혹의 기미가 어렸다. 저 물건들로 할 수 있는 일은 하나밖에 없었다. 바로 세공이었다.

무엇을 재료로 하려는 것일까? 그리고 무엇을 만들려는 것일까?

그녀의 시선이 탁자 어느 곳에 머물렀다. 그곳에는 손수건으로 싼 조그만 덩어리가 있었다. 그녀는 그 물건이 무엇인지 잘 알고 있었다. 그녀가 직접 가져온 물건이기 때문이다.

이어 그녀의 시선이 탁자의 다른 곳으로 옮아갔다. 그곳에는 어떤 그림이 그려진 종이가 놓여 있었다. 그녀는 그 그림이 무엇인지도 잘 알고 있었다. 그녀가 직접 그린 그림이기 때문이다.

열 냥의 양금과 예쁜 꽃.

석대원은 황금 꽃을 세공할 생각인 것이다.

일을 시작하기 전, 석대원이 한로를 향해 말했다.

"물건이 다 되면 수고 좀 하셔야겠소."

"쳇, 기일 안에 만들기나 하시구려."

한로의 퉁명스러운 대답이었다.

(2)

아이는 두 손을 입가로 가져간다.

"호오! 호오!"

하얀 김이 몽글몽글 피어오른다. 하지만 그 온기는 꽁꽁 언 손가락에 닿기도 전에 얼음장 같은 눈보라에 휩쓸려 사라져 버린다. 그래도 아이는 입김 불기를 멈추지 않는다. 그렇게라도 하지 않으면 영혼까지 얼릴 듯한 이 무자비한 추위를 견딜 수 없을 것 같아서다.

우우우후훙!

눈보라가 무저갱에서 기어 나온 귀신처럼 아이의 귓전에서 울부짖는다. 악몽에서나 만날 법한 맹수처럼 몸뚱이를 할퀴어 댄다.

"아앗!"

아이는 두 손으로 머리에 쓴 털가죽 모자를 꼭 움켜쥐며 몸을 둥그렇게 만다. 모자가 날아가기라도 한다면 그것을 줍기 위해 이 백설 천지를 얼마나 헤매야 할지 모르는 일이다. 다행히 모자는 손가락 사이에 걸렸고, 아이는 그것으로 안심할 수 있었다.

바람이 조금 잦아드는 것 같았다. 새우처럼 웅크렸던 아이의 몸이 서서히 펴진다.

아이가 제일 먼저 확인한 것은 발 옆에 세워 둔 나무통이었다.

"칫!"

새파랗게 질린 아이의 입술이 실룩거린다. 나무통은 쓰러져 있었다. 방금 몸을 웅크리다가 쓰러뜨린 모양이다. 그리고 나무통 안에 들어 있던 내용물의 절반은 눈 위에 쏟아져 있었다.

아이는 그 자리에 쪼그리고 앉아 쏟아진 내용물을 두 손으로 퍼 나무통에 담는다. 원래 나무통 안에 들어 있지 않았던 눈덩이가 섞여 들어간다. 하지만 아이는 개의치 않는다. 어차피 원래 들어 있던 것들도 그것들과 똑같은 눈이었기 때문이다.

퀴이이히힝!

눈보라가 다시 한 번 조그만 몸뚱이를 후려치고 지나간다.


훈훈한 공기를 맛본 바람은 좀처럼 문밖으로 나가려 하지 않았다. 아이는 바람을 내쫓기 위해 몸뚱이 전체로 밀어붙이다시 피 문을 닫아야만 했다. 바람은 긴 휘파람 소리 같은 푸념을 남긴 채 결국 문밖으로 밀려 나갔다.

"쿨룩! 쿨룩!"

병 기운 가득한 기침 소리가 아이를 반겼다. 아이는 걱정스러운 눈초리로 기침 소리가 울린 쪽을 돌아본 뒤, 나무통을 들고 집 안을 가로질러 걸어갔다.

통나무와 진흙으로 만든 벽면 한쪽에는 불구멍이 두 개 달린 아궁이가 자리 잡고 있었다. 불구멍 중 한 곳에는 무쇠 솥이 걸려 있고, 솥 안에는 한 말 가까운 뜨거운 물이 온기를 품은 허연 김을 실내로 피워 올리고 있었다.

아이는 가져온 나무통을 기울여 그 안에 담긴 눈덩이를 무쇠 솥 안으로 부었다. 첨벙, 소리와 함께 뜨거운 물 몇 방울이 아이의 옷자락에 튀었지만, 아이는 그저 툭툭 털 뿐이었다. 아이는 이런 일에 무척이나 익숙한 것처럼 보였다.

솥에 부은 눈덩이는 금방 물과 하나가 되었다. 아이는 그 광경을 물끄러미 지켜보다가 아궁이 아래로 장작 몇 개를 집어넣었다.

"쿨룩! 쿨…… 크어억! 쿨룩! 쿨룩!"

돌연 기침 소리가 급해졌다.

아이는 안색이 변해 기침 소리가 울린 쪽으로 달려갔다. 그곳에는 벽돌을 엉성하게 쌓아 만든 조잡한 항炕(중국 북방의 난방용 돌 침상. 우리나라의 온돌과 비슷하나 불을 때는 아궁이가 집 안에 있는 것이 다름) 이 있고, 항 위에는 항만큼이나 부실해 보이는 노인 한 사람이 있었다.

노인은 항 위에서 상체를 반쯤 일으킨 채 기침을 억누르려 애쓰고 있었다.

"할아버지, 괜찮으세요?"

아이의 걱정스러운 물음에, 노인은 야윈 볼을 움직여 뭐라 말하려 하다가 다시 숨이 멎을 듯한 기침을 토해 냈다.

노인이 제 숨을 되찾은 것은 그로부터 한참이 지난 뒤였다.

"헉, 헉! 견, 견아見兒야, 모용 아우는……?"

말을 하는 노인의 이마에는 보랏빛 힘줄이 돋아 있었다. 그 몇 마디의 말과 생명의 일부를 맞바꾸는 듯한 안타까운 모습이었다. 걱정 어린 눈망울로 노인의 얼굴을 바라보던 아이는 고사리 같은 손으로 노인의 등줄기를 문지르기 시작했다.

"모용 할아버지는 아직 안 돌아오셨어요."

"클, 쿨룩! 저, 저기 있는…… 쿨룩! 쿨룩!"

아이는 노인이 가리키는 곳을 바라보았다. 항에서 몇 발짝 떨어지지 않은 탁자엔 작은 대나무 바구니가 놓여 있고, 그 안에는 스무 포 남짓한 약 봉지가 들어 있었다. 대부분은 푸른 봉지였고, 다섯 포만이 붉은 봉지였다.

"약요? 약을 드려요?"

아이의 물음에 노인은 제대로 대답도 하지 못하고 고개만 끄덕였다. 아이는 무슨 색깔의 봉지를 꺼내야 할지를 알지 못해 잠시 망설이다가 바구니째 노인에게 내밀었다.

노인은 멎지 않는 기침으로 인해 심하게 흔들리는 왼손을 바구니 쪽으로 내밀었다. 본디 오른손잡이인 노인이지만 어쩔 수 없었다. 익숙한 오른손은 어깨 아래에서 뭉텅 잘려 나간 뒤였으니까.

노인이 서툰 손길로 바구니로부터 꺼낸 것은 붉은 봉지였다. 그는 그 안에 든 내용물을 입안으로 털어 넣었다. 아이가 노인에게 황급히 물을 가져다주었다.

약 가루와 물을 입안에 머금은 노인은 금방이라도 죽을 것처럼 얼굴을 찡그렸다. 약 삼키기가 저토록 고통스러운 것을 보면 노인의 식도는 이미 제 기능을 못하는 것 같았다.

잠시 후 노인의 얼굴에 불그레한 화색이 감돌기 시작했다.

"후우! 이제 좀 살겠구나."

노인은 길게 한숨을 쉬었다. 하지만 아이의 눈망울에 어린 안타까운 기색은 사라지지 않았다. 아이는 모용 할아버지가 이 목옥을 떠나기 전에 한 말을 똑똑히 기억하고 있었다.

—네 할아버지의 병을 고칠 용한 의원을 데려오마. 먼 길이니까 한 달 가까이 걸릴 게다. 그사이 할아버지께 약을 드리는 건 견아가 맡아 다오. 약은 가급적 안 드시는 편이 좋으니까 많이 아파하실 때만 드려야 한다. 특히 붉은 봉지에 담긴 약은 자주 드시면 안 되는 것이니 각별히 유의하고.

약초에 대한 지식이 있을 리 없는 아이지만, 심각하게 굳은 모용 할아버지의 표정으로 미루어 붉은 봉지에 담긴 것이 양약良藥이 아니라는 것쯤은 알 수 있었다.

모용 할아버지가 목옥을 떠난 뒤 얼마 동안, 아이는 할아버지가 약을 달라고 할 때마다 푸른 봉지만 건넸다. 할아버지가 아무리 괴로워해도 양약이 아닌 것을 드릴 수는 없다고 생각했기 때문이다.

하지만 푸른 봉지의 약은 갈수록 효력이 줄어들었다.

모용 할아버지가 목옥을 떠난 지 열흘째 되는 날 밤, 할아버지는 창자를 쏟아 낼 것 같은 기침과 함께 검은 피를 토하기 시작했다. 그대로 놔두면 할아버지는 금방이라도 죽을 것처럼 보였다. 겁이 덜컥 난 아이는 할아버지에게 붉은 봉지를 건넬 수밖에 없었다.

붉은 봉지는 요술 봉지였다.

그것을 먹자마자 할아버지의 토혈은 거짓말처럼 멎었고, 아이는 비로소 안도의 한숨을 쉴 수 있었다.

그런데 문제는 그때부터 시작되었다. 일단 붉은 봉지를 사용하자 푸른 봉지는 거의 듣지 않았다. 그날 이후 할아버지의 발작에는 오직 붉은 봉지만이 효과가 있을 따름이었다.

엎친 데 덮친 격이랄까, 붉은 봉지를 쓰는 주기가 점점 짧아졌다. 발작의 주기가 짧아진 것이다.

그리고 모용 할아버지가 목옥을 떠난 지 한 달이 다 되어 가는 지금, 할아버지는 하루에도 두어 번씩 붉은 봉지를 비워야만 하는 신세가 되어 버린 것이다.

"이봐, 배 형! 이쪽이야, 이쪽!"

아이의 표정이 변했다. 매서운 바람 소리에 실려 누군가의 걸걸한 외침이 들려온 것이다. 이곳은 워낙 깊은 산골이라 오가는 사람이 없었다. 이처럼 눈보라가 휘몰아치는 날씨라면 더욱 그랬다.

쾅!

요란한 소리와 함께 목옥 문이 활짝 열렸다. 아이는 겁먹은 얼굴로 문 쪽을 바라보았다. 때를 기다렸다는 듯이 집 안으로 밀려들어 오는 눈보라, 그것을 등진 채 서 있는 시커먼 그림자 하나.

"우라질, 곱살한 계집애라도 하나 있길 바랐는데, 이건 다 죽어 가는 늙은이하고 애새끼뿐이잖아."

대뜸 귀에 거슬리는 육두문자를 퍼붓는 사람은 세모난 가죽
모자를 깊숙이 눌러쓴 사십 대 장한이었다. 하지만 가시처럼 숭
숭 돋아난 턱수염에 허연 눈가루가 얼어붙어 있어서 마치 환갑
을 지난 늙은이처럼 보였다.

　"늙은이하고 애새끼라고? 젠장!"

　턱수염 사내 뒤로 한 사람이 더 나타났다. 어깨에 바람막이
를 두른 그 사람 역시 턱수염 사내와 비슷한 나이로 보였다.

　"아, 아저씨들은 누구신데 남의 집에 함부로 들어오시는 거
예요?"

　아이가 묻자 두 사내는 약속이나 한 듯이 껄껄 웃기 시작
했다.

　"꼬마야, 여기 서 계신 이 어르신들은 원래 네 집 내 집 가리
지 않는 분들이시다."

　"게다가 지금은 무척이나 배가 고픈 분들이기도 하고."

　턱수염이 말하자 바람막이가 받았다. 턱수염이 다시 말했다.

　"맞아, 배가 무척 고프지. 꼬마야, 네 야들야들한 골통을 와
작와작 씹어 먹기 전에 어서 술과 고기를 가져와라!"

　아이의 얼굴이 새파랗게 질렸다. 애써 흉악한 인상과 거친
말투를 들먹일 필요도 없었다. 허리에 찬 두툼하고도 길쭉한 물
건이 칼이라는 것을 굳이 확인할 필요가 있을까? 이런 날씨에
산중을 헤매는 사람이라면 절대 평범한 양민일 리 없는 것이다.

　턱수염과 바람막이는 정말로 네 집 내 집을 가리지 않는지,
목옥 안을 활개 치며 돌아다니기 시작했다. 선반과 문갑, 항아
리 안을 뒤지는 품이 뭔가를 찾는 눈치였다.

　하지만 아이는 저들이 곧 실망할 것임을 알고 있었다. 이 목
옥 안에 저들의 눈에 찰 물건 따위는 애당초 존재하지 않음을

잘 알기 때문이었다.

과연 턱수염과 바람막이의 얼굴은 금방 험악하게 일그러졌다.

"뭔 놈의 집구석이 이따위야? 벌써 어느 놈이 털어 갔나?"

턱수염이 투덜거리자 바람막이가 이죽거렸다.

"잘하는 짓이다! 뭐? 이 길로 가면 국경까지의 노자는 염려가 없다고? 장 형은 항상 이런 식이란 말이야! 쥐뿔도 모르면서 곧 죽어도 아는 척하기는!"

핀잔을 들은 턱수염의 얼굴이 열병에 걸린 사람처럼 붉으락푸르락해졌다. 그는 사나운 눈씨로 바람막이를 노려보다가 고개를 홱 돌려 아이를 향해 소리쳤다.

"이 새끼야! 나이도 어린놈이 귀가 먹었냐? 술과 고기를 가져오라는 이 어른 말씀이 안 들려?"

턱수염은 금방이라도 후려갈길 듯이 손을 번쩍 치켜들었다. 아이는 저도 모르게 어깨를 움츠렸다. 하지만 그때뿐이었다.

아이는 움츠렸던 어깨를 활짝 폈다. 이 흉악한 인간들로부터 병든 할아버지를 지킬 사람은 자기밖에 없음을 깨달은 것이다.

"여기가 술집인가요? 왜 여기서 술과 고기를 찾아요? 그리고 남의 집에 함부로 쳐들어와서 주인에게 이게 무슨 행패죠?"

턱수염의 눈이 왕방울처럼 커졌다. 아이의 당돌한 반응에 놀란 것이다.

"똑똑한 아이로군. 똑똑한 아이야. 장 형보다 훨씬 똑똑한 것 같군. 아주 말 잘했다!"

바람막이는 천성이 원래 그 모양으로 생겨 먹었는지, 또 한 번 야비한 웃음을 지으며 이죽거렸다.

"이…… 이……."

턱수염은 어깨를 부르르 떨다가 목욕이 떠나가라 소리를 질렀다.

"이 육시를 낼 쥐새끼 같은 놈! 감히 어디서 눈깔을 치켜뜨고 종알거리는 거야!"

욕설과 동시에 무자비한 발길질이 아이의 가슴에 꽂혔다. 아이는 비명도 지르지 못한 채 허공을 붕 날아 노인이 누운 항에 부딪쳤다.

"이 새끼야, 내가 누군지 알아? 한번 화나면 직정부直定府 오만 호가 벌벌 떠는 장태莊兌 님이 바로 이 몸이시다! 감히 누구 안전에서 건방을 떠는 거야, 건방을!"

턱수염은 한 번 발길질로는 분이 풀리지 않은 듯 계속 씨근덕거렸다.

"괜찮니, 견아야?"

머리 위에서 들려온 할아버지의 놀란 목소리가 아이의 오기를 부채질했다. 아이는 몸을 벌떡 일으켰다. 하얀 이마에서는 붉은 피가 번지고 있었다. 발길에 차여 나가떨어질 때 항의 모서리에 찧은 것이다. 하지만 주먹을 꼭 말아 쥔 아이의 눈동자에서는 분노의 불똥이 이글거리고 있었다.

"가져가고 싶은 건 마음대로 가져가! 하지만 할아버지한테 손대면 가만있지 않겠어!"

아이는 턱수염을 노려보며 힘주어 말했다. 그 늠름한 태도가 턱수염의 분노에 기름을 끼얹은 것일까? 턱수염은 이를 갈며 아이를 향해 다가갔다.

"이 새끼가 아직도 정신을 못 차리고⋯⋯. 오냐, 그러면 이 어르신께서 네놈에게 늙은이 모가지를 비틀 때 무슨 소리가 나는지 알려 주마!"

아이는 품에서 길이가 반 자가량 되는 단검을 꺼냈다.

"멈춰! 다가오면 찌를 거야!"

순간 턱수염과 바람막이의 눈가에 이채가 스쳤다. 아이가 꺼내 든 단검은 예사로운 물건이 아니었다. 금빛 찬란한 손잡이와 요기가 어린 듯한 검신, 일견하기에도 쉽게 만나 보기 힘든 귀물임에 분명했다.

"이것 봐라? 이게 웬 횡재야?"

갑자기 일어난 탐심 때문인지, 턱수염은 어울리지도 않는 웃음을 벙긋 지으며 아이를 향해 왼손을 뻗어 냈다. 직정부 오만 호를 벌벌 떨게 만든 장태의 이름이 완전히 허풍만은 아닌 듯, 기묘한 각도로 휘어져 날아드는 금나수법은 제법 현란한 것이었다.

"에익!"

아이는 눈을 질끈 감고 단검을 휘둘렀다. 쉭, 쉬익, 하는 매서운 파공성이 단검 끝에서 울려 나왔다. 하지만 아무리 단금절옥斷金切玉의 보검이라도 열두 살 아이의 손안에 있을 때에는 무딘 나무칼과 별반 다름이 없었다.

턱수염의 왼손이 갈고리처럼 구부러지며 아이의 손목을 낚아챈 순간, 아이는 손목이 부러지는 듯한 통증을 느끼며 단검의 손잡이를 놓칠 수밖에 없었다.

"흐흐, 어때? 내 말이 맞지, 배 형? 이쪽으로 오면 돈 될 만한 게 생긴다고 말했잖아."

턱수염은 아이에게 빼앗은 단검을 요리조리 살피며 헤벌쭉이 웃었다. 바람막이도 뜻밖의 횡재에 덩달아 기뻐하다가 손목을 잡고 쩔쩔매는 아이를 일별한 뒤 턱수염에게 말했다.

"포쾌가 쫓아올지도 모르는데 이름을 덜컥 밝히면 어떻게 하려고? 국경까지 며칠이 걸리는지도 모르는 판국에."

턱수염은 별걱정을 다 한다는 듯한 표정으로 바람막이에게 대꾸했다.

"이 새끼가 내 이름을 고자질할 상대는 포쾌가 아니라 염라대왕일 걸세."

턱수염과 바람막이는 동시에 아이와 노인을 바라보았다. 길게 찢어진 그들의 눈초리에서 진득한 살기가 묻어 나왔다.

"보검은 피가 묻지 않는다는데 어디 한번 시험해 볼까?"

턱수염이 아이를 향해 한 걸음 다가서자 아이는 겁에 질린 표정으로 한 걸음 물러섰다. 도와줄 사람 없는 눈 덮인 산중에서 흉악한 강도를 둘씩이나 만났으니, 병든 할아버지를 보호하고자 하는 효심으로 버티는 데에도 한계가 있었다.

이때, 하나의 앙상한 손이 아이의 어깨에 얹혔다.

아이는 고개를 돌렸다. 어깨를 짚은 손의 주인은 다름 아닌 노인이었다.

"할아버지?"

아이의 눈이 커졌다.

할아버지가 모용 할아버지의 등에 업혀 이 목옥에 온 지도 벌써 두 달. 하지만 할아버지는 혼자 힘으로는 전혀 운신할 수가 없어 대소변을 처리하는 것조차 아이의 손을 빌려야만 했다. 그런데 지금 이 순간, 할아버지는 혼자 힘으로 몸을 일으킨 것이다. 비록 하나 남은 손으로 아이의 어깨를 짚고 있긴 하지만.

"대견하구나. 악인들을 앞두고 용기를 내기란 네 나이에 쉬운 일이 아니지. 됐다. 이제부터는 이 할아버지가 알아서 하마."

아이에게 다정한 말을 건네는 노인은 놀랍게도 기침을 전혀 하지 않았다. 항상 흐리멍덩하게 풀어졌던 두 눈에서도 은은한 정광이 감돌고 있었다.

"허, 허허……."

노인의 등장을 멍청히 바라보던 턱수염이 어처구니없다는 듯 헛웃음을 흘렸다. 사실 노인의 신색은 보는 이의 비웃음을 사기에 부족함이 없었다. 홀쭉한 양 뺨은 두개골 모양이 그대로 드러날 지경이었고, 아이의 어깨를 짚은 하나뿐인 손은 금방이라도 허물어질 것처럼 부들부들 떨리고 있었다. 게다가 다리도 하나뿐이어서, 만일 아이가 어깨를 뺀다면 금방이라도 나동그라질 것처럼 보였다.

"배 형, 저 병신이 하는 말 들었어? 이제부터는 자기가 알아서 한대."

하지만 바람막이는 뭔가 심상치 않은 기운을 느꼈는지 허리에 차고 있던 대감도大砍刀를 뽑아 들었다.

"조심하게. 보통 늙은이가 아닌 것 같아."

턱수염은 차갑게 코웃음을 쳤다.

"흥! 배 형은 조심성이 너무 많아 탈이야. 다 죽어 가는 송장을 보고도 벌벌 떨다니."

턱수염의 조롱에도 불구하고 바람막이는 여전히 신중했다. 강호에서는 노인과 아이 그리고 여자를 조심하라는 격언이 있었다. 바람막이는 지금 이 순간 그 격언을 떠올리고 있는 듯싶었다. 그것으로 미루어 그의 경험은 턱수염보다 훨씬 풍부한 것 같았다.

"늙은이, 강호 물을 먹어 본 자라면 이름이나 밝혀 봐라! 나는 직정부의 배칠락裵七樂이다!"

바람막이가 짐짓 강호인답게 통성명을 시도했지만 노인은 일언반구 대꾸도 없이 아이를 향해 말했다.

"돌아서 있어라."

아이는 노인의 말을 금방 알아들었다. 노인은 사랑하는 손자에게 앞으로 벌어질 광경을 보여 주고 싶지 않았던 것이다.

"예, 할아버지."

아이는 노인이 짚고 있는 어깨가 흔들리지 않도록 조심조심 몸을 돌렸다. 그러자 아이의 시선에 노인이 누워 있던 항이 들어왔다.

조잡한 벽돌, 반쯤 젖혀진 이불…….

어느 순간, 아이의 눈이 휘둥그레졌다.

이불에 떨어진 몇 장의 붉은 종이들!

그것은 분명히 바구니 안에 들어 있던 약 봉지였다. 모용 할아버지가 함부로 드리지 말라던 바로 그 붉은 봉지였다. 할아버지는 남아 있던 붉은 봉지를 한꺼번에 다 드신 것이다!

"할아버……!"

"돌아서 있으래도!"

고개를 다시 돌리며 뭐라 말하려던 아이는 노인의 호된 일갈에 자라목이 될 수밖에 없었다.

'아아!'

아이는 눈앞이 하얘지는 것을 느꼈다.

(3)

벌써 사흘째였다.

하늘은 지상의 모든 더러운 것들을 통째로 덮어 버릴 작정인 듯 무지막지한 눈보라를 쏟아붓고 있었다.

우우우후훙!

성난 바람이 스칠 때마다 자욱한 눈가루가 휘날렸다. 위에서 아래로, 아래에서 위로, 때로는 옆으로. 모용풍은 그 눈보라를 헤치며 걷고 있었다. 한 걸음, 또 한 걸음, 허벅지까지 파묻히는 눈 속을 걷기란 쉬운 일이 아니었다. 내공을 끌어 올려 경신술을 전개하고픈 마음은 굴뚝같았지만, 불행히도 그는 지칠 대로 지친 상태였다. 마편을 이용하기 힘든 험로인 데다 악천후까지 겹쳤다. 사흘 동안 눈발을 헤치며 사백 리에 가까운 산길을 지나왔으니 진력이 고갈된 것도 당연한 일이었다.

"후우!"

모용풍은 걸음을 멈추고 긴 탄식을 토했다. 목옥이 가까워 올수록 발걸음은 오히려 점점 무거워졌다. 그것은 시간이 갈수록 쌓여 가는 눈 때문도, 소금에 절인 배추처럼 축 늘어진 육신 때문도 아니었다. 의형 과추운의 병을 치료할 의원을 데려오기 위해 목옥을 떠난 뒤 한 달 만의 귀환. 하지만 지금 그의 주위엔 아무 동행도 없었다. 혼자 돌아와서는 안 되는 것이었다. 그런데 지금의 그는 혼자였다. 혼자 돌아와서는 안 되는 길을 혼자 돌아올 수밖에 없는 이 현실이 그에게는 감당하기 힘든 절망으로, 고개 들기 힘든 자괴감으로 닥쳤고, 그것들이 그의 발걸음을 무겁게 만들고 있었다.

모용풍이 함께 오고자 했던 의원은 천하제일 명의로 알려진 활인장의 장주 구양정인이었다.

비록 많은 의원들이 과추운을 보고 고개를 저었지만, 그래도 모용풍은 포기하지 않았다. 만 명의 의원들이 고개를 저었더라도 천하제일 명의가 고개를 젓기 전까지는 포기하고 싶지 않았다. 적어도 모용풍의 심정은 그랬다.

다행히 구양정인은 강호오괴와 친분이 돈독했다. 모용풍이 간청하면, 그리고 과추운이 죽어 간다고 말하면 만사를 젖혀 두고 따라나서 줄 것이 분명했다. 적어도 모용풍은 그렇게 믿었다.

그래서 모용풍은 수천 리 길을 마다 않고 구양정인을 찾아 나선 것이다.

하지만 모용풍은 구양정인의 얼굴조차 볼 수 없었다. 그가 만날 수 있었던 것은 유씨 성을 쓰는 중늙은이 당사가 전부였다. 유 당사는 모용풍에게 말했다. 구양정인은 닷새 전 아들의 약혼식에 참석하기 위해 산동으로 떠났다고.

그 말을 들은 순간 모용풍은 땅바닥에 털썩 주저앉고 말았다. 어디 아프냐는 유 당사의 물음에 대꾸할 기운조차 없었다. 너무도 허탈하고 너무도 기가 막혔다. 북풍한설을 헤치고 온 수천 리 길이 한순간에 공염불이 되어 버린 것이다.

물론 구양정인의 행로를 추적해 그를 데려올 수 없는 것은 아니었다. 비록 아들의 약혼식이 있다고는 하지만 과추운이 죽어 간다는데 나 몰라라 할 구양정인도 아니었다. 하지만 시간은 그것을 허락하지 않았다. 그렇게 해서 구양정인을 데려온다 한들, 그들을 기다리는 것은 의원의 손길을 기다리는 환자가 아니라 이미 싸늘하게 식어 버린 시신일 것이 틀림없었다.

다 끝났구나, 다 끝났어.

모용풍은 넋이 빠진 사람처럼 힘없이 중얼거렸다. 결국 그는 가슴에 품고 온 모든 희망을 활인장의 정문 앞에 버려둔 채 쓸쓸히 발길을 돌리고 말았다.

돌아오는 길이 유달리 암울했던 것은 욕설이 절로 나올 것 같은 궂은 날씨 때문만은 아닐 것이다. 희망이 없는 길이란 원래 암울한 법. 이제 모용풍에게 유일한 바람이 있다면, 인간의 수

명을 관장한다는 남두성南斗星으로부터 외면당한 가련한 의형의 임종만이라도 지켜 주고 싶다는 소박한 소망뿐이었다.


발아래로 목옥이 보였다.

온통 뿌옇기만 한 시계였지만 모용풍은 목옥의 굴뚝에서 피어나는 한 줄기 연기를 알아볼 수 있었다.

그러다가 모용풍의 표정이 딱딱하게 굳었다. 목옥의 문 앞에 길게 자빠져 있는 이상한 물건들을 발견한 것이다. 그의 눈이 잘못되지 않았다면, 저것들은 분명 인간의 시신이었다.

바닥난 줄로만 알고 있던 진기가 몸뚱이 어느 구석엔가 남아 있었던 것일까? 모용풍은 자신도 모르게 설상비雪上飛의 신법을 발휘하여 눈 덮인 비탈길을 바람처럼 달려 내려갔다.

"이, 이게……."

모용풍의 눈은 잘못되지 않았다. 목옥 앞에 자빠져 있는 것은 진짜로 인간의 시신이었다. 하나도 아닌 둘. 시신에 쌓인 눈의 두께로 보아 이 자리에 버려진 지 그리 오래되지는 않는 것 같았다.

모용풍은 쿵쾅거리는 심장을 진정시키며 하나뿐인 손을 내밀어 시신들에 덮인 눈들을 쓸어 냈다.

하관이 가시 같은 턱수염으로 덮인 우락부락한 인상의 사내와 턱 선이 유달리 뾰족한 신경질적인 인상의 사내.

턱수염이 난 사내의 사인을 알아내기란 무척 간단했다. 코끼리에 밟힌 것처럼 움푹 함몰된 가슴으로는 더 이상 숨쉬기를 유지할 수 없었을 테니까. 그에 비해 턱 선이 뾰족한 사내의 시신은 온전해 보였다. 하지만 그 사내의 사인을 밝히는 것 또한 그리 어렵지는 않았다. 유달리 좁아서 살아생전에 무척이나 옹졸

해 보였을 미간에 엄지손가락이 들락거릴 만한 구멍이 하나 뚫려 있었던 것이다.

모용풍은 상처 주변에 얼어붙은 피딱지를 떼어 내고 손가락을 그 안에 집어넣어 보았다. 매끄럽고 딱딱한 물체가 만져졌다. 손가락으로 후벼 꺼내 보니 둥글납작한 돌이었다. 지금은 피가 묻어 온통 붉지만 본색만큼은 백설처럼 새하얀 돌.

'바둑돌?'

모용풍의 표정이 급변했다. 강호에서 바둑돌을 던져 사람을 죽일 수 있는 수준의 고수는 제법 많았다. 그러나 그들 중 항상 바둑돌을 지니고 다니는 사람은 오직 한 명뿐이었다. 그리고 모용풍이 아는 한, 그 사람은 지금 절대로 무공을 사용해서는 안 되는 중환자였다.

"형님!"

모용풍은 목옥 문을 박차고 뛰어들었다.


목옥 안은 조용했다.

무쇠 솥이 걸린 아궁이 쪽에서 물 끓는 소리만 불규칙적으로 들릴 뿐이었다.

눈보라가 드세게 밀어붙이는 문을 억지로 닫기가 무섭게 모용풍은 눈살을 찌푸렸다. 한 줄기 피비린내가 후각을 찔러 왔기 때문이다. 모든 피비린내가 그렇겠지만, 지금 맡는 것은 유달리 불길한 느낌을 풍기고 있었다.

모용풍의 시선이 피비린내가 풍겨 나오는 쪽으로 옮아갔다. 그곳은 목옥의 구석, 벽돌로 만든 항이 있는 곳이었다.

"헉!"

모용풍은 자신도 모르게 헛바람을 들이켰다. 그곳에는 두 사람이 엎어져 있었다. 의형 과추운과 과추운의 손자인 견아였다. 과추운은 죽은 듯이 항에 누워 있었고, 견아는 과추운의 가슴에 머리를 묻은 채 바닥에 무릎 꿇고 있었다.

찰나지간, 모용풍의 머릿속으로 수많은 생각들이 스쳐 지나갔다. 문밖의 괴한들이 난입해 과추운과 견아를 죽인 것일까? 하지만 만일 그랬다면 괴한들은 왜 죽었으며, 그들의 시신에 나 있는 과추운의 흔적을 설명할 길이 없지 않은가.

바로 그때, 끊어지기 직전의 실오라기처럼 가냘픈 목소리가 항 쪽에서 흘러나왔다.

"할아버지…… 돌아가시면…… 안…… 돼요…….."

견아의 목소리였다. 모용풍은 급히 그리로 달려갔다.

과추운의 가슴에 한쪽 볼을 붙이고 있는 견아의 얼굴은 어두컴컴한 실내에서도 단박에 알아볼 수 있을 만큼 파리해져 있었다.

"할아버지…… 안 돼…… 안 돼…….."

알아듣기 힘든 말을 계속 중얼거리는 견아는 얼핏 보아도 정상이 아닌 듯했다. 그러다가 모용풍은 항 밑으로 축 늘어진 견아의 왼손이 유난히 불그스름하다는 사실을 발견했다. 아궁이 불빛 때문만은 아니었다. 그는 급히 견아의 오른손을 붙잡고 살펴보았다.

"이런!"

모용풍의 눈이 커졌다. 견아의 왼손 약지는 마디 하나가 절반가량 끊겨 있었다. 거기서 흘러나온 피가 엉겨 손 전체가 붉게 보였던 것이다. 목옥 안을 감도는 불길한 피비린내의 발원지도 바로 이 손가락인 것 같았다. 대체 누가 아이의 손가락을 이 꼴로 만들었을까?

'혹시……?'

모용풍은 과추운의 신색을 살폈다. 과추운은 시체처럼 창백한 얼굴로 누워 있었다. 숨조차 쉬지 않는 것 같았다. 그리고 수염이 허연 입가에는 붉은 핏덩이가 말라붙어 있었다.

모용풍은 그제야 견아의 손가락이 왜 저렇게 되었는지를 알게 되었다.

"바보 같은 놈!"

모용풍은 과추운의 가슴에 엎어 있던 견아의 머리를 다급히 치웠다. 견아의 머리가 항 바닥으로 툭 떨어졌다. 그 충격 때문이었을까?

"으음…….""

견아가 부스스 상체를 일으켰다. 흐리멍덩한 눈동자로 주위를 두리번거리던 견아는 항 앞에 서 있는 모용풍을 발견하고는 저도 모르게 큰 소리로 외쳤다.

"모용 할아버지, 마침내 오셨군요!"

하지만 모용풍으로부터 돌아온 것은 다정한 인사 대신 매서운 꾸중이었다.

"얼간이 천치 같은 녀석! 숨도 제대로 쉬지 못하는 환자에게 대체 뭘 먹인 거냐!"

모용풍은 과추운의 상반신을 부축해 일으킨 뒤, 손가락을 입속에 억지로 쑤셔 넣어 그 안에 끈끈하게 엉겨 붙은 붉은 덩어리들을 긁어 냈다. 견아가 제 손가락을 깨물어 과추운의 입에 흘려 넣은 선지피였다.

"제, 제가 뭘 잘못한 건가요? 그래서 할아버지가 안 좋아지신 거예요?"

견아는 겁먹은 얼굴로 모용풍에게 물었다.

"기도에 핏덩이가 엉겨 막히는 날에는……!"

하지만 재차 견아를 질책하던 모용풍의 말은 끝까지 이어지지 못했다. 할아버지를 살리기 위해 제 손가락을 물어 끊은 열두 살짜리 아이를 어찌 나무랄 수 있단 말인가.

모용풍은 입을 꽉 다물고 과추운의 등덜미를 후려치기 시작했다. 척추를 따라 내려가는 일련의 혈도들을 두드려 연 뒤 흉부를 몇 차례 강하게 누르자 과추운의 입에서 시커멓게 엉겨 붙은 핏덩이가 튀어나왔다.

"컥! 끄르르……."

이어 과추운의 목구멍에서 가래 끓는 소리가 울려 나오는 것을 들으며 모용풍은 안도의 한숨을 쉬었다. 호흡이 막힌 고비는 간신히 넘긴 것이다.

"대체 어찌 된 일이냐?"

모용풍은 과추운을 다시 눕힌 뒤 견아에게 물었다.

견아는 목옥에서 일어난 일을 더듬더듬 설명하기 시작했다. 그러다가 과추운이 붉은 봉지의 약을 한꺼번에 다섯 포나 복용했다는 대목에 이르자 모용풍의 얼굴이 험악하게 일그러졌다.

"다섯 포나?"

모용풍의 물음에 견아는 그것이 마치 제 책임이기라도 한 양 고개를 푹 숙였다.

"알았다. 계속해 봐라."

"할아버지는 무공을 써서 도적들을 죽이셨어요. 비록 볼 수는 없었지만 도적들의 끔찍한 비명 소리는 들을 수 있었죠. 잠시 후 할아버지는 제게 도적들의 시체를 목옥 밖에다 내다 버리라고 하셨죠. 그런데 제가 시체를 전부 끌어내고 돌아오니까 할아버지는 바닥에 엎드려 계셨어요. 입에서는 검은 피가 흘러나

오고 있었죠. 저는 할아버지를 일으켜 항에 눕히고 한참을 주물러 드렸어요. 하지만 아무리 주물러도 눈을 뜨시지 않고, 숨소리도 점점 가늘어지는 거예요. 그래서…… 신선한 피를 먹이면 명이 막 끊어진 사람을 되살릴 수 있다는 이야기를 책에서 본 기억이 나서…… 그래서 손가락을…….”

견아는 말을 맺지 못하고 울먹였다.

“됐다. 넌 최선을 다했으니 그것으로 된 거야.”

모용풍은 견아의 머리를 쓰다듬어 주었다. 이 순간 그가 아이에게 해 줄 수 있는 유일한 일이었다. 그게 아주 효과 없지는 않았는지 견아의 얼굴이 조금 밝아진 것 같았다.

“저…….”

“뭐냐?”

“모용 할아버지가 돌아오셨으니까 이제 할아버지는 괜찮은 거죠?”

견아는 희망과 기대가 뒤섞인 얼굴로 모용풍을 바라보았다.

“으음!”

모용풍은 무거운 신음을 토하며 두 눈을 감았다.

원정元精을 소진해 일시적인 활력을 만드는 것이 바로 붉은 봉지에 들어 있는 약, 비귀산痺鬼散이었다. 그것을 다섯 포나 한꺼번에 먹었다면 건장한 사람이라도 약효가 떨어진 뒤엔 빈사 상태에 빠질 수밖에 없었다. 하물며 폐부와 장기가 이미 송장과 다름없는 과추운이었으니, 이제는 구양정인보다 더 용한 의원이 온다 해도 어쩔 수 없을 터였다.

모용풍은 천천히 눈을 떴다. 자신을 빤히 올려다보는 아이의 기대에 찬 눈동자는 참으로 견디기 힘들었다. 하지만 어쩔 수 없었다.

"미안하구나. 이 못난 할아비는 그 의원을 만나 보지도 못했 단다."

모용풍의 힘없는 말에 견아의 눈이 커졌다. 커진 눈은 가장 자리부터 심하게 떨리더니 급기야 뿌연 수막이 차올랐다.

"그, 그러면 할아버지는……?"

모용풍은 고개를 천천히 저었다.

견아의 표정이 변했다. 모든 희망을 잃어버린 망연자실한 표 정. 그것은 열두 살짜리 아이에게는 어울리지 않는 표정이 었다. 열두 살짜리 아이가 지어서는 안 되는 표정이었다.

눈동자 밑에 그렁그렁 고였던 눈물이 마침내 볼을 타고 주르 륵 흘러내렸다.

'불쌍한 놈.'

모용풍은 눈시울이 확 달아올랐다. 두 살에 부모를 잃은 아 이였다. 그로부터 십 년이 흐른 지금, 이제는 유일한 혈육인 할 아버지마저 돌아올 수 없는 곳으로 떠나보내게 된 것이다. 어찌 불쌍하다 하지 않겠는가!

이때 모용풍을 부르는 목소리가 있었다.

"모용 아우, 자네가 온 건가?"

낮고 갈라진 목소리지만 분명 과추운의 것이었다. 모용풍은 고개를 돌렸다. 그는 잿빛으로 죽어 가는 힘없는 동공과 마주칠 수 있었다. 그래도 그 동공마저도 반가웠다.

"형님, 정신이 좀 드시오?"

모용풍의 외침에 과추운의 피에 젖은 입꼬리가 실룩거렸다.

"흐…… 견아를, 우리 귀여운 견아를 못살게 구는 놈들이 있 기에 내가 본때를 보여 줬지. 흐…… 자네도 봤으면 좋았을 것 을……."

평소의 과추운이었다면 호쾌하게 껄껄거리며 했을 말이었다. 어쩌면 조금 전 입꼬리가 실룩거린 것이 웃음이었을지도 모른다. 하지만 그것은 호쾌해 보이지도, 심지어는 웃음처럼 보이지도 않았다.

과추운은 잠시 말을 멈추고 받은 숨을 몰아쉰 뒤 다시 말을 이어 나갔다.

"자네를 못 보고 가면 어쩌나 걱정했어. 잘 돌아와 주었구먼."

"형님, 소제는 구양신의를 데려오지……."

"다 들었네. 됐어."

모용풍을 향한 과추운의 잿빛 동공에 한 조각 온기가 맺혔다. 하지만 모용풍의 두 눈에는 오직 가슴 저미는 비통함만이 맺힐 따름이었다.

"모용 아우, 부탁이 있네."

"말씀하세요, 형님."

"귀비정鬼痺晶…… 귀비정을 내게 줘. 마지막으로 해야 할 일이 있어."

귀비정은 모용풍이 과추운을 위해 구한 몇 가지 약 중 하나였다. 귀비산의 결정이라 하여 귀비정이라 이름 붙은 그 약은, 약효가 강한 만큼 부작용 또한 심각했다. 한 알의 귀비정은 거의 열 포의 귀비산과 맞먹었다. 약효도, 그리고 부작용도.

하지만 모용풍은 그 위험한 귀비정을 순순히 꺼내어 과추운에게 내밀었다.

"여기 있소."

만약 한 달 전이라면 목에 칼을 들이대고 달라 해도 귀비정을 내주지는 않았을 것이다. 귀비정을 이 목옥에 놔두지 않고 가져간 것도 그 때문이었다. 하지만 지금은 달랐다. 지금의 과추운은 한 올의 낡은 실처럼 간당간당한 상태였다. 발작이 한 번만 더 일어나면 모든 것이 끝. 이 귀비정은 과추운의 죽음을 더욱 확실하게 해 주겠지만, 다만 얼마나마 정상인에 가까운 활력을 허락해 줄 것이다.

과추운은 귀비정을 복용했다. 모용풍은 오른손 손바닥을 과추운의 명문혈에 대고 진기를 주입하기 시작했다.

잠시 후 과추운의 얼굴 위로 대춧빛 생기가 서서히 올라왔다.

"후우!"

긴 숨을 토해 낸 과추운이 모용풍을 돌아보며 싱긋 웃었다.

"아주 좋아. 이런 상태라면 십 년은 더 살 것 같은걸."

그러나 과추운은 내일의 태양을 볼 수 없었다. 그것은 내일 태양이 떠오르는 것만큼이나 확실한 사실이었다. 모용풍은 허세를 부리는 게 너무도 분명한 과추운과 차마 눈을 마주치지 못했다.

과추운의 시선이 항 아래에 서 있는 견아에게로 옮아갔다. 견아는 두 손으로 얼굴을 가린 채 울먹거리고 있었다.

과추운은 견아의 머리를 쓰다듬기 위해 손을 내밀었다. 하나밖에 남지 않은 팔은 말라비틀어진 잡목 가지처럼 뻣뻣하게 느껴졌다. 뼈대와 뼈대를 이어 주는 근맥들이 모두 뒤틀린 것 같았다. 목옥에 난입한 두 명의 악당들을 처치하기 위해 무리하게 몸을 움직인 탓이리라.

하지만 과추운은 고통을 무릅쓰고 견아의 머리를 쓰다듬었다. 근맥이 끊어진다 한들, 아니 팔이 통째로 없어진다 한들, 손자의 머리 한번 쓰다듬어 주지 못한 할아버지로 기억되고 싶지는 않았다.

머리를 어루만지는 메마른 손길에 견아가 울먹임을 멈추고 과추운을 올려다보았다.

"견아야!"

과추운은 손자의 이름을 불렀다. 죽음을 목전에 둔 사람의 것이라고는 믿기 힘든 엄숙한 목소리였다.

"예…… 할아버……지…….."

견아는 꺽꺽거리는 목소리로 간신히 대답했다.

"우리 과씨 가문에는 대대로 두 종류의 무공과 한 가지의 기예棋藝가 전해 내려온다. 너는 그 사실을 아느냐?"

견아는 고개를 끄덕였다.

"너는 예전부터 이 할아비에게 무공을 가르쳐 달라고 졸라댔지. 당연한 일이다. 한자리에 앉아 꼼짝하지 않고 집중해야 하는 기예보다는 여기저기 뛰어다니며 익히고 사용하는 무공이 훨씬 재미있어 보였을 테니까."

과추운은 말을 멈추고 목옥 천장을 올려다보았다. 낡고 연기에 그을린 침침한 천장 위로 수많은 영상들이 여름밤 반딧불처럼 피어나고 또 사라졌다. 그것은 부푼 희망이었고, 뜨거운 열정이었으며, 찬란한 영광이었다. 그러나 지금은 모두가 회한일 뿐이었다. 다시 손자를 향한 그의 얼굴에 자조의 웃음이 맺혔다.

"할아비는 이제 더 이상 과씨가 무공으로 이름 날리기를 원하지 않는다."

그 말이 의외였는지 견아는 울기를 멈추고 과추운을 올려다보았다. 꼭 깨문 아이의 입술은 말의 진의를 묻고 있는 듯했다.

과추운은 그 이유를 설명하려다가 생각을 달리했다. 열두 살짜리 아이가 죽어 가는 노인의 회한을 이해해 주길 바란다면, 그것은 욕심이었다.

"강호에 발을 들여놓지 말거라. 이 할아비의 마지막 바람이다."

과추운이 말했다.

강호인이라면 모름지기 은원을 잊어서는 안 된다. 조부를 죽음에 이르게 만든 사람이 하늘 아래 숨 쉬고 있다면, 그 하늘을 함께 이고 살지 않는 것이 후손된 자의 도리였다. 그러나 과추운은 복수를 바라지 않았다. 자신을 이 꼴로 만든 석대원이 밉지 않은 것은 아니었다. 무양문을 무너뜨려야 한다는 백도인으로서의 명분을 버린 것도 아니었다. 하지만 그 모든 것을 우선하는 감정이 있었다. 그것은 바로 공허감이었다.

구양정인을 데려오지 못했다는 모용풍의 말을 들었을 때, 아니 이 구들장 위에 누운 채 붉고 푸른 약 봉지에 의지해 실낱같은 명줄을 이어 가던 때부터, 과추운은 자신이 이제껏 걸어온 일생을 기이하리만치 담담한 시선으로 바라볼 수 있게 되었다. 고개를 돌리면 피안彼岸이라는 불가의 가르침처럼, 그 시선을 통해 본 인간 세상의 은원은 하루살이의 날갯짓만큼이나 무의미하기만 했다.

허허, 아등바등 살아온 이깟 삶이 무어 그리 자랑스럽다고 그 찌꺼기를 후대에까지 물려준단 말인가!

과추운은 죽음에 앞서 찾아온 이러한 회심悔心을 순순히 받아들였다. 마치 죽음을 받아들이는 것처럼.

견아는 과추운의 말에 아무런 대답도 하지 않은 채 고개를 푹 숙이고 있기만 했다. 과추운이 물었다.

"왜 대답이 없느냐?"

그러자 견아는 고개를 발딱 치켜들고 격앙된 음성을 토해
냈다.

　"저는 무공을 익힐 거예요! 그것도 반드시 천하제일의 무공
을 익힐 거예요!"

　눈물이 그렁그렁 맺힌 견아의 두 눈은 이 순간 모종의 결의로
활활 타오르고 있었다.

　"그래서, 그래서 저는 석대원이란 자를 반드시 죽이고 말 거
예요!"

　과추운은 책망 기가 담긴 눈으로 모용풍을 돌아보았다. 석대
원의 이름을 견아에게 가르쳐 줄 사람은 모용풍 외에는 없었다.
그러나 과추운은 이내 한숨을 쉬며 모용풍에게 주었던 시선을
거둬들였다. 모용풍도 어쩔 수 없었을 것이다. 조부의 원수가
누구인지 가르쳐 달라는 아이의 끈질기고도 절박한 요구를, 세
상의 그 누가 매몰차게 외면할 수 있겠는가.

　"견아, 너는 그런 말을 해서는……."

　"싫어요! 싫어요!"

　견아는 과추운의 말을 더 이상 듣지 않겠다는 양 고개를 세차
게 저었다.

　"이놈!"

　과추운의 입에서 호통이 터져 나왔다.

　"어린놈이 뭘 안다고 함부로 떠드느냐!"

　"저는 다 알아요! 그자가 할아버지에게 어떻게 했는지를 다
안단 말이에요! 할아버지께서 뭐라 하셔도 저는 기필코 천하제
일의 무공을 익힐 거예요! 그래서 반드시 그 석대원이란 자
를……."

　짝!

견아의 맹세는 더 이상 이어지지 못했다. 과추운의 손이 견아의 조그만 뺨을 후려쳤기 때문이다. 입술 한쪽이 단박에 터질 만큼 매운 손찌검이었다.

"이놈! 이 불효막심한 놈! 할아비의 마지막 바람조차도 외면하려는 천하의 불효막심한…… 우욱! 쿨룩! 쿨룩!"

과추운은 더 이상 말을 잇지 못하고 기침을 하기 시작했다. 심중의 격동이 발작으로 이어지려 하는 것이다.

"형님, 진정하시오!"

모용풍이 당황해 외쳤다. 그는 잘 알고 있었다. 지금의 과추운에겐 단 한 번의 발작을 견뎌 낼 체력조차 없다는 사실을. 그는 하나뿐인 손바닥에 진기를 운용하여 과추운의 등을 쓸어내리기 시작했다.

"할아버지! 할아버지!"

견아도 과추운에게 매달리며 외쳤다. 조그만 입술에선 붉은 핏물이 흐르고 있었지만, 아이는 그 사실조차 의식하지 못하는 듯했다. 하지만 과추운은 견아의 손길을 매정하게 뿌리쳤다.

"할아버지라고 부르지 마라! 너는…… 쿨룩! 쿨룩! 너는 이제부터 내 손자가 아니다!"

"할아버지!"

견아의 얼굴이 일그러졌다.

"견아, 어서 할아버지께 용서를 빌어라!"

모용풍은 견아를 책망했다. 그러나 그의 책망은 진심일 수 없었다. 누가 저 아이를 책망할 수 있을까? 조부의 원수를 갚겠다는 열두 살짜리 아이의 맹세가 뭐가 그리 잘못된 것이기에?

견아는 한동안 두 주먹을 꼭 쥐고 부들부들 떨다가 이윽고 힘없는 목소리로 말했다.

"제가 잘못했어요. 할아버지의 말씀을 따를게요."

과추운은 고개를 들어 견아를 바라보았다.

"쿨룩! 쿨룩! 정말……이냐?"

견아는 고개를 끄덕였다.

"맹세할 수 있느냐?"

견아는 입술을 짓씹기만 할 뿐 대답을 못했다.

"맹세할 수 있느냐?"

과추운이 되물었다.

견아가 마침내 결심한 듯 입을 열었다. 아까 과추운에게 맞아 터진 것을 제 이빨로 짓씹기까지 한 탓에 아이의 입술은 넝마처럼 너덜너덜해져 있었다.

"소손 과홍견過弘見은 앞으로 절대로 무공을 익히지 않겠습니다. 그리고 석대원이란 자를 만나도 절대로 복수를 하려 들지 않겠습니다."

"오냐, 그래야 내 손자지."

과추운은 웃었다. 애써 다정함을 가장하지만, 보는 사람의 눈시울을 달아오르게 만드는 처연한 웃음이었다.

'그래도…… 다행이구나.'

모용풍은 안도의 한숨을 쉬며 과추운의 등을 쓸던 손바닥을 떼었다. 다행히 발작으로까지는 이어지지 않은 것이다.

과추운은 모용풍이 떠다 준 미지근한 물로 입술을 축인 뒤, 한결 안색이 좋아졌다.

"아우, 바둑판을 가져다주겠나?"

설마 바둑을 두려는 것일까? 다 죽어 가는 몸으로?

하지만 모용풍은 아무 말 없이 목옥 구석으로 걸어가 거기 놓여 있던 무쇠 바둑판을 가져왔다.

"이리로 올라와 앉아라."

과추운의 말에 견아는 신발을 벗고 항에 올라왔다.

바둑판을 사이에 두고 조손이 마주앉았다.

"비록 과씨의 무공은 내 대에서 끊어지지만, 과씨의 기예만
큼은 끊어지게 하고 싶지 않구나. 욕심이라고 해도 좋고, 고집,
집착이라고 해도 좋다. 하지만, 하지만 그게 내 솔직한 심정
이다. 그리고 그것을 이뤄 줄 사람은 이제 너밖에 없구나."

과추운의 눈에 짙은 그늘이 드리웠다. 이제는 죽음마저도 담
담히 받아들이게 된 그였지만, 자책과 한으로 점철된 고통스러
운 가족사 앞에서는 여전히 우울해질 수밖에 없었던 것이다.

젊은 시절, 가정적이란 말과는 아예 담 쌓고 살던 과추운이
었다. 기다림에 지친 아내가 젖먹이 아들을 품에 안고 달아난
것은 당연한 일인지도 모른다.

과추운이 그 젖먹이 아들을 다시 만난 것은 그로부터 이십 년
이 지난 뒤였다. 이십 년 전 집을 나간 그의 아내는 아들을 품
에 안고 있었지만, 이십 년 만에 집으로 돌아온 그의 아들은 아
내를 품에 안고 있었다. 그러나 그 아내는 이미 하얀 뼛가루로
변해 버린 뒤였다. 그리고 과추운을 바라보는 아들의 눈빛은 아
내의 뼛가루처럼 차갑게 식어 있었다.

아들은 메마른 목소리로 아내의 죽음을 알린 뒤 한마디 인사
도 없이 떠나 버렸다. 과추운이 아들을 다시 만난 것은 그로부
터 다시 이십 년이 지난 뒤였다. 과거의 아내가 그러했듯, 아들
또한 작은 나무 상자에 담긴 채 다른 사람의 손에 의해 운반되
어 왔다. 아들의 유골함을 안고 온 사람은 바로 견아, 아들이
남긴 일점혈육이었다.

과추운은 그날 술을 마셨다. 모든 것을 잊고 싶어 마신 술이

건만, 시간이 흐를수록 오히려 또렷해지는 정신은 무시무시한 목소리로 자신을 질책하고 있었다. 무정한 남편, 무책임한 아버지를 매질하고 있었다. 너무나도 고통스러웠다. 반복된 비극이기에 더욱 그러했다.

그래도 손자는 할아비를 증오하지 않아 주었다. 지금 이 순간, 그것이 얼마나 다행스러운 일로 받아들여지는지……

과추운은 한 차례 고개를 흔들어 회한을 지운 뒤, 바둑판 너머에 앉은 견아를 바라보았다.

"응창應暢의 기세棋勢가 말하는 것이 무엇이냐?"

과추운이 물었다. 응창은 후한 말엽 삼국시대를 풍미했던 바둑 고수였다. 견아는 또렷한 목소리로 응창이 피력한 바둑 이론에 대해 설명하기 시작했다.

"공격으로써 이기는 길보다는 수비로써 이기는 길이 정도라고 했습니다. 또한 좋은 수를 둠으로써 이기는 경우보다는 나쁜 수를 둠으로써 패하는 경우가 더 많다고 했습니다."

과추운은 견아의 말에 덧붙였다.

"응창 이후, 바둑은 나날이 발전했다. 바둑을 바라보는 눈 역시 많은 변화를 거듭했다. 그 결과 네 증조부이신 청류淸流 공께선, 수비로 일관하여 기세를 잃는 자를 가리켜 겁자怯者라 비난하셨다. 그리고 내 대에 이르러서는 제아무리 형세가 유리하다 할지라도 상대에게 기세를 넘겨주지 않는 것을 장기로 삼게 되었다. 더욱 강하게 부딪쳐 기세를 제압하는 것, 그것이 바로 우리 과씨 기예의 본령인 것이다."

견아는 묵묵히 과추운의 말을 경청했다.

"〈망우청락집忘憂淸樂集〉과 〈위기부圍棋賦〉, 〈팔괘유운기보八卦柔雲棋譜〉에 나오는 기보들은 모두 외우고 있겠지?"

그것들은 모두 예부터 전해오는 기보집들이었다. 견아는 짧지만 자신감이 배인 목소리로 대답했다.

"예."

그런 견아를 과추운은 대견스러운 눈으로 바라보았다. 바둑에 대한 재질만큼은 결코 자신의 아래가 아닌 손자였다. 그런 손자에게 최후의 가르침을 내릴 수 있다는 사실 하나만으로도 곡리에서 당한 모든 수치를 달게 참아 낼 수 있었다. 목숨 하나만은 붙여 준 석대원에게 일말의 고마움을 품을 수 있었다.

과추운은 시선을 내려 자신의 앞에 놓인 무쇠 바둑판을 바라보았다. 강호에 첫발을 내딛던 날부터 오늘까지 사십 년이 넘는 세월 동안 분신처럼 여겨 온 바둑판이었다. 연꽃 모양으로 만들어진 네 다리며 공들여 먹여 놓은 먹줄들은 눈을 감더라도 생생히 떠올릴 수 있을 만큼 친숙하기만 했다.

과추운은 자신도 모르게 바둑판을 어루만졌다. 그 위에 새겨진 몇 군데 요철들이 손가락을 통해 느껴졌다. 대적용의 화살이 꽂혔던 자국, 제갈휘의 정념검이 남긴 상처 그리고 석대원의 혈랑검이 가르고 지나간…….

과추운의 입술에 우울한 미소가 바람처럼 스쳐 갔다. 이 무슨 가치 없는 상념이란 말인가. 독약의 힘을 빌려 허락받은 소중한 시간이었다. 사랑하는 사람을 위해 쓰는 데만으로도 부족했다.

과추운은 견아를 똑바로 바라보며 말했다.

"판을 만들어 봐라."

견아는 아이답지 않은 신중한 손길로 흑돌을 들어 바둑판의 네 귀퉁이 화점花點에 올려놓았다. 이른바 치기置棋(접바둑). 견아의 기예는 과추운의 그것과 네 점의 격차가 있었던 것이다. 하지만 과추운은 고개를 흔들었다.

"한 점을 떼어라."

견아가 조금 놀란 표정으로 과추운을 바라보았다. 하지만 과추운의 표정은 진중하기만 했다. 견아는 쭈뼛거리는 손길로 흑돌 하나를 걷어 냈다.

"네가 이겨 주길 바란다."

과추운의 이 말에는 생애 마지막이 될 대국에서 손자의 장한 모습을 보고 싶다는 할아버지의 소망이 담겨 있었다.

견아는 침을 꿀꺽 삼켰다.

"촌寸, 촌寸."

과추운이 짧게 말했다.

견아는 잠시 어리둥절했다. 하지만 이내 과추운이 호점呼點(착점을 말로써 지시함)으로 판을 진행하려 한다는 것을 깨달았다. 남당 시대의 문인 서현徐鉉이 처음 제안한 이러한 호점은, 가로세로 각각 열아홉 줄씩 먹여진 바둑판의 먹줄에 천天에서 용㘀까지 고유한 명칭을 붙인 뒤, 그 조합으로써 착점을 좌표화하는 방식이었다. '촌, 촌'이면 상변으로부터 세 번째 줄과 우변으로세 번째 줄이 교차하는 자리를 뜻했다.

과추운은 왜 이처럼 번거로운 호점으로 판을 진행하려는 것일까?

견아는 그 이유를 짐작할 수 있을 것 같았다. 지금 과추운의 생명은 언제 꺼질지 모르는 몽당촛불과 같았다. 그런 만큼 팔을 움직일 힘마저 아껴 가며 이 대국에 최선을 다하려는 것이다.

견아는 백돌 하나를 들어 과추운이 호점한 자리에 살며시 올려놓았다. 흑돌 셋과 백돌 하나. 바둑은 이렇게 시작되었고, 이제는 견아의 차례였다. 견아는 흑돌 하나를 집어 한쪽 변에 넓은 세력을 포진했다.

　모용풍은 아궁이 속에서 타오르는 모닥불을 바라보고 있었다.
　잡학 다식하기로는 천하에서 둘째가라면 서러워 할 순풍이인 만큼 바둑에 대한 안목도 웬만큼은 지녔다 자부하는 터였다. 하지만 그것은 어디까지나 보통 사람들 사이에서의 이야기. 지금 벌어지는 대국은 한 수 한 수가 이미 모용풍의 기력으로는 헤아릴 수 없는 높은 경지에서 이루어지고 있었다. 게다가 지금 둘 차례인 견아는 좀처럼 착수하지 못하고 장고에 들어 있었으니, 기력이 딸리는 구경꾼으로선 한눈팔기 딱 좋은 상황인 것이다.
　그런 모용풍의 귓전에 쉬고 갈라진 목소리가 들려왔다.
　"아우."
　모용풍은 고개를 돌려 과추운을 바라보았다. 과추운의 얼굴은 이미 칙칙하게 죽어 있었다. 그것은 이제껏 과추운을 지탱해 주던 귀비정의 약력이 빠르게 사라지고 있음을 말해 주고 있었다. 모용풍의 표정이 어두워졌다. 과추운은 과연 이 한 판의 대국이 끝날 때까지 버틸 수 있을까?
　"걱정 말게. 난 괜찮아."
　과추운은 모용풍의 심중을 읽은 듯 이렇게 말했다. 그 얼굴이 어찌나 처연해 보이던지 모용풍은 차마 오래 대하지 못하고 시선을 돌려 버렸다.
　과추운의 목소리가 다시 모용풍의 귓전에 울렸다.
　"자네 술귀신 놈이 보고 싶지 않나?"
　술귀신이라면 일 년 열두 달 술독을 끼고 산다는 상취거사常醉居士 화비정華非淨을 가리켰다. 기棋, 화火, 주酒, 안眼, 통通의 강호오괴 중 주酒에 해당하는 위인이 바로 그였다.

"화가 놈이 모습을 감춘 지도 벌써 십오 년이 넘지 않소?"

"벌써 그렇게 되었나? 무정한 친구 같으니라고. 살아 있기나한 건지……."

"염려 마시구려. 저승 술이 이승 술보다 맛있다는 확신이 서기 전에는 절대 안 죽을 놈이니까."

모용풍의 말이 재치 있게 들렸는지 과추운의 입가에 엷은 미소가 떠올랐지만, 그 미소는 금방 사라져 버렸다.

"명년 봄에 날씨가 풀리면 주가 놈과 함께 화가를 찾아봅시다. 소주에 숨어 사는 모양이던데 그놈 별명이 신안자 아니오. 사람 찾는 데엔 이력이 났을 게요."

모용풍은 애써 밝은 목소리로 말했다. 그러나 명년 봄의 과추운은 아무 데도 갈 수 없다는 사실을 모용풍과 과추운, 두 사람 모두 알고 있었다.

"명년 봄이라…… 하긴 겨울이 지나면 봄이 오겠지."

과추운의 입에서 탄식 같은 목소리가 낮게 흘러나왔다.

딱.

견아의 장고가 끝났다. 견아는 흑돌을 쥔 조그만 손으로 바둑판을 야무지게 두드렸다. 바둑에 있어서 자신감이란 깊은 수 읽기에서 나오는 법. 오랜 시간에 걸쳐 수를 읽었으니 돌을 놓는 손길에 힘이 실리는 것도 무리는 아니었다.

하지만 과추운은 눈살을 찌푸렸다.

"멍청한 녀석! 오궁도화五宮桃花(다섯 개의 집을 내고 있으나 상대가 치중하면 살지 못하는 나쁜 형태)도 못 보다니!"

다 죽어 가는 몸 어느 구석에 그런 힘이 남았는지 과추운은 큰 소리로 견아를 꾸짖었다. 이어…….

"촌寸, 천尺!"

차가운 목소리가 바둑판으로 떨어졌다.

견아는 백돌을 집어 과추운이 호점한 곳에 올려놓았다. 다음 순간 아이의 얼굴이 홍시처럼 시뻘게졌다. 자신의 수읽기에 큰 착각이 있었음을 깨달은 것이다.

촌, 천의 자리에 놓인 백돌은 그야말로 흑 대마의 급소를 찌르고 있었다. 그 한 수의 치중으로 흑 대마는 고스란히 죽어 버린 것이다.

"〈현현기경玄玄棋經(원나라 때 출간된 묘수풀이집. 각 문제마다 고사에서 유래된 이름이 붙어 있음)〉에 나오는 '이도삼사二桃三士'를 잊었느냐? 이게 바로 그 모양이 아니더냐!"

"아!"

견아는 그제야 바둑판에 얽혀 있는 흑백 간의 모양이 낯설지 않음을 알아차렸다. 과추운의 말처럼, 자신이 수십 수백 번 반복해 놓아 본 〈현현기경〉 안의 한 문제와 비슷한 모양인 것이다.

흑 대마가 죽음으로써 석 점을 미리 깐 효과는 없어진 것과 다름없었다. 흑에게 남은 것이라고는 세력이 될지, 곤마가 될지 모르는 중앙의 두꺼움뿐.

그러나 견아는 이대로 판을 포기할 수 없었다. 그렇게 하기엔 과추운에게 남겨진 시간이 너무나도 짧았다.

"아직 바둑은 끝나지 않았습니다."

견아는 고개를 들고 또박또박 말했다. 과추운의 눈에 이채가 어렸다.

"그 말을 죽이고도 계속하겠다고?"

"예."

견아가 판을 이어 가려는 것은 반드시 죽어 가는 할아버지를 위해서만은 아니었다.

물론 백의 날카로운 한 수로 인해 흑 대마가 소생할 수 있는 길은 완전히 사라졌다. 하지만 그 흑 대마에 얽혀 있는 백 대마 역시도 좋은 형태라고 말하기는 힘들었다. 그 약점을 적절하게 추궁하여 백으로 하여금 많은 수를 들여 흑을 잡아 가도록 만든다면, 흑이 지닌 중앙의 두터움은 막강한 세력으로 살아날 수도 있는 것이다. 이른바 사석작전捨石作戰(바둑에서 자신의 돌을 버림으로써 오히려 이득을 얻는 작전).

견아는 백 대마의 형태를 면밀히 살핀 뒤, 어느 한 곳을 강력하게 끊어 버렸다. 그곳은 실로 '대마의 척추'라 부를 수 있을 만한 급소 중의 급소였다.

'내가 손자 하나는 잘 둔 셈인가?'

과추운은 흐뭇한 표정으로 고개를 끄덕였다. 지금의 한 수를 통해 견아의 번뜩이는 재주를 다시 한 번 엿본 것이다.

그러나 재주만으로 대성하기엔 바둑의 길이 너무 멀고 험난했다. 견아는 이제 막 개어 놓은 진흙이었고, 그 진흙은 도공의 입에 흐뭇한 미소를 맺히게 만들 정도로 양질의 것이었다. 이제 남은 일은 아름다운 선을 빚고 고운 유약을 발라 적당한 불에 구워 내는 것.

과추운은 앞으로 견아에게 가장 필요한 것이 무엇인가를 생각해 보았다. 그 해답을 내기란 어렵지 않았다.

좋은 진흙에게 가장 필요한 것은 좋은 도공이었다.

'역시…… 그뿐인가?'

과추운은 한 사람의 이름을 떠올렸다.

"촌寸, 송松……."

힘없는 호점이었다. 그 수를 끝으로 바둑판에 포진되어 있는 모든 돌들의 가치가 완전히 결정되었다. 대국이 끝난 것이다.

과추운의 얼굴은 이제 잿빛으로 물들어 있었다. 생기라고는 한 오라기도 찾아볼 수 없는 죽은 사람의 얼굴이었다.

"어떻게…… 되었느냐……?"

과추운이 물었다. 묵묵히 바둑판을 내려다보던 견아가 조금 상기된 목소리로 대답했다.

"제가 네 집 남겼습니다."

"장하……다……."

과추운의 목과 어깨가 실 끊어진 인형처럼 풀썩 가라앉았다.

"형님!"

곁에 있던 모용풍이 화들짝 놀라 과추운을 부축했다. 하지만 과추운은 이미 의식을 잃은 뒤였다.

"할아버지!"

견아가 바둑판을 타 넘어 과추운의 몸을 와락 끌어안았다. 그 옷자락에 쓸린 흑백의 돌들이 항에 어지러이 나뒹굴었다.

모용풍은 과추운의 명문혈에 다시 진기를 주입했다. 하지만 원정元精마저 완전히 소진된 과추운의 몸은 좀처럼 움직이려 들지 않았다.

모용풍은 과추운을 눕힌 뒤 왼쪽 가슴을 세차게 누르기 시작했다. 이것은 반혼추返魂鎚라는 요상술로서, 심장에 강한 충격을 주어 떠나려는 목숨을 잠시 붙잡아 두는 수법이었다.

반혼추의 효과 때문일까? 아니면 아직 못다 한 말이 남았기 때문일까?

"으……."

축 처진 눈까풀이 가늘게 떨리며 말라붙은 입술 틈으로 들릴 듯 말 듯 한 신음이 새어 나왔다.

"할아버지, 어서 일어나세요! 견아에게 바둑을 더 가르쳐 주셔야죠!"

견아의 얼굴은 눈물과 콧물로 엉망이 되어 있었다.

과추운의 눈까풀이 열렸다.

"아우…… 거기 있는가……?"

눈을 뜨고 있건만 아무것도 보지 못하는 것 같았다.

"예, 여기 있습니다."

모용풍의 눈에서도 굵은 눈물이 샘솟듯 흘러나오고 있었다.

"부탁이 있어……."

"말씀하세요, 형님."

"견아를…… 견아를 한 사람에게 데려다주게……."

"압니다. 벌써 그럴 생각이었어요."

모용풍은 과추운이 말하는 사람이 누군지 이미 알고 있었다. 과추운이 세상을 떠난 뒤 견아의 기예를 지도해 줄 수 있는 사람은 천하에 오직 그 사람뿐이었다.

"고마워……. 정말이야……."

앙상한 손으로 애써 모용풍의 손을 더듬으려는 과추운의 주름진 눈까풀 끝에 한 방울 눈물이 맺혔다. 모용풍은 오열을 삼키며 그런 과추운의 손을 꼭 움켜잡았다.

"견아……."

과추운이 이번에는 손자를 찾았다. 모용풍은 견아의 손을 이끌어 과추운의 손에 포개 주었다.

과추운은 가쁜 숨을 내쉬며 한동안 아무 말도 하지 못했다. 그러다가 갑자기, 정말로 갑자기 견아의 손을 꽉 움켜쥐었다.

공허하게 열린 동공에 한 줄기 뜨거운 열정이 떠오른 것도 바로
그 순간이었다.

"너는…… 너는 꼭……."

과추운의 턱이 가늘게 떨렸다.

"대국수大國手가 되어야…… 한……다……."

그 말을 끝으로 과추운의 손이 스르르 풀렸다. 마지막 붙잡
고 있던 생명의 끈이 끊어진 것이다.

"형님!"

"할아버지!"

모용풍과 견아는 참았던 오열을 터뜨렸다.

# 대국對局 (二)

## (1)

　제남부의 개고기라 불리는 날건달 이삼李三이 아이를 본 것은, 신무전이 위치한 방천구方天口의 모든 거리가 원단을 맞이한 기쁨으로 흥청거리던 정월하고도 초이레였다.

　그때 아이는 폭죽을 파는 상점 앞에 서 있었다. 몸에 걸친 굴건屈巾(상모)과 참최斬衰(상복)로 미루어 부모나 조부모의 상을 당한 듯한데, 그래도 아이는 아이인지라 형형색색 예쁘게 만들어진 폭죽들 앞에서 상제로서의 처지를 잊어버린 모양이었다.

　아이는 거친 베로 만든 상복에도 불구하고 무척이나 쓸 만해 보였다. 타고난 천품이 경박하지 않을 터이니 번듯한 이목구비가 그것을 말해 주고 있었고, 자라 온 환경이 난잡하지 않을 터이니 조신한 몸가짐이 그것을 말해 주고 있었으며, 굴건 속에 감춰진 머리 또한 명석할 터이니 별처럼 반짝이는 눈동자가 그것을 말해 주고 있었다.

'흐음, 고것이 제법…….'

가뜩이나 갸름한 이삼의 눈이 더욱 가늘어졌다. 하기야 예쁜 아이를 보고 미소를 머금지 않는 자 드물겠지만, 이삼은 조금 다른 의미의 흡족함을 느끼고 있었다.

물론 이삼에게는 남색 같은 별난 취미는 없었다. 그는 여자, 그것도 침대에서 자신에게 즐거움을 줄 수 있는 성숙한 여자를 좋아하는 지극히 정상적인 사내였다.

문제는 이삼이 아닌, 북곽北廓에 사는 왕 대낭王大娘에게 있었다. 왕 대낭은 오십을 넘긴 나이에 어울리지 않게 예쁘장한 사내아이만 보면 눈깔이 뒤집히는 주책바가지 할망구였고, 이삼은 그 왕 대낭에게 쓸 만한 사내아이를 공급해 주는 대가로 노름 밑천이나 받아 먹고사는 그렇고 그런 인생이었던 것이다.

이삼은 주위를 둘러보았다. 때가 때인 만큼 시장 안에는 제법 많은 사람들이 돌아다니고 있었다. 그러나 아이의 보호자로 보이는 사람은 눈에 띄지 않았다.

'올해 마수걸이치고는 괜찮은 편이야!'

저놈을 잡아다가 깨끗이 씻기고 잘 입히면 적어도 은자 닷 냥은 받아 낼 수 있을 것이다. 은자 닷 냥이면 요즘 들어 부쩍 앙탈이 심해진 열빈루悅貧樓 소향素香이를 식초에 담근 해파리처럼 흐늘흐늘하게 만들 수 있을 것이다. 이삼은 가볍게 진저리를 쳤다. 소향이의 달덩이 같은 엉덩이를 생각하니 벌써부터 사타구니가 근질거리는 것 같았다.

마음을 정한 이삼은 폭죽 가게를 향해 걸음을 옮겼다. 모든 이가 경멸하는 제남부 개고기의 것이라고는 믿어지지 않는 점잖은 걸음걸이였다.

"험! 폭죽을 몇 개 사려 하오만⋯⋯."

끝이 길게 이어지는 묵직한 목소리도 개고기의 것과는 거리가 멀었고, 여유로운 웃음이 맺힌 입가의 잔주름 또한 개고기의 것이라고는 생각할 수 없었다.

때문에 폭죽 장수 기씨祁氏 영감은 당혹스러울 수밖에 없었을 것이다. 영감의 얼굴에 떠오른 표정은, '저 개고기가 오늘은 무슨 패악을 부리려고 저렇게 점잔을 빼는 걸까?'라고 말하는 듯했다.

'이 영감쟁이가 콱!'

이삼은 아이가 눈치채지 못하도록 기씨 영감을 향해 눈을 부라렸다. 그것은 과연 효과가 있어서, 기씨의 굳은 표정이 봄눈처럼 스르르 녹아내렸다.

이삼은 진열된 폭죽을 만지작거리며 말했다.

"우리 애가 하도 보채서⋯⋯ 허허! 애들이 좋아할 만한 놈으로 몇 개 골라 주시구려."

삼십을 넘기고도 허랑방탕한 생활로 인해 자식은커녕 마누라조차 얻지 못한 이삼이었다. 하지만 지금 그의 얼굴에 떠오른 것은 귀여운 자식의 부탁을 차마 거절하지 못하는 아버지의 표정과 똑같았다.

기씨는 폭죽들 중 몇 개를 집어 종이에 싸 내밀었다. 값이 얼마라는 말 따위는 없었다. 당초부터 돈 받고 팔 생각이 없었기 때문이리라.

하지만 놀랍게도 이삼은 전낭에서 동전 몇 닢을 꺼내 기씨에게 내미는 것이었다. 심지어는 어리둥절해하는 기씨를 향해 인사를 던지기까지 하는 것이었다.

"많이 파시구려."

이삼은 천천히 몸을 돌렸다. 그러다가 고개를 갸웃거리며 걸음을 멈췄다. 마치 폭죽을 구경하던 상복 차림의 아이를 그제야 처음 발견한 양.

이삼은 아이에게 부드러운 말을 건넸다.

"애야, 너도 폭죽놀이를 하고 싶은 게냐?"

아이가 고개를 돌려 이삼을 바라보았다.

'역시!'

이삼은 내심 쾌재를 불렀다. 정면에서 본 아이의 얼굴은 정말 깨물어 주고 싶을 정도로 귀여웠다. 이 정도면 당초 예상했던 것의 곱절은 받아 낼 수도 있을 것 같았다.

물론 이삼은 그런 흑심을 얼굴에 드러낼 만큼 풋내기가 아니었다.

"쯧쯧, 상을 당한 모양이구나."

진심으로 위로해 주는 듯한 이삼의 말에 아이의 표정이 한순간에 우울해졌다. 그제야 자신의 처지를 떠올린 모양이었다.

"불쌍하게도…… 나도 너만 한 아이가 있단다."

이삼은 아이의 뒤통수를 쓰다듬었고, 아이는 금방이라도 눈물을 쏟을 것 같은 표정이 되었다. 아무리 머리가 좋다고 해도 아이는 아이. 없는 자식까지 팔아 가면서 사기를 치는 이삼의 간특함을 간파할 수 있다면, 이미 아이라 부를 수 없을 것이다.

"이런, 이런, 아저씨가 괜한 말을 꺼낸 모양이구나."

이삼은 미안한 표정을 짓더니, 종이에 싼 폭죽들 중에서 하나를 꺼냈다.

"이것은 구구연화폭九九蓮花爆이라는 것이지. 여든한 개의 연화폭죽이 연달아 터지는데, 그게 아주 볼만하단다. 아저씨가 사과하는 듯에서 이걸 너에게 주마."

이삼은 아이가 사양할 겨를도 없이 작은 손에 폭죽을 쥐여 주었다. 단단히 꼰 삼실에 아이의 새끼손가락보다도 가느다란 울긋불긋한 원통들을 잔뜩 매달아 놓은 것이었다.

"아저씨, 고맙습니다."

이미 사양하기엔 늦었다고 여긴 것일까? 아니면 원래부터 그 폭죽을 갖고 싶었던 것일까? 어쨌거나 아이는 폭죽을 손에 쥔 채 이삼을 향해 꾸벅 머리를 숙였다.

"고맙기는…… 녀석!"

이삼은 아이의 어깨를 한번 툭, 두드리고는 몸을 돌렸다. 그러다가 그제야 생각난 듯 다시 아이를 바라보았다.

"참, 여기서는 폭죽이 있어도 놀 수 없겠구나."

이삼의 말은 사실이었다. 이런 시장통에서 굴건에 참최를 걸친 아이가 폭죽을 터뜨린다면, 최소한 아이를 칭찬하는 사람은 없을 것이 분명했다.

아이는 주위를 둘러보며 난처해하는 표정을 지었다. 그리고 그것은 이삼의 예상과 그대로 맞아떨어졌다.

"저쪽 공터에 가면 아들놈이 나를 기다리고 있단다. 거기라면 폭죽을 터뜨려도 책할 사람이 없을 게다. 거기서 우리와 함께 놀지 않겠느냐?"

너무나 덤덤해서 가도 그만 안 가도 그만이라는 식의 말투였다. 아이는 이삼의 얼굴과 쥐고 있던 폭죽을 번갈아 바라보았다. 망설이는 기색이 역력했다.

"우리 애는 몸이 약해서 친구가 없단다. 네가 와 주면 무척이나 좋아할 텐데……."

이번에는 덤덤한 투가 아니었다. 말끝을 흐리는 이삼의 얼굴에서는 병약한 아들을 안타까워하는 부정이 진하게 배어 나왔다.

아이가 드디어 입을 열었다.

"할아버지께서 기다리실 텐데…… 금방 돌아올 수 있나요?"

이삼은 활짝 웃었다.

"공터는 아주 가깝단다."

아이는 고개를 숙이고 잠시 생각한 뒤, 고개를 끄덕였다.

"저는 이것만 터뜨리고 올래요."

"그러렴, 허허!"

이삼은 기쁜 듯 너털웃음을 터뜨린 뒤 휘적휘적 걸음을 옮겼다. 뒤돌아볼 필요도 없었다. 그는 아이가 따라올 거라는 사실을 믿어 의심치 않았다.

과연 타박거리는 발소리가 이삼을 따라오기 시작했다.

'흐흐!'

이삼의 얼굴에 비로소 개고기에 걸맞은 흉물스러운 기운이 어리기 시작했다.


기씨는 아이가 이삼을 따라 멀어져 가는 모습을 안타까운 시선으로 바라보았다. 그 속내야 알 수 없지만, 이삼이 아이에게 호의를 베풀 리 없다는 것은 충분히 짐작할 수 있었다. 아이를 도와주고 싶은 마음이야 굴뚝같지만 어쩔 도리가 없었다. 아무리 답답해도 할 수 없는 일은 할 수 없는 것이다.

이런 누추한 장사라도 제대로 해 먹기 위해서는 이삼 같은 음지 인생들의 행사를 방해해서는 안 된다. 그 점은 신무전이 자리 잡고 있는 방천구라 해도 예외는 아니었다. 부목이라도 댄 것처럼 모가지가 뻣뻣한 협사라는 작자들은 시장 구석에 좌판을 깔고 하루하루 근근이 연명하는 영세한 상인들의 사정과는 너무도 동떨어진 높디높은 구름 위에서 살고 있었다. 법은 멀고 주먹은 가깝다는 말이 통하는 세상에서는 양지의 주먹은 멀고 음지의 주먹은 가깝다는 말 또한 유효한 것이다.

울적한 현실은 사람의 마음을 울적하게 만든다.

"카악, 퉤!"

기씨는 가래침을 뱉었다. 다정한 가난뱅이란 마치 독수리 날개를 단 참새와 같았다. 날개의 무게에 짓눌려 참새가 날지 못하듯, 마음속의 정이 얄궂어 가난뱅이는 상처받기 마련이다.

한 가지 다행스러운 점은, 기씨처럼 세상을 오래 산 사람들은 이미 그 상처에 대한 특효약이 무엇인지 잘 안다는 사실이었다. 보고도 못 본 척, 보았으면 안 본 척 하면 그만이었다. 협행이야 협사들이나 실컷 하라지. 폭죽 장수는 폭죽만 팔면 되는 것이다.

하지만 그로부터 일각쯤 지난 뒤, 기씨는 좋든 싫든 아이를 떠올릴 수밖에 없는 상황에 직면하게 되었다.


"상복이라고 했소?"

기씨는 눈앞에 서 있는 노인에게 되물었다.

"그렇소이다. 상복 차림에다가 북쪽 지방 사투리를 쓰는 열두 살 먹은 아이외다."

기씨에게 아이의 인상착의를 설명하는 노인은 한눈에 보아도 기인奇人이었다.

곡상봉哭喪棒을 쥐었으니 상을 당한 것이 분명한데 무슨 영문인지 상복은 입지 않았고, 왼팔 소매가 헐렁하니 불구인 것이 분명한데 무슨 조화인지 얼굴에는 신기神氣가 충만했으며, 네모

반듯한 무쇠 덩어리를 짊어졌으니 힘겨울 것이 분명한데 무슨 재주인지 행동거지는 청년처럼 날렵했으니, 이 어찌 기인이라 하지 않겠는가.

"내가 요 앞 객점에서 목을 축이는 사이에 잠시 시장 구경이나 하겠다며 나갔는데, 술 한 병을 다 마시도록 소식이 감감하지 않겠소? 혹시 그렇게 생긴 아이를 못 보았소?"

외팔이 노인의 말을 들으며 기씨는 갈등을 느낄 수밖에 없었다. 물론 이제라도 아이를 돕고 싶었다. 하지만 하루살이가 아닌 이상 내일의 일도 걱정해야만 했다. 만약 자신이 입을 연 사실을 이삼이 아는 날엔, 아홉 식구의 생계가 매달린 이 장사는 그날로 결단날 것이 불 보듯 뻔했다.

기씨의 그런 심중을 알아차리기라도 한 것일까? 외팔이 노인의 눈빛이 송곳처럼 날카로워졌다.

"보았소?"

"아니, 그, 그게……."

기씨는 쉽게 대답을 못하고 머뭇거렸다. 그러자 외팔이 노인이 들고 있던 곡상봉으로 땅을 내리찍으며 외쳤다.

꽝!

"보았으면 본 것이고 안 보았으면 안 본 것이지, 아니는 무슨 얼어 죽을 놈의 아니란 말인가!"

기씨의 눈이 화등잔만큼이나 커졌다.

외팔이 노인이 들고 있는 대나무 곡상봉은 본래 다섯 자가 넘는 것이었다. 그런 물건이 이제는 손잡이 부분의 한 자밖에 남아 있지 않았다. 그 나머지 부분이 수많은 사람들의 발밑에서 바위처럼 단단히 다져진 땅바닥을 뚫고 들어갔다는 사실을 알아차린 기씨는 저 외팔이 노인이 외모만 기인이 아님을 깨달을 수 있었다.

'강호 기인이었구나!'

강호인이라는 족속들에게 어떤 재주가 있는지는, 잘난 척하기 좋아하는 신무전 제자들을 지겹도록 상대해 온 기씨가 모를 리 없었다.

"알고 있는 것을 당장 말해라! 안 그러면 다시는 폭죽을 못 팔게 만들어 주마!"

외팔이 노인은 땅바닥 깊이 꽂힌 곡상봉을 뽑아 들며 으름장을 놓았다.

외팔이 노인이 강호에서 협객 소리를 듣건 아니면 마두 소리를 듣건, 기씨에게 있어서 그것은 조금도 중요한 문제가 아니었다. 중요한 문제는 저 외팔이 노인이 이삼과 마찬가지로 그의 집 아홉 식구의 생계를 끊어 놓을 수 있을 뿐만 아니라, 심지어 그 일을 당장이라도 저지를 수 있다는 점이었다.

결국 기씨는 이삼과 아이에 대해 아는 바를 고스란히 실토할 수밖에 없었다.


북적거리는 인파를 헤치며 달리는 동안 몇 사람이나 자빠뜨렸는지 기억조차 나지 않았다. 폭죽 가게 주인이 가리킨 방향만 바라보며 부리나케 달리는 모용풍은 누가 보더라도 실성한 늙은이 같았을 것이다.

그도 그럴 것이, 견아가 어떤 아이인가! 과추운이 이 세상에 남긴 유일한 혈육이요, 희망이 아니던가!

바둑을 가르쳐 줄 수 있는 사람에게 견아를 데려다주기 위해 과추운의 장례도 변변히 치르지 못하고 길을 떠난 모용풍이었다. 그런데 그 소중한 아이를, 별명부터가 인간 같지도 않은 개고기란 놈에게 유괴당하다니! 모용풍이 반쯤 돌아 버린 것도 무리는 아니었다.

시장을 빠져나오자 모용풍은 비로소 제대로 된 경신술을 사용할 수 있었다. 발끝에 찍힌 지면이 사정없이 파여 나갔고, 얼음장처럼 싸늘한 바람이 귓전에서 부서졌다. 강적에게 쫓긴 경험이 여러 번 있는 그이지만 이렇게 미친 듯이 달려 보기는 처음인 것 같았다.

그렇게 얼마나 달렸을까?

석교石橋가 놓인 실개천 하나를 지나고 잡목이 우거진 나지막한 둔덕에 이르렀을 때, 모용풍은 그렇게도 찾아 헤매던 견아의 모습을 발견할 수 있었다. 그런데…….

"어?"

가장 먼저 눈에 띈 것이 견아임에는 분명했다. 하지만 견아의 앞에 서 있는 커다란 방갓을 쓴 왜소한 사람 하나와, 그들로부터 조금 떨어진 곳에 널브러진 피투성이 사내 하나를 발견한 것도 거의 동시의 일이었다.

다행히도 견아는 별 탈 없는 것 같았다. 그 사실이 바싹 졸아들었던 모용풍의 마음을 풀어지게 만들었다. 하지만 의혹이 일어나는 것은 어쩔 수 없었다. 이곳에서 대체 무슨 일이 있었던 것일까?

"견아!"

모용풍은 큰 소리로 아이의 이름을 부르며 달려갔다. 방갓을 쓴 사람과 뭔가 이야기를 나누던 견아가 반색을 하며 모용풍에게 달려왔다.

"할아버지!"

모용풍은 품으로 뛰어드는 견아를 와락 끌어안았다.

"이놈! 이 멍청한 놈! 이 할아버지가 얼마나 걱정했는지 아느냐? 길거리에서 만난 사람을 함부로 따라가다니, 그러다가 무슨 일이라도 당하면 어쩌려고 그러느냐? 어디 다친 데는 없느냐?"

모용풍은 견아를 품에서 떼어 놓고 이리저리 돌려 세우며 살펴보았다.

"저는 괜찮아요. 하지만 저분이 아니었다면······."

견아는 말끝을 흐리며 방갓을 쓴 사람을 돌아보았다. 아마도 개고기에게 끌려가는 견아를 저 사람이 구해 준 모양이었다.

모용풍은 견아의 손을 잡고 그에게로 다가갔다.

"누구신지는 모르나 큰 은혜를······."

그러나 모용풍의 사례는 끝까지 이어지지 못했다. 그 사람이 쓰고 있던 방갓을 천천히 벗었기 때문이다.

가늘게 찢어진 눈에 가운데가 툭 꺾인 매부리코. 그리고 움푹 파여 강퍅해 보이는 볼따구니······.

낯익은 얼굴이었다. 아니, 낯익은 정도가 아니라 몇 달 전까지만 해도 동고동락하던 친숙한 얼굴이었다.

그 사람이 모용풍에게 말했다.

"모용 형, 오랜만이네."

조금 쉰 목소리로 모용풍에게 인사를 건네는 사람은 지난가을 곡리에서 헤어진 한로였다.

"하, 한 형이 어떻게······?"

모용풍은 오직 놀라울 뿐이었다.

의형 과추운에게 무자비한 살수를 전개한 석대원을 향해 결별을 선언했을 때, 모용풍은 두 번 다시 석대원의 얼굴을 보지 않으리라 결심했고, 그러한 결심은 한로에게도 그대로 적용되었다. 늘그막에 깊어진 정을 생각하면 차마 하기 힘든 일이지만, 그래도 어쩔 수 없었다. 한로는 석대원이란 주체를 좇아 살 수밖에 없는 철저한 객체이기 때문이었다.

그런데 그 한로를 곡리에서 수천 리 떨어진 이 산동 땅에서 마주칠 줄 모용풍이 어찌 알았겠는가!

그때 견아가 모용풍의 소맷자락을 잡아당기며 말했다.

"이 할아버지께서 저를 구해 주셨어요."

모용풍은 뭐라 할 말을 찾지 못한 채 견아와 한로를 번갈아 바라볼 뿐이었다. 한로가 한두 번 헛기침을 한 뒤, 널브러져 있는 사내를 가리키며 말했다.

"길을 지나다 보니 저놈이 아이를 강제로 끌고 가는데, 아이가 말을 듣지 않자 비수를 꺼내 위협하지 않겠나. 그래서 내가 끼어들게 되었지."

땅바닥이 핏물로 흥건한 것으로 미루어 개고기란 놈은 이미 절명한 모양이었다. 그 옆에 떨어진 한 자루 비수가 모용풍의 가슴을 또 한 번 섬뜩하게 만들었다. 때마침 한로가 이 길을 지나지 않았다면? 생각만 해도 소름이 돋았다.

"고맙네. 이 아이에게 무슨 일이 생겼다면, 나는 죽어도 눈을 감지 못할 걸세."

한로의 입꼬리가 슬쩍 말려 올라갔다. 모용풍으로선 너무도 친숙한 한로 특유의 미소였다.

"아이가 아주 똘똘하더군. 모용 형의 손자인가?"

모용풍은 고개를 저었다.

"이 아이의 성은 '과過'라네."

"과……."

그 성을 나직이 뇌까리던 한로는 금방 안색이 변해 모용풍을 바라보았다.

"그렇다면 혹시……?"

모용풍은 고개를 한 번 끄덕이는 것으로 대답을 대신했다.

한로는 울지도 웃지도 못하는 기묘한 표정이 되었다. 아이의 할아버지인 과추운은 한로의 주인인 석대원의 손에 죽은 것이나 진배없는데, 과추운의 손자인 아이는 석대원의 종인 한로의 손에 목숨을 건졌다. 하면 이것을 악연이라 불러야 할까, 가연이라 불러야 할까? 원한이라 증오해야 할까, 은혜라 고마워해야 할까? 참으로 얄궂은 일이 아닐 수 없었다. 운명의 장난이라고밖에는 설명할 길이 없는.

망연해하는 한로에게 모용풍이 슬며시 물었다.

"이 제남부엔 무슨 일로 왔는가?"

퍼뜩 정신을 차린 한로가 대답했다.

"소주의 심부름으로 왔네."

모용풍은 잠시 머뭇거리다가 다시 물었다.

"그는…… 지금 무양문에 있는가?"

'그'란 바로 석대원이었다. 언제나 꼬박꼬박 '석 공자'라 공대하던 모용풍이었지만, 교분을 끊어 버린 지금은 그렇게 부르고 싶지 않았다.

그런 모용풍의 심정을 눈치챈 듯, 한로의 눈가에 그늘이 드리웠다.

"무양문에 계시네. 모용 형의 계획대로지."

석대원에게 무양문으로 갈 것을 권한 사람은 바로 모용풍이었다. 비각을 상대하는 가장 좋은 방도가 무양문의 힘을 이용하는 것이라 여겼기 때문이다. 그래서 화산까지 찾아가 제갈휘를 만나게 한 것인데…….

'그가 어디에 있든 내가 상관할 바가 아니겠지.'

지금은 다 끝난 일이었다. 연벽제로부터 받은 구명지은을 잊은 건 아니지만 더 이상은 석대원을 도울 수 없었다. 석대원이 자신의 체면을 봐주지 않고 친인인 과추운에게 살수를 전개했다는 이유 때문만은 아니었다. 그날 모용풍의 눈에 비친 석대원은 한 마리 마귀에 지나지 않았다. 어쩌면 비각보다 훨씬 위험할지도 모르는 무시무시한 마귀.

"모용 형은 여기 웬일인가?"

한로가 물었다. 모용풍은 뭐라 대답하려다가 픽 웃었다.

"무슨 일로 왔는가, 웬일인가, 한 형이나 나나 모두 재미없는 얘기밖엔 못 하는군. 우리가 어쩌다 이렇게 되었을까?"

그 이유야 한로도, 그리고 모용풍도 잘 알고 있었다. 잘 알기에 더욱 씁쓸한 질문이었다.

모용풍은 하늘을 바라보았다. 하늘은 두 사람의 마음처럼 어둑했다. 소리 없이 흐르는 시간은 어느덧 밤의 문턱에 이르러 있었다.

"그 심부름이란 게 오늘 꼭 해야만 하는 일인가?"

모용풍의 물음에 한로가 고개를 저었다.

"그런 건 아니네."

"잘됐군. 가세."

모용풍은 한로의 소매를 잡아끌었다. 알지 못하는 곳을 남에게 끌려갈 한로는 결코 아니지만, 이번만큼은 아무 소리 없이 모용풍이 이끄는 대로 발길을 맡겼다.


모용풍이 한로를 데려간 곳은 조금방釣金房이란 현액이 걸린 도박장이었다. 문물이 번성한 방천구에서도 가장 큰 규모를 자랑하는 이 도박장은, 꾼들이 모이기엔 조금 이른 시간임에도 불구하고 빈자리를 찾기 힘들 만큼 북적거리고 있었다.

작고 예쁜 도박 용구들이 움직일 때마다 희열과 절망, 환호와 탄식이 교차되는 도박장. 모용풍의 발길이 멎은 곳은 그중에서도 가장 붐비는 주사위 노름판 앞이었다.

"할까?"

모용풍이 한로를 향해 물었다. 한로는 그런 모용풍의 얼굴을 물끄러미 바라보다가 어느 순간, 씩 웃었다. 유쾌한, 하지만 일말의 비감이 어린 웃음이었다.

"좋지."

한로는 소매를 둥둥 걷어붙인 뒤 사람들을 헤치며 노름판 앞으로 나갔다. 모용풍은 견아의 손을 잡고 그 뒤를 따랐다.

"어어?"

"이 늙은이들이 왜 사람을 밀치고 난리야?"

개중엔 눈을 부라리며 대드는 껑진 위인도 있었지만, 한로의 가벼운 손짓에 오만상을 찡그리며 비칠비칠 물러나고 말았다.

주사위 노름판을 주재하던 물주는 길고 가는 콧수염과 아래로 처진 입꼬리가 한 마리 커다란 메기를 연상케 하는 통통한 장년인이었다. 그는 사람들을 헤치고 불쑥 나타난 세 사람을, 그중에서도 특히 모용풍과 견아를 어리둥절해하는 눈으로 바라보았다. 곡상봉을 든 외팔이 노인과 상복 차림의 어린아이는 아무래도 도박장의 분위기와 어울리지 않았던 것이다.

하지만 한로와 모용풍은 다른 사람의 시선 따위는 전혀 개의치 않았다.

"밑천 걱정은 안 해도 되겠지?"

"쳇! 남의 밑천으로 재미 보려는 버릇은 여전하군. 넉넉하지는 않지만 모용 형이 곡리에서처럼 객기만 부리지 않는다면 하룻밤 놀 정도는 될 걸세."

"흐흐, 그때는 몸이 안 풀려서 그랬지. 오늘은 다를 테니 기대하고 있으라고."

"그놈의 큰소리는……."

모용풍은 물주를 바라보았다.

"흥을 깨뜨린 것 같아 미안하구먼. 우리도 함께 놀아 보고 싶은데, 지금 하는 게 무슨 판인가?"

물주가 눈을 뒤룩거리며 대답했다.

"삼분락三分樂이라오."

삼분락이란 강북에서 성행하는 노름으로, 두 개의 주사위를 던져 눈의 합이 둘에서 다섯까지면 하下에 건 사람이, 여섯에서 아홉까지면 중中에 건 사람이, 그리고 열에서 열둘까지면 상上에 건 사람이 이기는 것을 규칙으로 하고 있었다. 일견 매우 간단한 노름 같지만, 상중하 각 분分이 나올 확률이 균일하지 않아 매 판마다 배당률이 바뀌는 미묘한 재미가 담겨 있었다.

모용풍은 반색을 하며 말했다.

"내 친구가 이 방면엔 완전 초짜라서 어려운 판이면 어떡하나 걱정했는데, 삼분락이라면 괜찮겠지. 어서 시작해 보라고."

"그러지요."

따다다닥!

백단목白檀木으로 만든 주발 안에서 상아 주사위 두 알이 경쾌한 박자로 춤추기 시작했다. 그러던 어느 순간, 주발은 홍금주단紅錦紬緞이 깔린 판에 탁 엎어졌다.

"자, 어디에 거시겠소이까?"

물주의 말이 끝나기가 무섭게 노름판 주위에 몰린 사람들이 분분히 외쳐 대기 시작했다.

"중분에 오백 문!"

"에라, 모르겠다! 난 이번에도 상분에 가련다!"

"어? 이 자식아! 그건 내가 건 돈이야! 그 손 어서 못 떼?"

모용풍과 한로는 서로를 마주 보았다. 다음 순간, 두 사람의 입에서도 중인들의 그것을 닮은 적나라한 외침이 터져 나왔다.

"상분에 오백 문!"

"나도 상분이다! 천 문!"


나무 벽 하나로 나뉜 것에 불과하지만, 도박장 안의 시간은 바깥세상의 그것보다 훨씬 빠르게 흐른다.

두 사람의 주사위 놀음은 삼경三更을 알리는 북소리가 창문 밖으로 울린 뒤에도, 고단해진 견아가 바닥에 쪼그려 앉아 새우 잠에 빠진 뒤에도, 물주가 얼굴이 박박 얽은 곰보로 바뀐 뒤에도 계속 이어졌다. 아래층 주루에서 사 온 백주白酒와 돼지고기로 목마름과 배고픔을 해결하면서 두 사람은 도박에 미친 사람처럼 모든 판에 돈을 걸었다. 예전과는 다를 거라는 모용풍의 장담은 허풍에 지나지 않았는지 따는 판보다 잃는 판이 훨씬 많았지만, 두 사람 모두 그런 것쯤은 아무래도 좋다는 기색이었다.

밤새 후끈 달아올랐던 도박장의 열기는 동틀 무렵이 가까워지자 조금씩 가라앉기 시작했다. 스무 냥 가까운 은자가 들어 있던 한로의 전대가 바닥을 드러낸 것도 그 무렵의 일이었다.

마지막으로 건 돈마저 잃은 모용풍은 덤덤한 목소리로 한로에게 물었다.

"갈까?"

여느 때 같으면 몇 마디 핀잔이라도 늘어놓으련만, 이번만큼은 묵묵히 고개를 끄덕이는 한로였다. 모용풍은 견아를 흔들어 깨웠고, 도박장과 전혀 어울리지 않는 세 사람은 부스스한 얼굴로 조금방을 나섰다. 인적이라곤 찾아볼 수 없는 새벽길을 걸으며 모용풍과 한로는 아무 말도 하지 않았다.

잠시 후 세 사람은 갈림길에 이르게 되었다. 어디로 이어지는지 알지 못하는, 한번 갈라지면 언제 다시 만날지 기약할 길이 없는 갈림길.

"잘 가게."

모용풍이 한로에게 말했다. 한로는 천천히 고개를 끄덕였다.

한로가 먼저 한쪽 길로 걸어가고, 그 뒷모습을 한동안 바라보던 모용풍은 견아의 손을 꼭 잡고 다른 쪽 길로 걸어가기 시작했다. 동녘 햇살에 길게 늘어진 두 사람의 그림자가 점점 멀어졌다.

(2)

신무전의 군사 운소유는 손바닥에 놓인 물건을 물끄러미 내려다보았다.

흰 돌 하나와 검은 돌 하나.

운소유에게는 세 가지 방면에 능하다는 의미의 삼절수사라는 별호가 붙어 있었고, 그중 하나는 바둑이었다. 그래서 그는 이 두 알의 돌이 바둑돌임을 어렵지 않게 알아볼 수 있었다.

운소유는 시선을 들어 앞에 서 있는 남자를 바라보았다.

"정 대장, 이 돌들을 내게 전하라고 한 사람이 모용풍이라고 하셨소?"

"예! 그렇습니다!"

신무전 청룡대 소속 백인대장百人隊長 중 한 사람인 정방丁邦이 건장한 체격에 어울리는 기운찬 목소리로 대답했다.

"흠."

고개를 살짝 갸웃거린 운소유는 손바닥의 바둑돌을 다시 내려다보았다. 방금 자신이 한 감정이 맞는지를 확인하기 위해서였다.

결과는 처음과 같았다. 흑돌은 천산에서 생산된다는 흑오석黑烏石으로 만든 것이며, 백돌은 동영에만 서식한다는 흰대합조개의 껍데기로 만든 것이다.

어지간한 애기가라 해도 제대로 된 바둑용품을 구비하기가 하늘에서 별 따기인 세상이었다. 천이나 종이에 먹줄을 그은 것이 바둑판이요, 흑백 구분만 얼추 되는 돌멩이면 바둑돌로 쓰이는 것을 감안하면, 운소유의 손바닥 위에 있는 두 알의 바둑돌은 가히 진품珍品이라 칭송받아 마땅했다.

그래서 운소유는 호기심과 의혹을 동시에 느낄 수밖에 없었다. 많고 많은 강호인 가운데 이런 바둑돌을 지닐 만한 인물은 오직 한 사람뿐인데, 그 사람은 모용풍이 아니었던 것이다.

"어찌할까요?"

운소유의 의중을 묻는 정방의 목소리는 아까처럼 기운차지 못했다. 운소유는 그 이유를 짐작할 수 있었다. 저 정방에게도 나름의 고충이 있을 터.

오늘이 정월 초여드레이니, 원소절元宵節도 이젠 목전에 다가온 셈이었다. 여느 원소절이 분주하지 않을까마는 올해 원소절은 다른 해와는 달리 특별한 의미가 있었다. 북악 신무전의 셋째 제자 구양현과 강동 석가장의 큰아가씨 석지란이 약혼하는 날이기 때문이었다.

청룡대의 주된 임무가 전 내의 대소사를 관리하는 일인 만큼, 정방은 밀물처럼 몰려드는 손님들을 영접하기에 눈코 뜰 새도 없던 참이었다. 그런데 갑자기 모용풍이 찾아와 군사 운소유를 만나게 해 달라고 요구한 것이다.

학처럼 고고한 운소유가 외인 만나기를 즐기지 않는다는 것은 신무전 내에 이미 널리 알려진 사실이었다. 그것을 잘 아는 정방이기에, 만일 찾아온 사람이 모용풍이 아니었다면 일언지하에 거절하고 돌려보냈을 것이다. 하지만 강호에서 모용풍이 쌓은 명성은 그런 야박한 대접을 허락할 만큼 녹녹한 것이 아니었다. '흑도에 사마가 있다면 백도엔 오괴가 있다.'는 말이 강호에 떠돈 것은 정방이 코흘리개 적부터였다. 신무전 접객 담당의 세도가 제아무리 좋기로서니 함부로 대할 수는 없는 것이다.

"모용 대협은 지금 어디에 계시오?"

운소유가 물었다.

"일단 묵죽청墨竹廳에 모셔 두었습니다."

정방이 대답하자, 운소유는 의자에 파묻고 있던 몸을 천천히 일으켰다.

"안내해 주시오."

정방은 토끼처럼 동그래진 눈으로 운소유를 바라보았다. 그가 듣기로 운소유가 손님을 맞기 위해 직접 몸을 움직인 적은 한 번도 없었기 때문이었다. 정방의 그런 놀라움을 아는지 모르는지, 운소유는 잘 다듬어진 턱수염을 쓰다듬으며 혼잣말을 중얼거렸다.

"모용풍이라니…… 대체 무슨 곡절이 있는 걸까?"

모용풍이 있는 방은 영빈관의 매란국죽梅蘭菊竹 네 객청들 가운데 가장 북쪽에 위치한 묵죽청 이 층에 있었다. 모용풍이 얼마나 머물지 가늠할 수 없었던 정방은 숙소로 사용되는 백매白梅, 청란青蘭, 황국黃菊의 세 객청과는 달리 잠자리가 마련되어 있지 않은 묵죽청에 그를 머물게 한 것이다.

운소유가 방문을 열었을 때, 모용풍은 남쪽 창가에 기대어 난간 너머로 내려다보이는 신무전의 풍경을 감상하고 있었다.

방 안으로 들어서던 운소유의 눈에 이채가 떠올랐다. 방 안 구석진 곳, 등받이가 없는 작은 의자에 다소곳이 앉아 있는 상복 차림의 아이를 발견했기 때문이다.

인기척을 느꼈는지 모용풍이 창밖에 주었던 시선을 돌렸다. 운소유는 두 손을 모아 모용풍을 향해 읍례를 올렸다.

"소생이 바로 운을 성으로 쓰는 사람입니다. 모용 선생의 명성을 앙모한 지 오래였는데, 오늘에야 이렇게 뵙게 되는군요."

이것은 선비의 예법이었다. 비록 생의 대부분을 강호에서 보낸 모용풍이지만 그 출신만큼은 유생 가문에 두고 있음을 감안했기 때문이다.

"모용풍이라 하오. 공사다망하신 운 선생께 번잡함을 끼쳐 드린 것 같아 송구스럽소이다."

모용풍 또한 선비의 예로 운소유의 인사에 답했다. 이어 그는 상복 차림의 아이에게 말했다.

"견아, 어서 와서 운 선생께 인사를 올리거라."

상복 차림의 아이가 운소유의 앞으로 다가왔다. 그러더니 넙죽 큰절을 올리는 것이었다.

"과홍견이 대인께 인사드립니다."

아이와 운소유 사이에 비록 나이 차가 크다고는 하지만, 단지 그 이유만으로 큰절을 올려야 한다면 천하의 모든 아이들은 절하기 귀찮아서라도 나다니지 못할 것이다. 운소유는 표정에 '이게 무슨 뜻이냐?'는 질문을 담아 모용풍을 바라보았다.

모용풍은 아이가 절을 마치고 일어서기를 기다린 뒤, 차분한 목소리로 말을 꺼냈다.

"이 사람도 경전을 통해 성현의 가르침을 익혔으니, 초면에 이런 부탁을 드리는 것이 얼마나 염치없는 일인 줄 잘 알고 있소이다. 하지만 달리 방도가 없어서 이렇게 찾아오게 되었으니, 운 선생께서는 양해해 주시길 바라오."

"우선 앉으시지요."

운소유는 손을 내밀어 자리를 권했다. 모용풍이 얼마나 곤란한 부탁을 들고 왔는지는 알 수 없지만, 손님의 다리를 피곤하게 만드는 것은 주인 된 도리가 아니었다.

탁자 쪽으로 자리를 옮겨 운소유와 마주 앉은 모용풍이 아이를 끌어다 자신의 옆에 세웠다.

"운 선생의 담백하신 성품은 익히 들어 아는 터, 용건만 간단히 말하리다. 이 아이를 제자로 거둬 주시오."

운소유는 모용풍의 얼굴을 한 번 보고 아이의 얼굴을 한 번 보았다. 그러고는 시선을 돌려 벽에 걸린 산수화를 바라보았다. 별안간 그림을 감상하고 싶은 마음이 생겨난 것은 물론 아니었다. 그는 머릿속을 정리하고 싶을 때 지금처럼 의미 없는 시선을 한 곳에 고정시키곤 했다.

잠시 후, 운소유의 시선이 산수화로부터 떨어졌다.

"말씀을 따르겠습니다."

이 대답이 모용풍의 귀엔 무척이나 의외롭게 들린 모양이었다.

"방금 뭐라고 하셨소?"

"말씀을 따르겠노라고 했습니다."

운소유는 말을 끊고 아이를 바라보았다. 눈빛이 초롱초롱하고 귓불이 넓적한 것이 재주와 참을성을 동시에 갖춘 호상이었다. 그 점이 운소유의 마음을 기껍게 해 주었다.

운소유가 말을 이었다.

"소생이 배운 학문과 병법은 모두 부친으로부터 비롯된 것입니다."

모용풍은 묵묵히 운소유의 말을 경청했다. 운소유의 내력에 관한 이야기는 강호 제일의 정보통인 그로서도 처음 듣는 이야기였다. 강호에 알려지기로, 신무전의 군사는 구름 속에 몸을 감춘 신룡처럼 온통 신비로 점철된 인물이었다.

운소유의 이야기가 계속 이어졌다.

"오래전 소생은 부친으로부터 내침을 당했습니다. 당시 부친께서 내리신 엄명은 당신의 가르침을 타인에게 전하지 말라는 것이었지요. 때문에 소생은 마음에 드는 재목을 발견해도 문하로 거두지 못한 채 이렇게 오십 줄을 넘기게 되었습니다."

모용풍은 그제야 운소유에게 제자가 없는 까닭을 알 수 있었다. 그런데 그와 동시에 의문 한 가지가 생겨났다. 그렇다면 견아를 제자로 거두겠다는 조금 전의 말은 무슨 뜻일까?

"하지만 소생이 지닌 재주들 중에서 단 한 가지만은 부친과 아무 상관 없는, 소생 혼자서 익힌 것입니다. 그것이 바로……."

운소유는 아이를 일별한 뒤 말을 마무리했다.

"기예입니다."

"아!"

의문은 풀렸다. 견아를 제자로 거두겠다는 운소유의 말을,

모용풍은 이제는 이해하게 되었다. 그런데 의문이 사라진 대신 놀라움이 생겨났다. 바둑이라니? 아직 입 밖에도 꺼내지 않은 바둑 얘기를 운소유가 어떻게 안단 말인가?

하지만 이어진 운소유의 말은 한술 더 뜨는 것이었다.

"과 국수의 품격 높은 기예가 이 아이를 통해 이어진다면, 바둑을 사랑하는 한 사람으로서 더 바랄 것이 없겠지요."

모용풍은 더 이상 놀라지 않았다. 다만 어이가 없을 뿐이었다. 과 국수가 그의 의형 과추운을 지칭하는 것이 맞는다면, 운소유는 그야말로 앉아서 천 리 밖을 내다보는 신통력을 지니고 있는 것이 분명했다.

"이 아이가 기광의 후예란 걸 어떻게 아셨소?"

모용풍이 참지 못하고 묻자, 운소유는 대답 대신에 오른손에 쥐고 있던 물건을 탁자에 올려놓았다. 창문 틈으로 들어오는 햇살을 받아 희고 검은 윤기를 흘리는 두 개의 바둑돌. 바로 모용풍이 정방에게 배첩을 대신해 건넨 물건이었다.

강호에 널리 알려진바, 과추운은 바둑에 미친 사람이었다. 그리고 모용풍은 그런 과추운과 각별한 사이였다. 하지만 그 두 가지로부터 모용풍이 찾아온 용건과 견아의 내력까지 이끌어 낼 수 있는 사람이 누가 있을까?

모용풍은 크게 감탄했다.

"강호의 친구들이 이 사람을 가리켜 순풍이라고 하지만, 그 이름이 진정 어울리는 사람은 따로 있다는 것을 오늘에야 깨달았소. 과연 선생의 혜안은 하나로부터 열을 이끌어 내시는구려."

운소유는 담담히 웃으며 말했다.

"과찬이십니다. 과 국수께서 좋은 후예를 키우신다는 소문을 바둑 친구들을 통해 들은 기억이 났을 뿐입니다."

"아니, 아니, 입 발린 소리가 절대 아니오. 북절남산北絕南算의 신통방통함이야 익히 알고 있었지만…… 허허, 그것참!"

북절남산이란 강호의 양대 산맥을 움직이는 두 사람의 천재, 즉 신무전의 군사인 삼절수사 운소유와 무양문의 군사 신산神算 육건을 가리키는 말이었다.

운소유는 견아를 향해 물었다.

"이름이 홍견이라고 했느냐?"

"그렇습니다."

견아는 또박또박한 목소리로 대답했다.

"이미 들었겠지만 나는 너를 제자로 받아들일 용의가 있다."

"감사합……."

"하지만 아직 감사하기는 일러."

운소유는 견아의 말허리를 잘랐다.

"비록 과 국수의 기예에 비하면 부끄러운 재주에 지나지 않지만, 그래도 나는 가르칠 만한 아이를 가르치고 싶구나."

이것은 비단 운소유뿐 아니라 모든 스승들의 공통된 마음일 것이다. 운소유는 모용풍에게 시선을 돌렸다.

"저기 있는 물건은 아마도 과 국수께서 애용하시던 기반棋盤인 듯싶은데, 소생이 잠시 사용해도 괜찮겠습니까?"

아까 모용풍이 서 있던 창 아래엔 과추운이 생전에 가지고 다니던 무쇠 바둑판과 바둑돌 통이 놓여 있었다.

"물론이오."

모용풍이 고개를 끄덕이며 자리에서 일어서려는데, 운소유가 앞서 일어서서 창가로 걸어가더니 바둑판과 바둑돌 통을 들고 방 한가운데로 나오는 것이었다.

그 모습을 본 모용풍의 눈이 휘둥그레졌다. 무공이라곤 일초 반 식도 익히지 않았다고 알려진 운소유였다. 그리고 보통 사람이라면 서넛이 달라붙어도 들기 어려운 게 바로 저 무쇠 바둑판이었다. 그런데 그런 운소유가 그런 무쇠 바둑판을 가볍게 들어 옮긴다? 둘 중 한 가지는 틀린 정보가 분명한데, 모용풍이 짊어져 봐서 아는바 저 무쇠 바둑판의 무게는 틀리지 않았다. 그렇다면……?

　"이리 오너라."

　바둑판을 내려놓고 그 양쪽에 방석까지 하나씩 붙여 놓은 운소유가 과홍견을 불렀다. 아이가 즉시 일어나 바둑판 앞으로 다가갔다.

　"과 국수와는 어떻게 판을 만드느냐?"

　바둑판을 가운데 놓고 아이와 마주 앉은 운소유가 물었다.

　과홍견은 잠시 망설였다. 비록 마지막 대국의 치석置石(접바둑에서 하수가 미리 까는 돌)은 석 점이지만, 그것은 할아버지의 기력이 극도로 쇠약할 때였다.

　"넉 점으로 가르침을 받았습니다."

　과홍견의 답변에 운소유는 고개를 끄덕였다.

　"과 국수께 넉 점으로 가르침을 받았다면 네 나이로는 범상한 기력이 아니겠지. 그것을 내게 보여 봐라."

　그것을 내게 보여 봐라.

　담담한 말투였지만 내포한 뜻은 무척 심각했다. 만일 재주를 보이지 못한다면 제자로 받아들이지 않겠다는 뜻이기 때문이었다. 이것은 과홍견에게 있어 평생 처음으로 맞는 중대한 시험이 아닐 수 없었다. 아이의 심장은 벌써부터 콩닥거리기 시작했다.

과홍견은 두 눈을 꼭 감고 흔들리는 마음을 진정시키려 애썼다. 이 시험을 통과할 수 있도록 도와줄 수 있는 사람은 아무도 없었다. 그러나 혼백이라면…… 있었다.

할아버지.

과홍견은 마음속으로 조용히 뇌까린 뒤 눈을 떴다. 그러고는 조심스러운 손길로 네 개의 흑돌을 반상에 얹었다.

접바둑의 본질은, 교묘한 수순으로 혼전을 획책하려는 상수와 이미 깔린 돌의 효과를 살려 국면을 단순하게 이끌어 가려는 하수 사이의 타협, 혹은 대립의 과정이라 할 수 있다. 운소유와 과홍견의 바둑은 그런 접바둑의 전형을 보여 주고 있었다.

삼십여 수 진행된 반상은 포석의 기본적인 윤곽이 거의 드러나 있었다. 운소유는 수염을 쓰다듬으며 반상 전체를 조망해 보았다. 흑은 단단하되 우둔한 감이 있고, 백은 허술하되 날렵해 보였다. 활동성이라는 측면에서 본다면 이미 접바둑의 효과가 절반 이상 사라진 것이나 마찬가지였다.

'하지만 반드시 그럴까?'

비록 우둔하다고는 해도 흑이 지금과 같은 견고함을 계속 유지한다면, 눈에 띄는 악수가 나오지 않는 이상 백으로선 판세를 뒤집을 만한 전기를 구하기 어려울 것이다. 그렇다고 악수를 둬 주기만 마냥 기다리기엔 아이의 기초가 꽤나 튼실해 보였다.

'그렇다면…….'

운소유는 보일 듯 말 듯 한 미소를 지었다. 그가 선택한 수는 하변에 구축해 놓은 백의 진세를 한껏 넓히는 것이었다.

솜털이 가시지 않은 과홍견의 미간에 작은 주름이 잡혔다. 하늘의 그물은 성글어도 빠져나갈 구멍을 찾기 어렵다는 말처럼, 허술하기 짝이 없어 보이는 백의 포진에서 약점을 찾아내기가 의외로 쉽지 않았던 것이다.

그대로 방치하자니 하변 전체가 백집으로 굳어질 것이 부담스럽고, 깊숙이 침투하자니 심하게 공격당할 것이 싫었다.

한동안 골몰하던 과홍견이 선택한 수는 이도저도 아닌 어정쩡한 것이었다. 백 진영에 대한 공작은 일단 보류한 채, 이미 확보한 집을 더욱 공고히 굳히기로 작정한 것이다. 이처럼 유장한 호흡으로 대국을 이끈다면 최소한 크게 패하는 망신만은 피할 수 있다는, 움츠러든 마음의 발로인지도 모른다.

하지만 그것은 분명히 소심한 착점이었다. 깃털처럼 훌쩍 날아 흑 진영을 가볍게 삭감하는 운소유의 손길은 과홍견의 소심함을 정확하게 추궁하고 있었다.


바둑이 백 수 남짓 진행되었다.

하변에 큰 진영을 구축한 백은 그 두꺼움을 바탕으로 끊임없이 흑을 괴롭히고 있었다.

백의 운신술은 그야말로 천의무봉의 경지에 달한 것 같았다. 흑이 물러서는 기미가 보이면 송곳처럼 날카롭게 찔러 들어오고, 흑이 반격하는 기미가 보이면 솜뭉치처럼 부드럽게 풀어진다. 그러면서 매수마다 눈에 보이지 않는 이득을 취해 가니, 흑의 입장에서는 죽을 맛이라고밖에 달리 표현할 말이 없었다.

과홍견은 목이 바싹바싹 타들어 가는 것을 느꼈다.

'이분의 기력은 결코 할아버지의 아래가 아니다.'

비록 과추운의 바둑처럼 무지막지하게 몰아쳐 오지는 않지만, 한 수 한 수가 마치 잘 조련된 정병처럼 서로 간의 효율성을 상승시키고 있었다. 움직일 때엔 모름지기 서로 호응해야

한다는 동수상응動須相應의 묘용이 십분 담겨 있는 바둑. 자유자
재하게 교차되는 강유剛柔의 조화 속에서, 상대는 아무것도 해
보지 못하고 하릴없이 무너질 수밖에 없는 것이다.

견아는 잠시 수읽기를 멈추고 형세를 헤아려 보았다.

하변에서 일어난 백의 세력이 이대로 집으로 바뀐다면, 세
귀와 한 변을 단단히 확보한 흑으로서도 장담하기 힘든 국면이
었다. 그러나 확실한 대책 없이 백의 세력 안에 뛰어드는 것은
자살행위. 뭔가 기발한 수단을 찾아야만 했다.

견아의 장고에 지루함을 느낀 듯, 운소유는 창가에 서 있던
모용풍을 향해 말했다.

"구양신의와 교분이 두터우신 것으로 압니다만……."

구양신의라면 활인장의 장주인 구양정인을 가리켰다.

"그렇소."

모용풍이 고개를 끄덕이자 운소유가 물었다.

"신의께서 지금 이곳에 머무시는 것은 아시는지요?"

"알고 있소."

과추운을 살리기 위해 수천 리 길을 멀다 않고 구양정인을 찾
았던 모용풍이었다. 구양정인이 아들의 약혼식에 참석하기 위
해 활인장을 비웠다는 사실을 들은 순간 느꼈던 엄청난 절망을
그는 지금도 똑똑히 기억하고 있었다.

운소유는 수염을 한 차례 매만지더니 다시 물었다.

"하면 신의의 며느리가 될 소저가 강동 석가장 출신이라는
것도 아시겠군요."

모용풍은 묵묵히 고개를 끄덕였다.

"그래서 드리는 말씀인데, 전주께선 석대원이란 청년을 한번
만나고 싶어 하십니다. 혹시 연락이 닿으시면 전해 주시기 바랍

니다."

이 말이 떨어진 순간 과홍견의 작은 어깨가 부르르 떨렸다. 아이는 고개를 번쩍 치켜들고 운소유를 바라보았다. 아이의 커다란 눈동자는 크게 흔들리고 있었다. 석대원, 그 불공대천지수의 이름이 아이를 그렇게 만든 것이다.

"그와 연락할 일은 앞으로 없을 것이오. 부탁을 들어 드리지 못해 미안하오."

모용풍이 말했다. 쌀쌀맞다기보다는 무감하다는 표현이 어울리는 건조한 말투였다.

"그렇습니까? 아쉬운 일이군요."

운소유는 덤덤히 대꾸한 뒤 시선을 다시 반상으로 옮겼다. 자신을 향해 부릅떠진 아이의 두 눈을 짐짓 못 본 체 외면하면서.

이것도 시험의 일종이었다.

현재 석대원이 무양문에 머물고 있다는 사실은 이미 신무전의 정보망에 걸려 있었다. 모용풍과 석대원이 결별했다는 사실과 그것이 과추운의 죽음에 기인한다는 사실 또한 마찬가지였다. 그럼에도 불구하고 운소유가 굳이 석대원의 이름을 들먹인 까닭은 아이의 마음을 한번 흔들기 위함이었다.

반전무인盤前無人이라는 말이 있다. 진정한 기객棋客이 되기 위해선 바둑판 앞에서 모든 것을 잊을 수 있는 부동의 정력이 필요했다. 운소유는 과홍견이라는 아이의 심지가 얼마나 굳은지를 이번 시험을 통해 알고 싶었다.

그러고도 한동안 운소유의 얼굴에 고정되었던 아이의 시선이 어느 순간 반상을 향해 거칠게 쏟아졌다.

따앙!

반상을 두드리는 요란한 돌 소리에는 격앙된 마음이 그대로 실려 있었다.

그것은 돌 소리만큼이나 과격한 수였다. 백의 세력권 안으로 깊숙이 뛰어든 과홍견의 이 한 수는 스스로의 박약함을 돌보지 않은 채 상대의 두꺼움에 지나치게 접근한 감이 있었다.

형세가 여의치 않을 때엔 화책을 취하는 것이 바둑의 이치. 운소유는 눈썹을 살짝 찡그렸다.

'아직 어린 탓일까?'

운소유는 펼쳐 두었던 백의 그물을 슬쩍 오므리며 흑 한 점을 멀리서 봉쇄했다.

그 수를 본 과홍견의 표정이 딱딱하게 굳었다.

운소유가 방금 둔 수는 진실로 교묘했다. 만일 그가 침투한 흑돌에 대해 직접적인 공격을 퍼붓는다면, 아이의 입장에서도 흑 한 점을 버림돌로 처리하며 백의 세력을 깎아 나갈 여지가 있었다. 하지만 이처럼 넓게 포위한다면, 어쩔 수 없이 침투한 돌을 살려 내야만 하는 것이다.

얼굴이 확확 달아올랐다. 과홍견은 입술을 깨물었다. 마음이 흔들려 과수過手를 두고 말았다는 자책감이 온몸의 피를 들끓게 만들고 있었다.

한편 운소유는 과홍견과 조금 다른 방면에서 곤혹을 느끼고 있었다.

'앞으로 이십 수…….'

운소유는 그렇게 생각했다. 이번 공방이 이십 수 남짓 이어 진다면 아이는 견디지 못하고 항서를 쓸 수밖에 없을 터였다.

'그다음엔 어떻게 해야 하나?'

비록 크게 흡족하지는 않지만 그 재질을 어여삐 여겨 제자로 받아들여야 할까? 아니면 몇 가지 부족함을 이유로 들어 없었던 일로 해야 할까?

운소유로서는 바둑이 끝난 다음의 일을 미리 생각해 두지 않을 수 없었다.

그러다가 문득 이상한 느낌에 고개를 들어 아이를 바라본 운소유는 침착한 성정에 어울리지 않게 흠칫 놀라고 말았다.

아이의 입에서는 붉은 핏물이 주르륵 흘러내리고 있었다. 얼마나 세게 깨물었는지 입술 살점이 그대로 찢어진 것이다. 그러나 아이는 참최의 앞자락이 붉게 물드는 것도 깨닫지 못한 채 바둑판만을 뚫어져라 노려보고 있었다. 반상과 그 위에 놓인 백여 개의 바둑돌에 모든 영혼을 빼앗긴 것 같았다.

'이렇게까지 절실했던 것일까?'

운소유는 말로는 형용하기 힘든 묘한 기분이 되어, 혼신의 힘을 다하여 좋은 수를 찾고 있는 과홍견을 지켜보았다.

그렇게 얼마나 지났을까?

과홍견이 마침내 다음 수를 착점했다.

운소유는 눈을 가늘게 뜨고 아이가 올려놓은 흑돌을 바라보았다. 기백이 실린 강수였다. 포위망을 헤치고 달아나기보다는 오히려 더 깊숙이 뿌리를 내림으로써 백진 속에서 독자적인 삶을 꾀하겠다는 의지가 담긴 수였다.

운소유는 다시 아이를 바라보았다. 그의 눈에 비친 아이는 아직도 입술이 찢어진 것을 느끼지 못하고 있는 듯했다. 운소유는 빙그레 웃었다.

'기백 하나만은 알아줄 만하군.'

안에서 살 수 있는 자신이 있는 것일까? 과홍견의 착수는 분명 무모한 감이 있었다. 하지만 만약 한 수만 벌 수 있다면, 운소유가 한 수만 허비해 준다면, 혹은 넓게 포진한 백진 속에서 반생반사半生半死의 패를 이끌어 낼 수 있었다.

'이 아이가 과연 그러한 수순을 찾아낼 수 있을까?'

만약 그렇다면 과홍견의 수읽기는 이미 절정의 수준에 올랐다고 말할 수 있었다. 과씨의 기예가 전투에 강점이 있다는 평을 일찍부터 들어온 운소유였다. 과씨의 유일한 후계자를 통해 그 평의 진위를 확인하고 싶었다.

딱.

운소유가 백돌 하나를 가볍게 반상에 얹었다. 직접적인 응징이 아닌, 외곽의 그물을 더욱 튼튼히 보강하는 수였다. 이 수는 과홍견을 향해 "어디 마음껏 힘을 써 보거라."라고 말하고 있었다.

이 경우에 대한 수읽기가 이미 끝난 듯, 과홍견의 다음 착수는 곧바로 이어졌다. 운소유도 기다리지 않고 곧장 응대했다.

이제 국면은 단순해졌다. 백진 속에서 점점 몸집을 불려 가는 흑돌들의 생사가 승패와 직결되는 국면이 된 것이다. 그런 가운데 운소유가 예상했던 이십 수가 숨 가쁘게 진행되었다.

운소유는 백돌을 들고 잠시 망설였다.

이제 백이 일 선에서 젖혀 들어가면 흑 대마의 생사는 패로 귀결된다. 과홍견은 운소유가 한 수 늦춰 준 틈을 정확히 비집어 최선의 수순을 찾아내는 데 성공한 것이다.

패가 난다면 흑으로서는 대만족, 패의 대가로 백 세력의 일각을 허물어뜨리기만 해도 백으로선 대마를 잡고도 집에서 뒤지고 마는 것이다.

운소유는 그 길을 택하지 않았다. 일 선을 젖혀 패를 내는 대신 흑 대마와 얽혀 있던 백돌을 셋으로 키운 것이다.

이것은 과홍견에 대한 마지막 시험이었다.

일종의 묘수풀이. 과홍견이 정확히 응수한다면 흑 대마는 패를 내지 않고도 삶을 확보할 수 있었다. 물론 그것은 흑의 승리를 의미했다.

"아!"

그런데 갑자기 과홍견의 입에서 짤막한 외침이 터져 나왔다. 설마 운소유의 수에 담긴 술책을 간파하지 못한 채, 그 수로 흑 대마가 죽었다고 착각한 것일까? 그래서 놀라고 실망한 나머지 탄식을 터뜨리고 만 것일까?

다행히도 그것은 아니었다. 과홍견은 이것과 유사한 모양을 본 적이 있었다. 아마도 늙어 허리가 꼬부라진다 한들 이 모양만은 절대로 잊어버리지 않을 것이다.

과홍견은 눈을 감았다. 무엇을 생각하는지 아이의 눈까풀이 가늘게 떨렸다.

잠시 후 과홍견이 눈을 떴다. 이어 손을 내밀어 백돌을 끊고 있던 흑돌 하나를 두 점으로 키웠다. 그 순간 흑 대마 안의 백돌 세 개는 움직일 수 없게 되었다. 둔탁해 보이는 흑돌 두 개가 백돌 세 개의 공배를 교묘히 채워 버렸기 때문이었다.

바로 그것이 이번 묘수풀이의 정답이었다. 그리고 그 수와 함께 승부가 결정되었다.

운소유는 빙긋 웃으며 말했다.

"과 국수께서 아주 잘 가르치셨구나. 네가 이겼다."

과홍견은 마음속에서부터 뜨거운 무엇인가가 왈칵 솟아오르는 것을 느꼈다.

운소유는 자애로운 목소리로 과홍견에게 말했다.

"내가 추구하는 기예는 인의예지신仁義禮智信의 오상五常 중에서 신信을 지상의 덕목으로 삼는다. 기예가 오를수록 계교와 교만 또한 오르게 되니, 이는 무공이 오를수록 심마의 벽이 높아지는 것과 마찬가지이다. 너에게는 이미 한 가문이 오랜 세월에 걸쳐 이룩해 온 수준 높은 기예가 쌓여 있다. 거기에 이제 새로운 기예를 더하게 되었으니, 향후 십 년이 지난 뒤에는 아마도 적수를 찾을 수 없으리라 생각한다. 무엇보다도 스스로에게 충실하여, 자신과 타인을 기만하지 않는 믿음의 바둑을 이루기를 바란다."

스승으로서 제자에게 내리는 첫 번째 가르침이었다.

과홍견은 자리에서 일어섰다. 하지만 무릎을 채 펴지 못하고 그 자리에 풀썩 주저앉고 말았다. 오랜 시간 무릎을 꿇고 있었던 탓에 허벅지 아래의 감각이 사라진 것이다.

하지만 과홍견은 두 손으로 바둑판의 모서리를 잡고 버티며 끝내 몸을 일으켰다. 이어 몸을 곧게 세우고 운소유를 향해 말했다.

"제자가 사부님을 뵙습니다."

일 배, 또 일 배.

과홍견은 운소유에게 배사지례拜師之禮를 올리기 시작했다.

열두 살짜리 아이가 피가 통하지 않는 다리를 휘청거리며 숙배하는 광경은 감동적이라기보다는 비장해 보였다. 운소유와 모용풍은 그 광경을 묵묵히 지켜볼 수밖에 없었다.

그렇다면 마지막 수를 두기 직전 과홍견의 마음을 엄습한 격정은 과연 무엇에서 비롯된 것일까?

운소유를 향해 절을 올리는 이 순간에도 과홍견의 두 눈에서는 쉴 새 없이 눈물이 솟구치고 있었다.

'할아버지, 감사합니다!'

진정 과추운의 혼백이 있어 손자의 대국을 응원했던 것일까? 과홍견의 마지막 착수인 흑돌 둘로써 백돌 셋을 잡는 수. 그것은 과추운이 최후의 대국에서 일깨워 준 이도삼사의 묘수*였던 것이다.

*주註 : 이도삼사二桃三士(두 개의 복숭아로 세 명의 장수를 제거함)
춘추전국시대 제나라 경공景公에겐 세 명의 용맹한 장수가 있었는데, 그들의 이름은 각각 고야자古冶子, 전개강田開彊, 공손접公孫接이라고 했다.

그들 세 장수가 자신의 힘만을 믿고 점점 방자해지자 경공은 이들을 제거할 방도를 구하기에 이르렀다. 이때 제나라의 명재상 안자晏子가 하나의 계교를 생각해 내었다.

다음 날 경공은 세 장수에게 두 개의 복숭아를 내리고, "누구든지 공이 큰 자, 이 복숭아를 먹어라."라고 말했다.

그러자 공손접이, "나는 범을 맨손으로 잡았으니 복숭아를 먹을 자격이 있다."라고 말하며 하나를 먹었다.

전개강 또한, "나는 적을 물리치고 국토를 넓혔으니 복숭아를 먹을 자격이 있다."라고 말하며 남은 하나를 먹었다.

이에 화가 난 고야자는, "예전에 나는 괴물로부터 임금을 구하기 위해 백 리를 헤엄쳤으니 내 공이 너희들에 비해 결코 부족하지 않거늘, 내 복숭아는 대체 어디에 있는가!"라며 두 사람을 꾸짖었다.

이 말에 큰 부끄러움을 느낀 두 사람은 자결했고, 이를 본 고야자 역시 친구들을 따라 목숨을 끊었다. 이것이 이도삼사에 얽힌 유래다.

〈현현기경〉에 담겨 있는 묘수풀이 중 이도삼사의 문제는 두 개의 돌이 공배의 묘용을 발휘하여 세 개의 돌을 잡는 형태다.

# 원소절元宵節

## (1)

대륙의 남쪽에 자리 잡은 해남도에는 유불선 삼교 모두 동천 복지로 떠받드는 영산靈山이 한 군데 있었다. 산세가 인간의 손과 닮았다 하여 오지산五指山이라 불리는 산이 바로 그곳이었다.

오지산 북쪽에는 망경봉望京峰이라는 봉우리가 우뚝 솟아 있었다. 맑은 날 밤에는 옥황상제가 산다는 옥경玉京까지도 바라볼 수 있다 하여 그런 이름이 붙은 봉우리였다.

워낙 험준하고 가파른 탓에 오지산에서 캐는 벌꿀과 약초로 생계를 유지해 나가는 여족黎族들조차 기피하는 망경봉.

그런데 오늘밤 망경봉 정상에는 노도인 하나가 홀로 앉아 별들로 가득한 하늘을 바라보고 있었다.

허옇게 색이 바랜 건巾과 여기저기 기운 도포는 궁핍한 생활을 여실히 보여 주지만, 청수한 오관과 단정한 자세는 일신에 쌓은 수행이 결코 얕지 않음을 말해 주었다. 한서가 가져오는 육신의 고난에서 이미 벗어난 탓인지, 노도인은 정월의 매서운 밤공기 속에서도 추위를 타는 기색을 전혀 드러내지 않았다.

천기는 먼지 하나 없는 것처럼 깨끗했다. 보름달은 현기증이 날 만큼 환했다. 수없이 많은 별들이 당장이라도 쏟아져 내릴 것처럼 노도인을 내려다보고 있었다. 그러나 그것을 바라보는 노도인의 표정은 그리 깨끗하지도, 환하지도 않았다.

"후우."

어느 순간 노도인이 장탄식을 터뜨렸다. 새하얀 입김이 그의 얼굴 주위에 피어올랐다가 밤공기 속으로 사라졌다. 그때였다.

"킬킬! 다 늙은 말코가 춘정春情이라도 생긴 건가? 한숨 소리에 오지산이 다 무너지겠다, 이놈아!"

신선 같은 풍모의 노도인을 향해 날아든 것은 시정잡배에게나 어울릴 법한 걸쭉한 육두문자였다. 하지만 노도인은 대꾸는커녕 시선조차 돌리지 않았다.

"어라? 이놈의 말코가 형님 말씀을 개 짓는 소리로 여기네? 말세로다, 말세야! 황산黃山에서 그따위로 가르치더냐?"

걸걸한 목소리가 다시 날아왔다. 그러자 노도인이 천천히 돌아앉았다.

"케케! 이제야 귓구멍이 뚫렸나 보군."

노도인으로부터 삼 장쯤 떨어진 바위 위에는 실로 괴상망측하게 생긴 인간이 하나 앉아 있었다.

흰머리는 광인처럼 산발을 했는데, 한쪽 눈은 개구리눈이요, 한쪽 눈은 짜부라졌으며, 메기처럼 찢어진 입가에 무성한 잿빛 턱수염은 개꼬리처럼 지저분하기만 했다. 그런 주제에 딴에는 불제자랍시고 꼬질꼬질한 장삼 가사에 때 묻은 염주 목탁까지 갖추었으니, 이야말로 시주받으려다 돌 맞을 꼬락서니라 아니 할 수 없었다.

누가 보더라도 눈살을 찌푸릴 추괴한 중. 하지만 노도인은 눈살을 찌푸리는 대신 빙긋 웃었다.

"매불賣佛, 아직도 해탈하지 않았는가?"

이 말에 매불이라 불린 백발 괴승의 눈이 검은자위가 사라질 만큼 뒤집어졌다.

"뭐라고? 이놈이 뒈지려면 혼자 뒈질 일이지, 십 년 만에 만난 형님에게 뭐가 어쩌고 어째?"

매불은 당장이라도 노도인을 때려잡을 것처럼 장삼 소매를 둥둥 걷어붙였다. 한껏 기세를 부려 봤자 드러나는 것이라고는 가시나무처럼 앙상한 팔뚝뿐인데도 그것을 아는지 모르는지.

노도인은 손가락 세 개를 펴서 매불의 눈앞에 내밀며 타이르듯이 말했다.

"내가 석 달 빨리 세상에 나온 것은 이미 칠십 년 전에 밝혀진 일이야. 소실산의 광비 도우를 불러다 놓고 다시 한 번 얘기해 볼 텐가?"

"잉?"

매불은 흠칫 놀라는 표정이 되었다. 하지만 그것도 잠시뿐. 매불은 흰 머리카락을 흔들어 대며 요란한 웃음을 터뜨렸다.

"크하하! 광비 그 땡추 놈이 아직 살아 있는 탓에 네놈이 이리도 까부는구나. 하지만 이 부처님께서 천기를 살핀바 그놈 뼈다귀가 장작더미에 올려질 날도 머지않았다. 그날이 오면 누가 진짜 형님인지 다시 한 번 따져 보자꾸나."

"허허, 내가 보기엔 부처님과 땡추가 서로 바뀐 것 같은데?"

부처님과 땡추에 대한 정의가 바뀌지 않았다면 노도인의 말은 세평과 일치할 것이었다.

매불은 짐짓 성난 듯 인상을 우그러뜨렸다. 하지만 그 또한 결국에 가서는 껄껄 웃고 말았다.

"어린애들 눈에는 그저 불상처럼 점잖은 게 부처 같아 보이나 보지? 이놈아, 너는 소은小隱은 산중에 있고 대은大隱은 시전에 있다는 말도 못 들었느냐? 감로수는 원래 질그릇에 담기는 법이다."

한바탕 훈계하는 매불. 하지만 노도인은 반박하지 않고 빙그레 미소 지을 뿐이다. 그 또한 그렇게 생각했던 것일까?

매불은 노도인 곁으로 다가와 주위 경관을 휘휘 둘러보았다. 그러고는 처량한 표정을 지으며 말했다.

"황산에 있을 때나 지금이나 오라지게도 높은 곳만 골라서 사는구나. 여기까지 올라오느라고 이 늙은 다리가 얼마나 고생했는지 아느냐? 배고프니 먹을 거나 다오."

노도인은 품에서 베로 만든 주머니 하나를 꺼내어 매불에게 내밀었다.

매불이 받아 열어 보니 그 안에는 벽곡辟穀, 즉 수행자를 위한 솔잎 가루, 밤, 대추 따위가 들어 있었다. 당초 노도인으로부터 이 이상 대접받기를 기대하지 않은 듯, 매불은 아무런 불평도 하지 않고 주머니의 주둥이를 입에 대고는 탈탈 털었다. 주머니는 예사로운데 입 크기는 예사롭지 않으니 단번에 주머니가 비어 버린 것은 당연한 일.

"젠장, 쥐똥만큼밖에 없네."

입이 크면 위장도 큰 모양인지, 매불은 손가락에 침을 발라 주머니 안쪽에 달라붙은 솔잎 가루까지 싹싹 훑어 먹었다.

노도인은 매불의 이런 자발머리없는 행동까지도 온유한 시선으로 지켜보았다. 한 갑자가 넘게 쌓아 온 수양도 수양이거니와, 그 수양의 세월만큼이나 오래된 두 사람의 우정은 이처럼 담백하고도 소탈한 것이었다.

"그런데 별을 보다 말고 웬 한숨이냐? 손자 놈이 굶어 죽었다고 하늘에 써 있더냐?"

노도인은 하늘을 보고 껄껄 웃었다. 평생 순양지체純陽之體를 간직한 그에게 손자는커녕 자식이라도 있을 턱이 없었다. 하지만 매불의 말투에 충분히 길들여진 그인지라 조금도 기분 나쁘게 들리지 않았다.

"그러는 자네는 무슨 바람이 불었기에 이 남해까지 온 건가?"

"내가 왜 여기까지 왔냐고? 응? 내가 왜 왔지?"

손가락으로 지저분한 수염을 비비 꼬며 혼잣말을 내뱉는 품은 영락없이 실성한 사람이었다.

"아하! 맞아!"

매불은 양 손바닥을 짝, 소리 나게 부딪쳤다. 그러더니 살살 녹는 목소리로 말했다.

"이보게, 감적甘籍."

감적은 이미 오래전 버린 노도인의 속명이었다. 노도인의 표정이 묘하게 변했다.

"또 무슨 곤란한 말을 하려고 그 이름까지 입에 올리는가?"

노도인이 물었다. 매불은 히죽 웃더니 딴청을 부렸다.

"그냥 한번 그 이름을 불러 보고 싶었어. 이러니까 옛날 생각도 나고 좋잖아? 자네도 나와 같이 태백관에서 공부하던 시절이 그립지 않은가? 〈황정경黃庭經〉을 외고, 단로에 불도 지피고……. 참! 감적, 자네도 생각나지? 우리가 불을 꺼뜨렸을 때마다 돼지코 사숙이 휘두르던 물푸레나무 회초리 말일세. 가늘기가 겨우 손가락 하나밖에 되지 않는 회초리가 그때엔 왜 그리 무섭던지, 원."

"회초리라……."

매불의 속셈이 옛 추억을 되새기는 데에 있지 않으리라는 것쯤은 이미 알고 있었다. 그럼에도 불구하고 아련한 감상에 젖어 드는 것은 구십을 훌쩍 넘겨 버린 나이 탓이리라. 노도인, 한운자閑雲子의 눈빛 속으로 아지랑이 같은 물결이 어렸다.

"감적, 자네는 그래도 성공한 거야. 그 와중에서 끝까지 버텨 끝내 태백관의 주인 자리까지 꿰차고 말았잖아? 헤헤, 참을 인忍 자가 부족한 나 같은 원숭이야 도중에 달아나서 이렇게 죽을 때까지 유랑 걸식하는 가련한 탁발승이 되었는데."

"사람 하고는."

매불의 말 중 절반은 거짓이었다.

평생 겪어 본 사람 중에서 가장 걸출한 인재를 꼽으라면, 한운자는 촌각도 주저하지 않고 매불을 꼽을 것이다. 그가 아는 한 매불의 재주를 뛰어넘는 천재는 없었다. 매불에게는 문일지십聞一知十의 두뇌와 위편삼절韋編三絶의 끈기가 있었다. 끈기마저 갖춘 천재의 성취는 실로 놀라운 것이어서, 동기들 중에서는 물론이거니와 윗배 도인들 중에서도 그의 경지를 논할 수 있는 사람은 아무도 없었다.

어쨌거나 참을 인 자가 부족하다는 매불의 말은 이처럼 사실과 다른 것이다.

매불의 말 중 절반은 사실이었다.

매불은 달아났다. 그것도 도둑놈처럼 담을 넘어 야반도주
했다. 말 한마디, 편지 한 장 없이. 그것은 태백관의 차기 주인
을 결정하는 날 새벽에 벌어진 일이었다. 당시 태백관의 주인이
자 두 사람의 스승인 황산일선인黃山一仙人은 그 충격을 감당하
지 못하고 몸져누웠다. 가장 아끼던 제자에게 버림받았으니 그
럴 만도 한 일이었다. 야반도주의 소란이 가라앉는 데에는 반년
이라는 시일이 필요했다. 그런 뒤에야 매불의 야반도주가 가져
온 충격에서 간신히 벗어난 황산일선인은 한운자를 태백관의
후계자로 지목했다. 만약 그 일이 벌어지지 않았던들, 매불이
태백관의 주인이 되었음은 말할 필요조차 없는 일이다.

어쨌거나 달아났다는 매불의 말은 이처럼 사실인 것이다.

매불은 목에 걸린 염주를 조몰락거리다가 말했다.

"따지고 보면 탁발승에게도 괜찮은 구석이 제법 있지. 시시
콜콜 하지 말라는 게 너무 많아서 탈이지만, 광대처럼 울긋불긋
칠한 목상 앞에서 주문 나부랭이나 외우는 말코보다는 훨씬 자
유롭거든. 암, 자유롭고말고."

"도를 논함에 있어서 원시천존과 석가모니가 무슨 차이가 있
겠는가?"

한운자가 담담히 대꾸하자 매불은 눈을 동그랗게 뜨며 또 한
번 손뼉을 쳤다.

"옳거니! 과연 일교의 큰어른다운 훌륭한 가르침이네. 나 같
은 사이비는 발끝에도 따라가지 못할 거야."

매불의 어울리지도 않는 보비위에 한운자는 그저 실소할 수
밖에 없었다. 그러다가 어느 순간, 그는 매불을 똑바로 바라보
며 조용히 물었다.

"바라는 게 뭔가?"

이제까지의 대화와 전혀 어울리지 않는 질문이었다. 그런데도 매불은 마치 그 질문이 나오기만을 기다렸다는 듯 싱글싱글 웃으며 대답했다.

"단丹!"

한운자는 침묵했다.

매불이 요구하는 것은 그에게 있어서 너무나도 소중한 물건이었다. 자그마치 삼십팔 개 성상의 적공이 낳은 결실이며, 장차 그로 하여금 탈각등선脫殼登仙의 열락을 선사할 수단이기 때문이었다.

잠시 후 한운자가 다시 물었다.

"자네가 요구한 세심단洗心丹의 효용에 대해 아는가?"

"자세히는 몰라."

매불은 장난스러운 표정으로 고개를 흔들었다.

"내가 비록 인연이 닿아 중양진인重陽眞人(도교팔선의 하나인 여동빈)의 연단술을 배우긴 했지만, 강호에서 흔히 말하는 무공과는 무관한 사람이라는 사실은 매불, 자네도 알지?"

"그거야 알지."

"그런 내가 만든 세심단이니 무공의 성취와는 무관한 물건이라는 점 또한 알겠군."

"해롭진 않겠지만 도움도 안 된다는 거, 알아."

한운자는 고개를 끄덕인 뒤, 품에서 작은 목갑 하나를 꺼냈다.

"자네가 달라니 주겠네. 하지만 이것은 마음의 지극청정至極清淨을 찾아 주는 법물法物에 불과해. 어디다 쓰려는지 가르쳐 줄 수 있겠나?"

매불은 대답 대신에 앙상한 손을 들어 밤하늘을 가리켰다.

한운자는 매불이 가리키는 하늘을 올려다본 뒤 크게 한숨을 쉬었다.

"역시 그것 때문인가?"

신음처럼 흘러나온 한운자의 말에 매불은 원숭이처럼 방정맞게 웃었다.

"케케! 성복토卜을 짚어 앞일을 헤아리는 재주야 떠돌이 잡승인 이 몸이 고상하신 태백관주보다 훨씬 윗길이지. 자네가 본 것을 내가 못 보았을 리가 있나? 대천구大天衢가 흉한 기운에 침범당하는 것을 발견한 것은 벌써 작년의 일이라네."

대천구는 하늘의 큰 길이었다. 이십팔수二十八宿를 포함한 모든 별들이 대천구의 법칙에 따라 운행하니, 인간 세상의 길흉화복 또한 그에 의해 결정된다는 것이 성복학星卜學의 가르침이었다.

매불은 손바닥을 활짝 펴 한운자에게 내밀었다.

"내놔."

맡겨 놓은 물건을 달라는 식의 뻔뻔스러운 말투였다.

한운자는 맡았던 물건을 돌려주듯 목갑을 주저 없이 매불에게 건넸다. 그러고는 부드럽게 웃으며 말했다.

"남화진인南華眞人(장자)께서 말하셨지. 세상을 버리면서 도를 얻는다면 그 도를 어디다 쓰겠느냐고. 만약 세심단이 세상을 위해 쓰인다면, 아무도 모르는 곳에서 이 늙은이가 먹고 우화등선羽化登仙하는 것보다 결코 못하지 않을 게야."

매불은 그런 한운자를 향해 엄지손가락을 치켜세웠다.

"염려 마. 내가 보기에 자네는 이미 신선이야. 나 같은 색중아귀色中餓鬼(승려를 비하한 말)는 오로지 감탄할 뿐이네."

말이 끝남과 동시에 매불의 신형이 그 자리에서 사라졌다.

한운자는 매불이 앉아 있던 자리를 한동안 바라보다가 지그시 눈을 감았다. 그의 입에서 조용한 목소리가 흘러나왔다.

"내가 보기에 자네는 이미 부처라네."

(2)

산산珊珊이 그 남자를 발견한 것은 아씨에게 올릴 약사발을 쟁반에 받쳐 들고 회랑의 모퉁이를 막 돌 무렵이었다.

그 남자의 차림새는 고귀해 보였다. 자줏빛 비단으로 만든 절각건에 투명하리만치 새하얀 유삼, 허리에는 푸른 기운이 감도는 취옥 요대에 손에는 우윳빛 은은한 백옥선. 설령 용의 피를 타고 났다는 왕족의 차림새라 할지라도 이보다 더 고귀하지는 못할 것이다.

하지만 차림새가 아무리 고귀한들 어차피 신외지물. 바라본 사람이면 누구나 감탄하고 마는 그 남자의 기품에 비교한다면 그 어떤 의복, 그 어떤 장신구도 천박하다는 비난을 면치 못할 것이다. 머무는 곳 어디서나 군계일학이라는 칭송이 따라다닐 것 같은 절세의 미공자…….

"천비가 소야少爺를 뵙습니다."

산산은 백삼 미공자를 향해 고개를 숙였다. 그녀는 한낱 어린 계집종에 불과한 반면 백삼 미공자는 정오품 관원인 동시에 이 장원의 작은 주인이었다. 신분의 차이를 생각한다면 설사 진흙탕에서 만났다 해도 머리를 바닥에 조아려야 마땅하지만, 그녀는 그렇게 하지 않았다. 들고 있는 약 쟁반 때문이라기보다는 백삼 미공자의 인품이 번잡한 예의를 고집할 만큼 속되지 않음을 이미 알기 때문이었다.

"안색이 말이 아니구나."

백삼 미공자가 부드러운 목소리로 말했다. 그 한마디에 산산의 얼굴이 화끈 달아올랐다. 어릴 적부터 대해 온 상전의 눈길이 요즘 들어 부쩍 버겁게 느껴지는 이유는 열일곱이라는 그녀의 나이에서 찾을 수 있을 터였다. 열일곱 살 소녀의 순정은 분홍빛 색깔에 물들기 쉬운 법이었다.

그런 산산의 마음을 아는지 모르는지, 백삼 미공자는 앞서와 여일한 목소리로 위로의 말을 건넸다.

"어린 나이에 아씨 병 수발이 힘에 부친 탓이겠지. 네 수고가 크다는 것 안다."

"황송한 말씀이옵니다. 천비가 한 일이 뭐가 있다고요."

산산은 기어들어 가는 목소리로 대답했다.

"아씨는 차도가 좀 있느냐?"

"요즘은 많이 좋아지셨어요."

이 말에 백삼 미공자의 표정이 환해졌다.

"그래?"

"식사하시는 것도 예전보다 훨씬 좋아지셔서, 이제는 끼니를 거르시는 적이 없죠. 햇볕이 좋은 날에는 요 앞 매림梅林에 나가셔서 산책도 하신답니다."

백삼 미공자가 기뻐하는 기색을 보이자 산산은 마음이 즐거워져서 묻지도 않은 것까지 조잘거렸다.

그러다가 문득, 산산은 한 줄기 담담한 국화 향기를 맡을 수 있었다. 어느 결엔가 백의 미공자가 그녀의 앞에 바싹 다가와 있었던 것이다. 사내의 몸에서 풍기는 꽃향기란 어찌 보면 징그럽게 느껴질지도 모르지만, 산산은 조금도 그렇게 생각하지 않았다. 평소 그가 얼마나 국화를 아끼는지 잘 알고 있었기 때문이다.

"무슨 약이냐?"

백삼 미공자가 물었지만, 산산은 잠시 딴생각에 잠겨 그의 물음을 듣지 못했다. 이 순간 그녀는 과거 늙은 시비에게 들은 적이 있는, 이 장원의 전 주인이자 백삼 미공자의 조부인 북경의 노야도 국화를 무척이나 아낀다는 얘기를 떠올리고 있었다.

"산산, 그 약은 뭐냐니까?"

백삼 미공자가 다시 물었다. 산산은 자신의 실책을 깨닫고 황급히 대답했다.

"동문東門의 약선생藥先生이 처방한 청신탕清神湯입니다."

"청신탕?"

백삼 미공자의 편편한 미간에 보일 듯 말 듯 한 주름이 잡혔다. 복신茯神, 석창포石菖蒲, 황련黃蓮 등을 처방한 청신탕은 허약해진 신지를 보할 때 쓰는 약이었다. 백삼 미공자는 나직이 한숨을 쉬었다.

"아씨가 요즘도 악몽을 꾸시더냐?"

"예전처럼 자주는 아니지만 요즘도 가끔은 주무시다가 비명을 지르시곤 합니다. 소녀가 들어가 보면 이부자리가 식은땀으로 흠뻑 젖어 있곤 하지요."

아씨가 악몽을 꾸는 것이 제 탓일 리도 없건만 산산은 공연히 송구한 마음이 일어 백삼 미공자의 얼굴을 똑바로 대할 수 없었다.

백삼 미공자는 잠시 걱정스러운 표정을 짓더니, 이내 산산을 향해 손을 내밀었다.

"이리 다오. 오늘 약은 내가 올리마."

어느 안전이라고 감히 토를 달까? 산산은 들고 있던 약 쟁반을 백삼 미공자에게 건넸다.

"그리고 너도 좀 쉬어라. 아씨의 건강도 걱정이지만 이러다가 너부터 쓰러지겠구나."

"주인이 환우 중에 계신데 천한 것이 무슨 염치로 몸뚱이를 돌보겠습니까. 그저 소야의 자애하심에 감읍할 따름입니다."

산산이 조금 처연한 목소리로 대답하자, 백삼 미공자는 아무 소리 없이 그녀의 어깨를 두드려 주었다. 그 손길이 어찌나 따스한지, 산산은 몇 달간 아씨의 병 수발에 누적되었던 심신의 피로가 일시에 가시는 기분이 들었다.

백삼 미공자는 그런 산산을 향해 담담한 미소를 지은 뒤, 회랑을 따라 걸음을 옮기기 시작했다.

"호오."

진금영은 들릴 듯 말 듯 한 한숨과 함께 붓을 내려놓았다. 그녀는 자신의 손에 의해 완성된 그림 속의 사내를 바라보았다.

붓과는 여전히 친하기 힘들었다. 진금영은 붓보다 병기의 싸늘한 감촉이 훨씬 더 익숙한 무인이었다. 그런 그녀였으니, 비록 몇 달 동안 붓을 쥐었다 한들 그리고자 한 대상을 수월히 그림으로 옮길 리 없었다.

그런데 무슨 까닭일까?

진금영은 거칠고 엉성한 그림 속의 사내로부터 강렬한 느낌을 받을 수 있었다. 굳이 색깔로 표현한다면 그날 강물 위에 펼쳐진 노을과 같은 핏빛의 느낌이었다.

진금영은 눈을 감았다.

'나는 왜 그를 그린 것일까? 그날의 일은 왜 머릿속을 떠나지 않는 것일까?'

진금영은 반년 내내 이어진 이 질문에 대해 아직도 대답할 수 없는 자신이 원망스럽기만 했다.

태원부 제일의 명의로 알려진 약선생은 소문대로 신통한 의술을 지니고 있었다. 때문에 그는 손상이 진원까지 이른 진금영의 내상을 반년이라는 기간 내에 말끔히 치료할 수 있었다. 하지만 괴이할 정도로 허약해진 그녀의 신지만은 약선생의 신통한 처방으로도 어쩔 수 없었다. 하기야 어찌 생각하면 당연한 일인지도 모른다. 비각의 노각주가 특별히 보내 준 설산금령과 雪山金靈果의 오묘한 효능도 그녀의 신지를 회복시키는 데엔 별다른 도움을 주지 못했으니까.

그즈음, 의술뿐 아니라 인생에 있어서도 큰 스승으로 알려진 약선생은 진금영의 허약해진 신지를 치료하기 위해 한 가지 특이한 처방을 내려 주었다. 마음을 안정시킬 수 있는 적당한 취미를 권한 것이다.

무공 외에는 모든 방면에서 문외한일 수밖에 없었던 진금영은 이 처방에 곤혹스러워했고, 친절하게도 약선생은 그런 그녀를 위해 간단한 문방구까지 선물해 주었다.

그때부터 진금영은 그림을 그리기 시작했다. 어린아이처럼 약해진 심혼을 단련하기 위해, 그래서 사람을 죽이고도 눈 하나 까딱하지 않는 반년 전의 초혼귀매로 되돌아가기 위해. 그러나…….

진금영은 살며시 눈을 떴다. 책상에 놓인 그림이 그녀의 시선을 송곳처럼 파고드는 듯했다.

움켜쥔 장검을 전방으로 쭉 내밀고 있는 사내.

진금영의 고운 눈썹이 일그러졌다.

"아니야! 이게 아니야!"

진금영은 발작하듯 손을 휘둘러 책상의 그림을 찢었다. 아니, 뇌리 깊이 각인된 그 사내의 영상을 찢으려 했다. 그러나 그림은 찢을 수 있어도 영상은 찢을 수 없었다. 그 사실을 가장 잘 알고 있는 사람이 바로 그녀였다.

어떤 남자의 청아한 목소리가 문가에서 울린 것은 바로 그때였다.

"누님, 그림이 마음에 들지 않으신 모양입니다."

진금영은 흠칫 놀라 문가를 바라보았다. 그곳에는 약 쟁반을 받쳐 든 백삼 미공자가 서 있었다.

진금영은 황급히 일어서서 백삼 미공자를 향해 허리를 숙였다.

"공자님을 뵙습니다."

"원, 누님도. 사석에서까지 소제를 민망하게 만드는 건 여전하시군요."

백삼 미공자, 마흔아홉 명의 비영들 중 네 번째 서열에 올라 있는 이군영은 빙긋 웃으며 방 안으로 걸어 들어와 들고 있던 약 쟁반을 탁자에 내려놓았다.

"오다가 산산을 만났습니다. 요즘에는 산책까지 하신다면서요. 그 얘기를 듣고 소제는 무척 기뻤습니다."

"천한 것이 몸마저 이 지경이라 공자님의 마음만 공연히 어지럽혔군요."

이군영이 눈살을 찌푸렸다.

"함께 벌거벗고 목욕까지 한 사이에 정말 이러실 겁니까?"

"철없던 시절의 일에 불과합니다. 공자님께서 자꾸 그 일을 언급하시면, 이는 천한 것의 무지했던 과거를 추궁하시는 것과 다름없습니다. 살펴 주시기 바랍니다."

진금영은 얼굴을 가볍게 붉히며 말했다. 이군영은 할 수 없다는 듯 어깨를 으쓱거렸다.

"그만둡시다. 얘기를 꺼낸 제 잘못이지요."

말은 이렇게 했지만 이군영은 결코 그만둘 마음이 아니었다. 어머니의 얼굴도 모른 채 경직된 환경, 혹독한 수련 속에서 자라 온 그였다. 그런 그에게 있어서 철들 무렵부터 항상 곁에 있던 진금영의 존재는, 삭막하기만 하던 그의 마음에 어머니의 정을 느끼게 해 준 누이이자 그의 모든 것을 이해해 주고 포근하게 감싸 줄 수 있는 연인과 다름없었다.

하지만 진금영은 달랐다. 그녀는 이군영의 부친으로부터 도저히 갚을 수 없는 커다란 은혜를 입은 몸. 그녀의 입장에서 본 이군영은 은인의 혈육이자 작은 주인이나 마찬가지였다. 그런 그녀에게 처음으로 맡겨진 일이 이군영의 놀이 상대였으니, 인중에 콧물 가실 줄 모르는 철부지를 위해 그녀가 얼마나 극진한 정성을 들였는가는 불문가지의 일이리라. 그리고 그러한 보은의 심정은 십여 년이 지난 지금도 그녀의 마음속에 변함없이 자리 잡고 있었다.

"한데 무슨 그림을 그리고 계셨습니까?"

이군영은 책상 아래 떨어진 종잇조각들을 주워 맞추려 했다.

"아, 안 돼요!"

진금영은 황급히 달려들어 이군영이 집어 든 종잇조각들을 빼앗았다. 그녀가 자신에게 이토록 격한 행동을 보인 적은 일찍이 없었던 탓에 이군영은 그만 멍한 얼굴이 되어 버렸다.

진금영은 얼굴을 붉히며 어색하게 웃었다.

"죄, 죄송합니다. 천박한 솜씨를 비웃으실 것 같아서 그만……."

두 사람 사이에 잠시 어색한 분위기가 흘렀다. 그것을 깨뜨린 것은 이군영의 맑은 웃음소리였다.

"하하! 하기야 그림이라면 소제 또한 까막눈, 설령 본다 한들 뭐가 좋고 뭐가 나쁜지 알 도리가 없겠지요."

하지만 이군영은 시서가무에 두루 능한 예인이었다. 그림 또한 유명한 화공에게 정식으로 배운 적이 있었으니, 지금의 이 말은 진금영의 송구함을 덜어 주기 위한 배려에 지나지 않았다.

이군영은 소매 속에서 목갑 하나를 꺼냈다.

"그동안의 적조積阻를 사과하는 의미에서 드리는 겁니다."

진금영은 이군영으로부터 건네받은 목갑을 열어 보았다. 목갑 안에는 눈처럼 하얀 솜이 깔렸고, 그 위에는 금박을 입힌 단환 열 알이 놓여 있었다.

"청심환清心丸입니다. 해동에서 온 역관에게 구한 물건이지요."

"고, 공자님, 이건 너무 과분한……!"

하지만 이군영은 손바닥을 내밀어 진금영의 말을 잘랐다.

"신지를 보하는 데에는 제법 효과가 좋다고 하니 잠자리에 드시기 전에 꼭 복용토록 하세요. 이건…… 명령입니다."

그러고는 다른 말이 나올까 저어하듯 재빨리 방을 나섰다.

탁.

등 뒤로 방문이 닫혔다.

이제껏 온화하기만 하던 이군영의 두 눈 속에 서늘한 기운이 어렸다. 그의 눈은 빨랐다. 그리고 그의 머리는 영민했다. 매우 짧은 시간에 불과했지만, 그는 종잇조각들에 그려진 그림의 파편들을 똑똑히 보았고, 또 머릿속에다 복원할 수 있었다.

누굴까, 그녀가 그린 남자는?

비록 조악한 필선이지만, 그림 속의 남자는 기이하리만치 선명한 인상으로 이군영의 뇌리에 새겨졌다. 그 남자로부터 숙명적인 무엇인가를 느꼈다면 너무 과장된 표현일까?

아쉽게도 이군영은 그림 속의 인물에게 받은 인상을 오랫동안 곱씹어도 될 만큼 한가한 사람이 아니었다.

이군영은 고개를 들었다.

낮이 짧은 탓에 해는 부쩍 기울어 있었다. 하늘을 바라보는 이군영의 눈빛은 다시 예전처럼 온화해져 있었다. 신시申時(오후 네 시 전후)에는 중요한 회의가 있었다. 그때까지 그는 몇 가지 자료를 정리해야만 했다.

이군영은 회랑을 따라 걸음을 옮기기 시작했다. 큰 강물처럼 안정된 걸음걸이. 그러나 허리에서 부채를 꺼내 부치는 그의 손길은 어딘지 어색해 보였다. 정월의 이 햇살이 따가울 리도 없건만.

그것은 명경처럼 고요한 마음에 파문을 일으킨 한 남자의 영상 탓일지도 모른다.

━━◆◆━━

중후한 목소리가 울렸다.

"올해 첫 번째 십영회의를 시작하겠소. 팔비영 진금영은 와병 중이라 참석하지 못했으며, 실종된 십비영 사생을 대신하여 십일비영이 회의에 참석하게 되었음을 사전에 밝히는 바이오."

탁자에 얹은 왼손, 그 위에 삐딱하게 괸 턱. 연벽제는 그런 자연스러운 자세로 방금 중후한 목소리로 십영회의의 시작을 선포한 흑포 중년인의 얼굴을 바라보았다.

비각의 사십구비영 중 첫 번째 서열인 일비영 이명.

관운장을 연상케 하는 아름다운 턱수염이 그 위엄을 한층 더해 주는 오십 대 초반의 사내.

이명의 존재는 강호에 거의 알려지지 않았다. 그를 아는 극소수의 사람들조차도 태원부 아문衙門에 가끔 모습을 비치는 평범한 관인 정도로만 여길 따름이었다.

하지만 연벽제는 알고 있었다. 그 평범한 관인의 몸에는 검왕이라 불리는 자신과 비교해도 큰 손색이 없는 고절한 무공이 감춰져 있다는 사실을. 그도 그럴 것이, 이명으로 말하자면 곤륜지회 오대고수의 한자리를 차지하는 잠룡야 이악의 독자. 어린 시절부터 부친에 의해 무섭도록 단련되어 왔던 것이다.

이명의 별호는 묵여뢰黙如雷. 이는 단지 눈을 감고 침묵하는 모습만으로도 벽력과 같은 힘을 발휘할 수 있음을 뜻하는 선어禪語였다. 이명의 성정이 얼마나 과묵 장중한가를 말해 주는 증거라 할 것이다.

"지난해에는 실로 많은 일들이 있었소. 그 점에 관해 이비영이 간략히 정리해 주시오."

이명의 말이 끝나자, 비각의 서열 이 위이자 각 내의 모든 대외 전략을 담당하는 문강이 자리에서 일어섰다. 그가 손에 든 것은 몇 장의 문서인데, 그는 그 문서를 읽기 전 원탁을 둘러앉은 사람들의 얼굴을 죽 훑어보았다.

문강의 눈길이 얼굴 위를 스치는 순간 연벽제는 뭐라 형용하기 힘든 불쾌한 한기를 느꼈다. 문강은 천안天眼이라는 별호에 걸맞게 하늘처럼 맑은 눈빛을 지니고 있었다. 그러나 연벽제로서는 내심을 짐작할 수 없어 불쾌할 수밖에 없는 눈빛이기도 했다.

문강의 보고가 시작되었다.

"우선, 본각의 가장 큰 손실은 지난해 말 무양문 내에 거점을 확보하고 있던 구비영의 정체가 발각되었다는 점입니다. 지난 삼십여 년 동안 구비영이 각을 위해 행한 일은 실로 다대한 것이었습니다. 더구나 지난해에는 용봉단을 포섭하는 데 성공, 각이 강호 활동에 본격적으로 나서는 데 커다란 발판을 마련하기도 했습니다. 하지만 그는 제갈휘를 저격하는 데 실패한 뒤 신분이 노출, 결국 제거되었습니다. 이제 무양문에 대한 각의 전략도 대폭적인 수정이 불가피하게 되었습니다."

구비영 초당은 무양문 호교십군 중 세 번째 서열을 차지하고 있던 자였다. 그는 용봉단을 비롯한 백도의 협사들을 이용, 호교십군의 수좌인 제갈휘를 저격하려 했지만 제갈휘 본인의 경이로운 무공과 석대원이라는 계산 밖 존재의 개입으로 인해 실패하고 말았고, 그 뒤 무양문주 서문숭에 의해 제거되었다.

"오비영에게도 이 일을 알렸는가?"

이명이 문강에게 물었다. 이 말에 연벽제는 내심 긴장하지 않을 수 없었다.

정체가 아직 드러나지 않은 오비영은 구비영 초당과 마찬가지로 비각이 강호 어딘가에 심어 놓은 첩자였다. 초당의 신분이 무양문의 핵심 간부였음을 감안할 때, 오비영의 신분 또한 강호 정세를 좌지우지할 만한 위치에 있음을 짐작할 수 있었다.

"행동에 더욱 신중을 기하라고 당부했습니다. 하지만 오비영이 노출될 염려는 하지 않아도 좋을 것 같습니다. 그가 조직 내에서 구축한 신분은 초당보다 훨씬 안정적이기 때문입니다."

문강의 대답에 연벽제는 조금 어이없는 표정이 될 수밖에 없었다. 초당이 무양문에 둥지를 튼 것은 자그마치 삼십여 년 전의 일이었다. 그런데 그런 초당보다도 안정적이라고? 그게 사실이라면 오비영의 정체가 소림사의 방장대사, 무당파의 장문진인이라 해도 그리 놀랄 일이 아니었다.

문강은 다시 문서를 읽어 내려갔다.

"다음은 지난해 손실된 인원에 대해 말씀드리겠습니다. 우선 개방 방주 우근의 제거에 투입된 인원 중 십비영 사생이 실종되었고, 맹씨 형제와 모득은 사망했습니다. 또한 사생이 개방 내에 마련해 둔 거점도 노출되었습니다."

연벽제의 시선이 오늘 처음으로 십영회의에 참석한 철수객 남궁월에게로 옮아갔다. 남궁월은 원탁 아래 늘어뜨려 둔 자신의 손을 내려다보고 있었다. 흑도에서 가장 무서운 손으로 알려진 손이었다. 그러나 지금 그 손은 거미줄 같은 흉터로 뒤덮여 있었다. 어느 순간, 그 손이 원탁의 그늘 안에서 불끈 움켜쥐어지는 것을 연벽제는 놓치지 않았다.

'그때의 일이 떠오른 걸까?'

작전에 실패하고 귀환한 남궁월에게선 각을 출발할 때 드러냈던 호기도, 그의 분신이나 다름없던 묵철수갑도 찾아볼 수 없었다. 그가 가져온 것이라고는 고깃덩이처럼 다져진 손, 그리고 보는 사람마저도 어깨를 늘어뜨리게 만드는 지독한 패배감뿐이었다.

당시 상처부터 치료하라는 문강의 배려에도 불구하고 남궁월은 제 발로 역천뢰逆天牢라는 이름의 뇌옥에 들어갔다. 그 행동이 연벽제의 눈에는, 책임을 지기 위해서라기보다는 패배감을 달래기 위해서인 것처럼 보였다.

그리고 수개월. 비록 시간이 제법 흘러 고깃덩어리처럼 다져진 손은 거의 아물었지만 지독한 패배감은 여전히 남아 있는 것 같았다.

문강이 계속 말했다.

"그 건으로 인해 강동제일가의 가주 석대문이 본 각의 사업에 전면적으로 개입하고 있음이 판명되었습니다. 특별히 주의해야 할 사항이라고 사료됩니다."

그러자 좌중의 누군가가 음산하게 웃었다.

"흐흐, 석대문이라면 여간 곤란한 친구가 아니지. 이비영께서도 신경 좀 써야 할 게요."

문강은 방금 웃은 자를 향해 조금 냉랭한 목소리로 말했다.

"만약 육비영께서 그날 철군도에서 석대문을 처리했다면, 이 사람이 신경 쓸 일은 미연에 방지되었을 겁니다."

"흐…… 그날 석대문을 처리했어야 한다고? 으하하!"

대전이 쩌렁쩌렁 울리도록 웃은 사람은 비영 서열 여섯 번째이자 강호사마 중 최강자로 꼽히는 거경 제초온이었다. 이 자리의 누구도 안중에 없다는 듯 몸까지 흔들며 요란히 웃던 그는 어느 순간 칼로 자른 듯이 웃음을 멈추더니 문강을 바라보았다.

"나와 싸울 자신이 없는 사람이라면 내가 싸우는 방식에 대해 왈가왈부할 수 없지. 이 점은 한솥밥을 먹는 동료라 할지라도 예외가 될 수 없소!"

만약 문강이 스스로를 무인이라 생각하는 사람이라면 제초온의 이 말에 크나큰 모욕을 느꼈을 것이다. 그러나 연벽제가 아는 문강은 스스로를 무인이 아닌 책사라고 생각하는 사람이었다. 치열한 투지를 숭상하는 무인과 차가운 이성을 숭상하는 책사는 근본적으로 한마음이 될 수 없었다. '어떻게 하면 멋지게 싸울 것인가?'가 무인이 추구하는 덕목이라면, '어떻게 하면 완벽하게 승리할 것인가?'가 책사가 추구하는 덕목이기 때문이었다.

문강은 나직이 헛기침을 한 뒤 다시 문서를 펼쳤다.

"그리고 순풍이 모용풍을 추적하다가 실종된 동파로, 유붕 그리고 이시이 타로오 역시, 비록 시신은 확인되지 않았지만 모두 사망한 것으로 여겨집니다."

우연이었을까?

문강은 이 대목에서 잠시 말을 멈추고 연벽제를 바라보았다. 하지만 검과 함께 단련된 연벽제의 부동심은 결코 얕은 것이 아니었다. 그는 누구도 자신의 눈빛 속에서 뭔가를 찾아내지는 못하리라 확신했고, 그 점은 제아무리 천안을 가진 책사라도 예외일 수 없을 터였다.

문강의 시선이 연벽제에게 머문 시간은 그리 길지 않았다.

"그날 이후 모용풍은 석대원이라는 자와 동행했습니다. 이 점으로 미루어 동파로 등을 살해한 장본인은 석대원일 가능성이 크다고 생각합니다."

"석대원, 석대원이라……."

이번 십영회의의 주관자인 이명은 석대원이라는 이름을 몇 차례 뇌까렸다. 그의 목소리에는 감출 수 없는 곤혹이 배어 있었다. 그러자 문강이 말했다.

"석대원에 관한 조사는 이미 끝났습니다."

문강의 시선은 다시 연벽제에게로 향했다. 하지만 오불관언 吾不關焉이라는 듯, 연벽제는 시종일관 유유할 뿐이었다.

그때 카랑카랑한 목소리가 울려 퍼졌다.

"일전에 소철의 손녀를 납치하려던 작전도 석대원이란 자가 방해했다고 하지 않았소? 대체 그자의 정체가 뭐요?"

이 목소리의 주인공은 눈자위가 움푹 들어간 깡마른 노승이었다. 서장인으로는 유일하게 십영회의에 참가하는 칠비영 패륵법왕이었다.

"석대원이란 자에 관해서라면 저보다 삼비영의 입을 통해 듣는 편이 더 정확할 것 같군요."

문강은 의미를 짐작하기 힘든 미소를 지으며 패륵법왕의 질문을 연벽제에게로 떠넘겼다. 원탁에 둘러앉은 모든 이들의 시선이 연벽제에게로 향했다.

"그것참……."

연벽제는 어깨를 한 번 으쓱거린 뒤 대수롭지 않은 투로 말했다.

"나이는 스물다섯…… 아니, 이젠 여섯인가? 대충 그쯤 되었을 것이오. 이비영께서는 내 입을 통해 듣는 편이 정확할 거라고 하지만, 십여 년 전에 한 번 만난 것이 전부라 특별히 말할 것이 없소이다."

패륵법왕은 잠시 어리둥절한 표정이 되었다가 다시 물었다.

"십여 년 전이라면 그자가 어릴 때 아니오?"

"그렇소. 어릴 때 한 번 보았지, 그는 내 조카거든."

패륵의 눈이 커졌다.

"그렇다면 당신의 조카가 본각의 형제들을 죽였단 말이오?"

"직접 보지 않아서 정확히는 모르지만, 이비영께서 그리 말하니 아마도 그런가 보구려."

연벽제의 대답은 막힘이 없었다. 핏기라고는 찾아볼 수 없는 패륵법왕의 얼굴에 울긋불긋한 기운이 떠올랐다.

"그런가 보구려……?"

꽝!

패륵법왕은 원탁을 손바닥으로 후려치며 벌떡 일어섰다.

"삼비영, 그대는 그 말이 무슨 의미를 지니고 있는지 아시오? 그대는 적과 내통했다는 혐의를 받을 수도 있소!"

평소부터 연벽제를 고깝게 여겨 오던 패륵법왕이었다. 지금 이 기회라는 듯 한껏 기세를 올려 연벽제를 추궁해 보았지만 연벽제의 유유함은 요지부동, 조금도 흔들리지 않았다.

연벽제는 이명을 바라보며 귀찮다는 듯이 말했다.

"이 연 모가 계속 입을 수고해야 하오?"

이명은 침중한 안색으로 턱수염을 두어 번 쓰다듬더니 패륵법왕을 달랬다.

"법왕께서 잠시 오해하신 듯하구려. 그만 노기를 풀고 앉도록 하시오. 그 일에 관한 설명은 이 사람이 하리다."

십영회의에 참가한 대부분의 사람들에게 있어서 이명의 말은 곧 법이었다. 이 점은 패륵법왕 또한 마찬가지여서, 그는 불만스러운 표정으로 자리에 앉을 수밖에 없었다.

이명이 찬찬한 목소리로 설명을 시작했다.

"과거 삼비영이 본각에 가입 의사를 밝혔을 때, 우리는 고심하지 않을 수 없었소. 당시 우리는 강동제일가의 가주 석안이 본각에 대해 촉각을 곤두세우고 있다는 정보를 입수한 뒤였고, 강호에는 알려지지 않았지만 본각은 삼비영과 석안이 처남 매제 관계라는 사실을 알고 있었소. 그래서 본각은 삼비영에게 투명장投命狀을 요구하게 되었소."

"투명장이라면……?"

패륵의 질문에 이명이 침울한 목소리로 대답했다.

"석안의 목숨."

사람들의 표정에 놀라움의 빛이 떠올랐다. 검왕 연벽제가 매제를 제물 삼아 비각에 들어왔음을 이제야 알았기 때문이었다.

"비록 천륜을 저버리는 일인 줄은 알지만, 우리로서는 어쩔 수 없는……."

"그만합시다."

연벽제는 이명의 말을 차갑게 잘랐다.

일비영 이명은 십영회의의 주관자이자 이 넓은 대전에서 가장 높은 직위에 오른 인물이기도 했다. 만일 상대가 연벽제가 아닌 다른 사람이라면 말이 잘린 데 대한 불쾌함을 감추려 하지 않았겠지만, 상대는 바로 연벽제, 검왕 연벽제였다. 더구나 당시의 일에 대해서는 어느 정도 미안한 감정을 지닐 수밖에 없을 터.

"미안하게 됐소."

이명은 연벽제에게 사과했다. 이명이 이렇게 나오는 데야 더 이상 연벽제를 추궁할 사람은 없을 것이다. 패륵법왕은 성마른 얼굴을 있는 대로 일그러뜨렸지만 그저 끙, 하는 신음 소리 한 번으로 불편한 마음을 달랠 따름이었다.

대전 안에 잠시 침묵이 흘렀다. 바깥의 겨울 하늘만큼이나 우중충한 느낌을 주는 침묵이었다. 그 침묵을 깨뜨린 사람은 문강이었다. 그의 목소리는 조금 전까지만 해도 대전 안을 장악하던 어색한 분위기를 모조리 부정하듯 청아하기만 했다.

"다음은 강호육사가 입은 피해에 관해 보고를 드리겠습니다. 낭숙浪宿의 사주 마태상馬泰相을 통해 올라온 보고에 따르면, 육사가 입은 피해도 만만한 것이 아닙니다. 사천의 염련과 군산의 철군도가 괴멸에 가까운 피해를 당했고, 동해뇌문에서 다년간에 걸쳐 보내온 화기의 대부분도 철군도와 함께 소실되었습니다. 한 가지 다행스러운 점은 철군도가 괴멸되기 전, 그곳에 가둬 두었던 포로들을 안전한 장소로 이송했다는 점입니다. 그 일에 사비영의 공이 컸음을 이 자리를 빌려 밝히는 바입니다."

낭숙, 염련, 철군도, 동해뇌문은 모두 비각의 강호 전위 세력인 강호육사에 포함되는 문파였다. 이명은 언짢은 듯 혀를 찼다.

"염련과 철군도가 괴멸되었다면 이제는 육사에서 사사四社로 줄어든 셈인가? 독문毒門의 독중선毒中仙과 동해뇌문의 여진족들도 예전처럼 적극적으로 협조하지 않으니, 아무래도 올해의 사업은 조금 골치 아프겠군."

문강이 이명을 돌아보았다.

"독문과 뇌문에 대해서는 염려하지 않으셔도 좋을 겁니다."

"그래? 좋은 계획이라도 있는가?"

이명이 반색을 하고 나서자, 문강은 나이답지 않게 단아한 입술로 면도날처럼 엷은 미소를 지으며 말했다.

"죄송합니다만 아직은 밝힐 단계가 아닌 듯하군요. 추후 서류를 통해 보고를 올리겠습니다."

문강의 대답은 연벽제에게 작은 불안을 안겨 주었다. 문강은 완벽주의자. 완벽하게 수립되지 않은 계획을 섣불리 발설하는 가벼운 위인이 아니었다. 그러므로 문강은 이미 독문과 동해뇌문에 대한 계획을 세워 두고 있을 터였다. 그럼에도 불구하고 이 자리에서 밝히기를 꺼린다는 것은, 이 자리에 있는 누군가에게 그 계획이 알려지는 것을 꺼린다는 말과 같았다. 그리고 연벽제는 그 '누군가'가 바로 자신이 아닐까 의심하고 있었다.

"이것으로써 보고를 모두 마치겠습니다. 대내에서 추진해 온 사업에 대한 보고는 사비영이 대신할 것입니다."

문강의 지명이 있자 회의가 시작된 이래 한마디도 하지 않고 있던 백삼 미공자가 자리에서 일어섰다. 이명의 아들이자 비영 서열 네 번째인 이군영이었다.

"작년 한 해 드러난 대내의 권력 변화에서 본각이 주목해야 할 사항은, 대사마大司馬 우겸于謙이 병부의 핵심인 사인사마四人司馬를 완전히 장악했다는 점입니다. 지난가을, 본각의 지원을 받아 우겸을 견제하던 채제전蔡濟全은 사인사마에서 축출되었고, 그 자리를 우겸의 오른팔이라 할 수 있는 양신楊信이 차지했습니다. 지금 이 순간에도 우겸은 병부의 요직에 자신의 사람들을 앉히기 위해 움직이고 있으며, 그 작업이 끝나면 곧장 일선의 장군들을 포섭하기 위해 나설 것입니다."

대사마는 네 명의 사마, 사인사마의 수령을 칭하는 말이었다. 이명이 이군영에게 물었다.

"네가 보기에 우겸의 성향은 어떤 것 같더냐?"

"불행히도 그는 본각에 대해서 그리 좋은 감정을 지니고 있지 않은 것 같습니다. 그가 병권의 핵심에 존재하는 한, 본각이 추진하는 오이라트와의 대대적인 교류는 요원할 것으로 판단됩니다."

오이라트는 장성 이북의 새로운 패자로 등장한 몽고 일족의 이름이었다. 그 수장이자 몽고국의 타이시, 즉 태사에 오른 에센은 칸(汗)의 옥좌에 오르지 않았음에도 불구하고 쿠빌라이 칸 이후 최고의 지도자라는 추앙을 받고 있다.

칠비영 패륵이 자못 불쾌하다는 표정으로 입을 열었다.

"도대체 우겸이란 놈은 무슨 억하심정으로 오이라트와의 교류를 방해한다는 거요?"

이군영은 고개를 돌려 패륵을 슬쩍 보았고, 그 눈길만큼이나 사무적인 목소리로 질문에 대답했다.

"그가 중화사상의 신봉자이기 때문입니다. 들리는 말에 의하면, 그는 오랑캐라면 자다가도 이를 간다고 하더군요. 그런 그에게 있어서 본각은, 존재 자체부터 심각한 결격 사유를 지닌 옛 몽고의 잔당에 지나지 않을 겁니다."

그러자 패륵법왕은 알아듣기 힘든 빠른 서장말로 욕설을 내뱉었다. 에센의 열렬한 추종자로 알려진 그로서는 우겸에 대한 증오가 뼈에 사무칠 만한 일이었다.

문강이 이군영을 향해 말했다.

"사비영께선 너무 비관적으로 생각하는 듯하오. 어쨌거나 지금 대내의 권력은 왕 태감의 수중에 있소. 우겸이 비록 지난 몇 해 동안 놀라운 속도로 성장하여 '병부의 호랑이'라는 별명까지 얻었다고는 하지만, 왕 태감에 비교한다면 명월 앞의 반딧불. 그 왕 태감이 본각에 호의를 가진 이상, 우겸이 아무리 호전적인 중화주의자라 해도 함부로 이빨을 드러내지는 못할 것이오."

호전성이라면 누구에게라도 질 생각이 없는 거경 제초온이 문강의 말을 받았다.

"우겸이 문제라면 자객이라도 보내 단칼에 베어 버리면 그만 아니겠소?"

이군영은 쓸쓸히 웃었다. 정치란 참으로 골치 아픈 분야였다. 자객을 파견해 정적을 암살하는 것은 그야말로 하중하책下中下策. 일 푼이라도 다른 가능성이 존재한다면 반드시 피해야만 하는 극단적인 조치였다. 그러나 상대는 싸움을 하지 않고서는 아무 일도 해결되지 않는다고 믿는 제초온이었다. 그런 그에게 정치의 복잡다단함을 강의하는 것은 시간 낭비였다.

그래서 이군영은 제초온의 직선적인 두뇌가 이해할 수 있을 만한 직선적인 이유 한 가지를 들었다.

"금의위의 영반 하도지와 우겸은 호형호제하는 사이입니다. 그런 까닭에 우겸의 신변은 금의위에 의해 보호받고 있습니다. 본각이 보유한 진정한 힘을 금의위가 파악하지 못하듯, 금의위가 보유한 진정한 힘을 본각 또한 정확히 파악하지 못하는 실정입니다. 만에 하나 우겸을 암살하려다가 발각되는 날에는, 대내에서 본각이 구축해 온 입지는 회복할 수 없는 타격을 받게 됩니다."

힘 있는 단체, 금의위를 이유로 들어 설명하자 제초온은 비로소 납득하는 표정이 되었다. 이에 이군영은 그밖에 준비해 온 잡다한 사항들을 마저 보고할 수 있었다.

보고를 끝낸 이군영이 자리에 앉자 문강이 다시 일어섰다.

"종합하겠습니다. 본각은 현재 강호와 대내를 막론하고 위기에 몰려 있습니다. 그 위험이 겉으로 드러나지 않아 실감할 수 없을 뿐, 본각이 창설된 이래 가장 심각한 위기라고 감히 단언하고 싶습니다."

대전 안의 공기가 부쩍 무거워졌다.

"위기를 타개할 방법은 있는가?"

이명이 묻자 문강이 고개를 끄덕였다.

"세력이 외로워지면 자중하며 화평을 취하는 것이 순리겠지만, 지금은 그럴 때가 아닌 듯합니다."

"그럴 때가 아니다?"

"노각주께서 지난 사십여 년 동안 촉각을 곤두세우셨던 혈랑곡. 저는 그 실체가 어떤 세력이 아닌, 석대원 개인이라고 판단합니다. 개인이라면 그 능력이 아무리 뛰어나다고 해도 대세에 영향을 미칠 수는 없겠지요. 그렇다면 노각주께서 그토록 우려

하시던 혈랑곡은 사라진 셈입니다."

　석대원이 지난 반년 동안 벌인 행각은 비각의 강호 사업에 큰 타격을 안겨 주었지만, 결국 혈랑곡의 존재가 유명무실함을 드러낸 역설적인 증거가 된 것이다.

　"아마도 신무전과 무양문도 지금쯤이면 혈랑곡의 실체가 없음을 알아차렸을 겁니다. 주지하다시피 그들이 이제껏 큰 충돌 없이 지낼 수 있었던 원인 중 하나가 바로 혈랑곡의 존재였습니다. 그런데 그 원인이 사라졌습니다. 다시 말하면 북악남패의 균형을 유지시켜 주던 가장 무거운 추가 사라진 셈입니다."

　"그러니까 지금이 적기다?"

　이명의 말에 문강이 눈을 빛냈다.

　"그렇습니다. 균형이 깨진 지금은 작은 충격으로도 강호를 흔들 수 있습니다. 더욱이 지금 본각엔 천룡팔부중을 비롯한 서장 밀교의 막강한 지원이 보장되어 있습니다. 강호의 기존 세력들을 무너뜨리고 밀교에 바탕을 둔 새로운 질서를 확립한다는 것이 본각의 목표라면, 그리고 시한부로 중원에 머물 수밖에 없는 서장의 지원군을 적절히 이용해야 한다면, 지금이 바로 최적기인 것입니다."

　패륵법왕을 비롯한 몇몇 사람들이 동의한다는 듯 고개를 크게 끄덕였다. 좌중을 둘러본 문강은 힘 있는 목소리로 말을 맺었다.

　"그래서 저는 보다 능동적이고 대대적인 활동으로 대세를 주관할 것을 주장하는 바입니다."

　연벽제는 문강으로부터 시선을 돌렸다. 원탁 위 텅 빈 허공을 응시하는 그의 두 눈 속으로 작은 파문이 일렁이고 있었다.

　'이제 본격적으로 시작해 볼 셈인가?'

문강의 선언은 하나의 바람을 예고하고 있었다. 강호 전체를 뒤흔들지도 모르는 무시무시한 광풍을.

(3)

　"양 공자님, 요즘은 왜 이리 발길이 뜸하세요?"
　머리 위에서 떨어진 젊은 여인의 목소리에 양진삼은 걸음을 멈추고 위를 올려다보았다. 그러고는 선향루仙香樓 삼 층 난간에 교구를 기댄 채 아래를 내려다보는 화사한 차림의 미녀와 눈을 마주치게 되었다. 못 들은 체 지나치기에는 이미 때가 늦은 탓에, 그는 억지웃음을 지으며 손을 흔들었다.
　"소연小娟이로군. 오랜만이야. 한데 날도 찬데 웬일로 나와 있나? 해바라기라도 하는 중인가 보지?"
　선향루가 자랑하는 미기美妓 진연연陳戀娟은 눈치가 빠르다. 그녀는 입술을 삐죽이며 말했다.
　"외상값 갚으라는 말은 안 할 테니 인사를 하려거든 얼굴이나 좀 펴고 하시죠?"
　양진삼은 진연연에게 흔들던 손바닥으로 짝, 소리 나게 제 이마를 쳤다.
　"외상값? 아차차, 내 정신 좀 봐! 해를 넘기지 않겠다고 단단히 약속해 놓고선."
　그런 다음 허리춤을 뒤적거리는 품이 마치 당장이라도 전낭을 열어젖힐 것 같았다. 하지만 눈치 빠른 진연연은 그다음에 벌어질 일을 훤히 뚫어보고 있었다.
　"이런, 이런, 급히 나오느라고 전낭이 빈 것도 깜빡했네. 허어, 이걸 어쩐다."

양진삼은 난처한 기색으로 진연연을 올려다보았다. 깎아 놓은 밤톨처럼 잘생긴 얼굴이지만 그 위에 떠오른 표정만큼은 너무나 속 보이는 것이었다. 적어도 사내라는 족속에 관해서라면 누구보다 달통한 진연연에겐 그랬다.

"말했잖아요, 돈 받으려고 부른 게 아니라고. 그리 큰 액수도 아니니 천천히 갚도록 하세요."

실제로 양진삼이 선향루에 진 외상값은 그리 많지 않았다. 그럴 수밖에 없는 것이, 양진삼이라는 인간 자체가 술이라면 종류 불문하고 석 잔을 넘기지 못했다. 그런 양진삼이 외상을 깔아 봤자 얼마나 깔았겠는가. 기껏해야 몇 상의 안주와 몇 밤의 화대가 전부인 것이다.

그중 자기 몫이 큰 비중을 차지하는 화대로 말하자면, 안 받아도 무방하다는 것이 진연연의 본심이었다. 온갖 망종들이 쉬파리처럼 꼬이는 이 북경 환락가에서 양진삼은 천 명에 하나, 만 명에 하나 찾아보기 힘든 귀공자였다. 특별히 하는 일없이 오락가락거리는 품으로 미루어 과시科試를 기다리는 낙방 수재가 아닐까 싶은데, 궁기에 찌들지 않은 것을 보면 집안만큼은 그런대로 괜찮을지도 모른다. 하지만 그의 신분, 혹은 집안 따위는 그녀에게 있어서 중요한 문제가 되지 않았다. 노류장화 주제에 그게 무슨 소리냐 싶겠지만 사실이 그러했다. 양진삼은 그녀에게 있어서 그만큼 특별한 존재였던 것이다.

양진삼은 언제나 예의 바르고 기품 있으며 유쾌했다. 어디 그뿐이랴. 잠자리에서 그가 선사해 주는 따듯한 정담과 부드러운 애무는, 기녀를 단지 요강 정도로만 여기는 냄새나는 주정뱅이들에게선 절대로 기대할 수 없는 친절하고도 달콤한 것이었다. 그런 남자를 단골로 받는다는 사실만으로도 동료 기생들의 질투 어린 눈총을 받아야 하는 진연연이었으니, 설령 밀린 화대가 천금인들 어찌 그를 박대하겠는가.

"한가하시면 이리 올라와서 차나 한 잔 드시고 가지 않겠어 요?"

설마 차 한 잔으로 끝날까? 진연연은 막 움트는 꽃봉오리처럼 아리따운 미소로 양진삼을 유혹했다. 겨울 하늘은 얄궂을 만큼 밝고 외상값은 언제 받을지 기약조차 없건만, 저 남자만 보면 왜 이리도 헤프게 구는지.

그러나 그 남자는 야박하게도 배부른 소리를 늘어놓고 있었다.

"이 일을 어쩌나, 귀한 분들과 약속이 있어 놔서……."

"뭐…… 그럼 할 수 없죠."

진연연은 시무룩한 표정이 되었다.

"미안하네. 내 다음에는 꼭 밀린 외상값을 들고 찾아오겠네."

이렇게 말한 양진삼은 또 무슨 말이 나올까 두려워하듯 가던 길을 부리나케 재촉했다.

사람들 속으로 멀어져 가는 귀공자의 뒷모습을 내려다보던 진연연은 단풍나무로 만든 난간에 턱을 괴며 나직한 한숨을 토해 냈다. 태생이 천하지만 않았던들, 저런 멋진 남자와 모든 사람들의 축복 속에서 가정을 꾸리고 행복하게 살아 볼 수도 있었을 것을.

그러나 이런 식의 신세 한탄으로 상처받기에는 이제껏 이불보를 적신 눈물이 너무 많은 그녀였다.

"흥, 천하에 둘도 없는 한량이 무슨 귀한 분을 만나겠다고. 귀한 분네 종놈들에게 몰매나 맞지 않으면 다행이지."

진연연은 이렇게 중얼거리며 방 안으로 들어갔다.

그러나 양진삼은 거짓말을 하지 않았다. 그는 정말로 귀한 사람들과 약속이 있었고, 그 때문에 하오의 인파 속을 종종걸음으로 내닫고 있었던 것이다.

양진삼이 걸음을 멈춘 곳은 북경 왕부정대가의 커다란 저택. 정문을 피해 비복들이 사용하는 후문을 이용하는 그의 눈매는 진연연과 수작을 부릴 때와는 달리 날카롭게 변해 있었다.

그곳은 헛간 지하에 마련된 밀실이었다. 계단을 내려가던 양진삼은 아래로부터 풍겨 오는 퀴퀴한 냄새에, 그 냄새가 상징하는 가학과 고통에 자신도 모르게 눈살을 찌푸렸다.

밀실 안은 어두컴컴했다. 넓이는 삼십 평이나 되는데 빛이라고는 계단과 연한 양쪽 벽면에 걸린 횃불 두 개가 전부였다. 양진삼은 그 흐릿한 불빛 속에 서 있는 몇 사람을 볼 수 있었다. 하지만 그의 관심을 끈 것은 밀실 바닥에 엎어져 있는, 넝마 혹은 누더기라고 부를 수밖에 없는 것을 걸친 사내였다.

오십 줄로 보이는 사내. 하지만 실제로는 그보다 젊을지도 모른다. 피투성이가 된 채 물 먹은 솜처럼 축 늘어져 있으면 누구라도 나이보다 더 늙어 보일 것이기에.

굵은 동아줄로 전신이 결박된 사내의 눈에는 두꺼운 검은 천이 단단히 감겨 있었다.

"조 사령趙使令, 생포했다는 밀정이 바로 이자인가?"

양진삼은 바닥에 쓰러진 사내를 턱짓으로 가리키며 물었다. 그의 물음에 답한 사람은 사내 앞에 기세등등하게 서 있던 턱석부리 장한이었다.

"예. 아주 독사 같은 놈입니다. 무릎과 팔꿈치가 으스러질 때에도 비명 한번 지르지 않더라니까요."

진절머리가 난다는 표정을 짓는 텁석부리 장한의 이름은 조국단趙國端. 모든 사람들이 두려워 마지않는 금의위의 사령 중 하나였다.

양진삼의 직책이 금의위의 부영반이니, 조국단의 입장에서는 어려울 수밖에 없는 상관이라고 할 수 있을 것이다. 하지만 조국단은 양진삼을 그리 어려워하는 기색이 아니다. 이는 낙천적이고도 구김살 없는 양진삼의 성격 때문일지도 모른다.

"한겨울에 독사는 무슨 독사?"

양진삼은 실소를 흘리면서도 바닥의 사내를 찬찬히 살펴보았다.

조국단이 사내를 얼마나 혹독하게 다루었는가는 밀실에 가득한 피비린내와 조국단의 벗은 상체에 번들거리는 땀방울만으로도 충분히 짐작할 수 있었다. 그런데도 함구로 일관했다면 사내는 칭찬할 만한 밀정임이 분명했다.

양진삼은 사내에게 다가갔다.

"이봐, 아직 살아 있나?"

양진삼은 사내의 몸뚱이를 발로 툭 건드리며 물었다. 돌아온 대답은 아무것도 없지만 결박된 팔다리를 꿈틀거리는 것으로 미루어 죽지는 않은 모양이었다.

양진삼은 쭈그리고 앉아 사내의 턱을 치켜들었다.

"알아, 알아. 다 알고 있다고, 자네도 우리와 비슷한 일을 하는 사람이라는 것을. 누구의 명으로 대사마의 별장을 감시했는지만 말해 주면 간단히 해결될 것을 왜 이리 일을 복잡하게 만드는가?"

사내의 입술이 달싹거렸다.

"내 이름은…… 손칠孫七……. 오의항汚衣巷에 사는 거지 손칠……."

양진삼은 뒤에 서 있는 조국단을 돌아보았다. 조국단이 고개를 절레절레 흔들었다.

"세 시진 내내 오직 저 말만 반복할 뿐입니다. 웃기는 일 아닙니까? 놈을 잡는 데 포교 둘이 죽고 사령 하나가 다쳤죠. 그런데도 오직 거지라는 말만 읊어 대니, 제 놈이 무슨 개방 방주라도 되는 줄 아는 모양입니다."

"훌륭하군, 정말 훌륭해."

칭찬과는 달리 양진삼은 침중한 안색이 되어 있었다.

비각의 이인자인 문강에게는 비이목秘耳目이라는 이름의 조직이 있어, 대내의 고관들과 병부 실력자들의 동정을 감시한다고 했다. 손칠이라는 사내도 아마 그 비이목에 소속된 밀정일 것이다. 비이목의 밀정들이 어떤 능력을 지녔는지는 구체적으로 파악되지 않았지만, 지금 손칠이 보여 주는 것으로 미루어 그들이 얼마나 지독하게 훈련되어 있는지 짐작할 수 있었다.

"어떻게 할까요?"

조국단이 손칠의 처리를 물었다.

잠시 생각하던 양진삼은 입가를 한두 차례 실룩거리더니 싸늘한 목소리를 내뱉었다.

"스스로 거지라고 주장하는 자다. 거지 하나를 처리하는 데에도 내 지시가 필요한가?"

"알겠습니다!"

큰 소리로 대답하는 조국단을 뒤로한 채 양진삼은 몸을 돌렸다.

사람을 죽이는 명령이 사람을 살리는 명령보다 유쾌할 리 없다. 하지만 밀정은 사람이라기보다는 눈사람에 가까운 존재였다. 눈사람은 햇볕에 노출되면 그 존재 자체를 상실하게 된다. 거지로 위장하고 대사마 우겸의 동정을 감시하던 밀정 손칠은 우겸의 신변 경호를 맡은 금의위의 수중에 떨어진 순간 이미 죽은 목숨이나 마찬가지였고, 그러한 점은 비각도 알 터였다.

적군과 아군 모두에게 죽은 목숨으로 판명된 밀정이라면 깨끗이 죽여 주는 쪽이 동종업에 종사하는 자로서의 도리일 터였다.

'대사마의 신변에 더 신경을 써야겠군.'

밀실 문을 나서서 맑고 차가운 겨울 공기가 기다리는 바깥세상으로 올라가는 동안 양진삼은 이렇게 생각했다. 대사마 우겸은 환관의 위세가 하늘을 찌르는 작금의 정국에서 금의위를 후원해 주는 가장 든든한 버팀목이었다.

양진삼은 문득, 그런 권력자를 너무 오래 기다리게 하는 것이 아닌가 하는 걱정이 들었다. 오늘 만나기로 한 귀한 분이 바로 우겸이었던 것이다.

거지 손칠이 목 없는 시신으로 변한 밀실은 정 노야鄭老爺라 불리는 부상富商의 소유로 되어 있는 왕부대정가의 한 저택 깊숙한 곳에 자리 잡고 있었다.

정 노야의 저택은 외견상으로 조금도 이상해 보이지 않았다. 또한 그곳을 출입하는 사람들은 북경성 어디에서나 볼 수 있는 평범한 모습을 하고 있었다. 그런 까닭에 이 저택의 주인인 정 노야가 금의위가 오랜 시간 공들여 만들어 낸 가공인물이라는 사실을 아는 사람은 극히 드물었다.

그 저택 심처에 자리 잡은 아담한 별실에서, 양진삼은 병부의 떠오르는 실력자인 대사마 우겸과 그의 직속상관인 금의위 대영반 하도지를 함께 만날 수 있었다.

꽝!

좋은 나무로 만든 다탁이 흔들리며 그 위에 얹힌 세 개의 찻잔이 달그락거렸다. 탁자를 후려친 사람은 네모난 얼굴 가운데 큼직한 사자코를 달고 있는 장년인. 그의 각진 얼굴은 터지기 직전의 홍시처럼 붉게 달아올라 있었다. 바로 사인사마의 우두머리인 대사마 우겸이었다.

"어처구니없는 일 아니오! 밀교의 불사를, 그것도 유서 깊은 와불사臥佛寺에서 벌이다니 이게 제정신으로 하는 짓이오!"

우겸의 맞은편에는 두 사람이 앉아 있었다. 한 사람은 나이답지 않게 당당한 체구를 지닌 오십 대 중반쯤으로 보이는 초로인이며, 다른 한 사람은 연청 빛깔의 비단옷이 잘 어울리는 삼십 대 초반─실제로는 후반─쯤으로 보이는 미장부였다. 그중 노인이 우겸을 달랬다.

"아우님께서는 그만 진정하시게. 성지聖旨가 내려왔으니 어쩔 수 없는 일 아닌가."

나이 차가 있다 하나 신흥 세도가로 떠오른 우겸에게 이렇듯 자연스럽게 하대할 수 있는 사람은 그리 흔치 않았다. 하지만 이 초로인, 금의위의 대영반 하도지에겐 그럴 자격이 충분했다. 두 사람은 지위의 고하와 권세의 강약을 논하기에 앞서, 오래전부터 교분을 나눠 온 사이였기 때문이다.

"밀교! 국조國祖(주원장)께서 그리도 경계하시던 라마승들이 버젓이 황도를 활보하는 것도 분통 터지는 일인데, 원소절 불사를 밀교식으로 하다니 이게 말이나 되는 소리입니까?"

우겸은 커다란 콧방울을 벌름거리며 거친 숨을 뿜어냈다. 그러고도 심화를 이기지 못한 듯 별실 안을 이리저리 배회하던 그가 별안간 어금니를 뿌드득 갈았다.

"이 모든 게 탄귀비, 그 묘족의 요녀 때문이오. 황상께서는 그녀의 말이라면 하늘의 별이라도 따 오라고 하실 지경이니…… 어허!"

탄귀비는 육 년 전 토번국으로부터 진상된 묘족 여인을 가리켰다. 젊다기보다는 어리다는 표현이 더 어울릴 당금 황제는 자신보다 세 살 연상인 이 우물尤物이 발산하는 건강하고 야생적인 매력에 흠뻑 취해 있었다. 이번에 토번과 서장으로부터 밀승들을 대거 불러들인 것도 탄귀비의 회임을 기원하기 위함이었으니, 만일 그녀의 몸에서 왕자라도 태어나는 날에는 제국 황실의 적통이 꼼짝없이 혼혈아에게 돌아갈 판국이었다. 중화사상이 골수까지 스며든 탓에 이민족이라면 어느 누구도 인간 취급을 하지 않는 우겸으로선 어금니를 갈 만도 한 일이었다.

하도지는 더 이상 우겸을 달래려 하지 않고, 곁에 앉은 비단옷의 미장부에게 말을 건넸다.

"공손公孫 부영반은 어디 갔는가?"

비단옷을 입은 미장부는 조금 전 지하 밀실에서 한마디 말로써 한 사내의 운명을 결정지은 양진삼이었다. 낙천적이고 구김살 없는 성격 때문인지 그는 직속상관의 질문에도 그리 긴장하는 기색이 없었다.

"와불사로 갔지요."

하도지는 눈살을 찌푸렸다.

"그런 일은 휘하 사령들을 시켜도 되는 것 아닌가?"

"안 그래도 그렇게 말했습니다. 그랬더니만 어가御駕가 납시는 곳에는 신하 된 도리로 직접 가 봐야 한다나 뭐라나. 마치 세상에 유일한 신하라도 되는 것처럼 말입니다. 하여튼 그 형님 답답한 것은 알아줘야 한다니까요."

두 사람이 화제 삼은 공손 부영반이란 금의위의 두 부영반 중한 사람인 공손대복公孫大福을 가리켰다. 무양문 호교십군의 일원으로 강호를 굴러다닌 덕분에 나이보다 훨씬 노회해 버린 양진삼과는 달리, 공손대복은 변방의 보堡에서 잔뼈가 굵은 진짜배기 무관이었다. 그에게 있어서 금의위는 정치성 따위와는 무관한, 오직 황제만을 위해 존재하는 조직이었다.

"그렇게 벽창호만 아니었어도 참 나무랄 데 없는 친군데……."

하도지가 혀를 차자 양진삼이 싱긋 웃었다.

"그게 그 형님의 매력이기도 하지요."

그러는 동안에도 우겸은 여전히 별실 안을 서성대고 있었다. 허공에 대고 주먹질을 하며 연신 뭐라고 투덜거리는 모습은, 내막을 모르는 사람의 눈에는 미친 사람으로 비치기 딱 좋았다.

"이 사람아, 어지러우니 그만 앉게. 아직 황상의 보령이 유충하신 탓이니, 세월이 지나 흑백을 명확히 구분하시게 되면 이런 일은 벌어지지 않을 게야."

하도지가 다시 한 번 달래 보았지만, 이는 우겸의 탄식을 더욱 무겁게 만들 뿐이었다.

"아무리 그렇기로서니 묘녀의 뜻으로 국사를 결정하다니요! 종묘에 계신 열조들께서도 가슴을 치고 통곡하실 겁니다!"

그러자 양진삼이 한마디 끼어들었다.

"각지의 서원과 사찰로부터 이번 불사를 반대하는 상소가 빗

발췄지요. 하지만 폐하께는 단 한 장도 올라가지 않았습니다. 모두 왕 태감의 농간이지요."

"왕진, 이 가증스러운 고자 새끼!"

우겸은 다시 한 번 어금니를 갈았다. 아까보다 더욱 격렬하게.

사실 작금의 국정은 환관들의 우두머리인 사례태감司禮太監 왕진의 손아귀 안에서 놀아난다고 해도 과언이 아니었다. 왕진이 어떤 일을 진행시키면 육부六府의 대신 중 누구도 감히 반대하지 못했고, 그 점에 있어서는 신흥 세도가로 급부상한 우겸마저도 예외일 수 없었다.

대저, 제국의 쇠락기에는 요녀와 환관이 활개 치기 마련이었다. 은나라의 달기와 주나라의 포사가 그러했고, 후한을 병들게 했던 열 명의 환관 십상시十常侍도 그러했다.

이 점을 우려한 명 태조 주원장은 환관의 발호를 억제하기 위해 많은 제도적 장치를 마련했다. 정政, 군軍, 감監의 삼권을 철저히 분리시켜 황제의 직속으로 복속시켰고, 비각과 같은 비밀 감찰기관을 두어 권력이 한 곳으로 치우침을 견제했다. 금릉성의 망루에 환관을 멀리하라는 푯말을 크게 걸어 후손들에게 경고하려 한 것도 모두 그러한 이유 때문이었다.

하지만 주원장의 이러한 의도는 그 아들인 영락제에 의해 무너졌다. 영락제가 조카를 폐하고 스스로 황위에 오르는 과정에서 나름 공을 세운 환관 집단은 반백년 동안 잃어버렸던 권력을 되찾게 되었고, 밝은 곳에서 논의되어야 마땅한 국정은 다시금 어두운 밀실로 들어가게 되었다. 그리고 당금 천하에서 환관 집단의 정점에 선 자가 바로 왕진, '환관복을 입은 천자'라는 의미에서 환복천자宦服天子라고도 불리는 그 왕진이었다.

"입궁한 토번 사신들이 제일 먼저 찾아간 곳이 바로 사례감이었지. 분명히 엄청난 뇌물을 썼을 걸세."

하도지가 어두운 안색으로 말했다. 우겸에게는 미치지 못할지라도 그 또한 왕진이 밉기는 마찬가지. 하기야 이 시대를 사는 뜻있는 관리치고 왕진을 증오하지 않는 자, 아마 한 사람도 없을 터였다.

양진삼은 찻잔을 만지작거리며 중얼거렸다.

"밀교식 불사라…… 단지 그 이유뿐일까요?"

양진삼의 길쭉한 손가락들 사이에서 조심스럽게 움직이던 찻잔이 어느 순간 오른손 중지로 폴짝 뛰어 올라가더니 뱅글뱅글 회전하기 시작했다.

양진삼이 저런 손재주를 부릴 때에는 뭔가 하고 싶은 말이 있다는 뜻. 양진삼을 오랫동안 지켜봐 온 하도지는 그러한 사실을 잘 알고 있었다.

"그게 무슨 뜻인가?"

하도지가 넌지시 묻자, 양진삼은 오른손을 날렵하게 뒤집으며 손가락에서 돌아가던 찻잔을 움켜잡았다. 그러고는 그 찻잔을 탁자에 탕, 소리 나게 내려놓더니 하도지를 똑바로 바라보았다.

"대영반께서는 제가 얼마나 싸움을 잘하는지 아시죠?"

"알지."

하도지는 영문을 몰라 하면서도 고개를 끄덕였다.

양진삼으로 말하자면, 비록 촐랑거리는 면이 없지는 않지만, 그래도 서른 살 전후로 무양문의 호교십군 중 한자리를 차지한 천품의 무골이었다. 내로라하는 고수들로 구성된 금의위지만, 감히 무공으로 그를 맞상대할 인물은 한 사람도 없다는 것이 이제는 진리처럼 굳어진 사실이었다.

양진삼은 뻐기듯 어깨를 한 번 으쓱거린 뒤 말을 이어 나갔다.

"그런데 이번에 입경한 밀승들 중에는 저로서도 장담할 수 없는 물건들이 제법 되더라 이 말씀입니다. 서장 밀교에서도 핵심이라고 할 수 있는 고수들이 아니고선 어려운 일이죠. 활불이니 법왕이니 자처하며 콧대를 하늘에다 두고 사는 그런 밀승들을 마음대로 동원할 수 있는 자…… 과연 누굴까요?"

"에센!"

하도지는 자신도 모르게 한 사람의 이름을 내뱉었다. 양진삼은 손뼉을 짝 쳤다.

"그렇지요. 바로 오이라트의 젊은 사자, 에센입니다. 한데 아시다시피 에센은 바보가 아닙니다. 바보가 아닌 바에야 그런 대단한 밀승들을 목탁 치고 염불 외우라고 이 먼 북경까지 보내지는 않았겠죠. 다시 말하면……."

"다시 말하면?"

"그들은 불사 따위가 아닌, 보다 실제적이고도 중대한 임무를 띠고 중원에 들어온 것이 분명합니다."

이제 하도지뿐 아니라 우겸도 양진삼의 말에 귀를 기울이게 되었다. 그 점이 즐거운지 양진삼은 더욱 자신 있는 목소리로 덧붙였다.

"그들은 비각을 지원하기 위해 온 것입니다."

"으음!"

하도지는 입술을 두어 차례 실룩이더니 무거운 신음을 길게 토해 냈다.

그 뿌리를 원대의 악명 높던 비영사에 두고 있는 비각은 하도지가 이끄는 금의위, 왕진의 명으로 움직이는 동창과 비슷한 성격의 업무를 수행하는 감찰 기관이었다. 하나의 나라 안에 비슷한 성격을 지닌 기관이 여럿 있다면, 그들 사이에는 크고 작은 알력들이 발생할 수밖에 없었다. 물론 그러한 알력들의 근원은 권력투쟁에 있었다. 그리고 하도지로서는 매우 안타까운 일이지만, 그는 자신이 이끄는 금의위가 비각과 동창에 비해 열세임을 인정하지 않을 수 없었다.

"서장 밀교까지 동원한 것을 보면 비각의 늙은 이무기는 밀교의 중원 진출에 대한 꿈을 기어코 포기하지 않을 작정인가 보군."

하도지가 침중한 안색으로 말했다. 양진삼은 당연하다는 투로 대꾸했다.

"잠룡야 이악은 세간에 알려진 것보다 훨씬 집요한 위인이죠. 그의 염원은 오직 하나뿐입니다. 비각의 초대 각주이자 그의 부친인 야율사 또한 간절히 바란바, 밀교를 중원 구석구석에 전파하는 것이지요, 몽고의 오랑캐들이 이 땅을 지배하던 시절처럼."

금의위의 발달된 정보망은 이악이 독실한 밀교 신자임을 이미 밝혀낸 뒤였다. 만약 지금의 황제가 영락제처럼 강골이었다면 단지 밀교 신자라는 이유 하나만으로도 이악의 입지를 크게 약화시킬 수 있었을 것이다. 그러나 지금의 황제는 강골과는 거리가 먼 인물이었다. 게다가 총애하는 묘녀가 원한다는 이유 하나만으로 황도의 유서 깊은 사찰에서 밀교식 불사를 베풀라는 어명을 내릴 만큼 사리에 어두운 철부지이기도 했다.

황제부터가 이렇게 나오는 마당에 밀교를 숭배하는 것이 새삼 무슨 허물이 되겠는가. 결국 이악이 밀교 신자라는 사실은 그를 공격하는 데 있어서 아무런 도움도 줄 수 없었다. 제국의 대외

정책이 돌변하여 오이라트와 전쟁이라도 벌인다면 모를까.

"에잇! 황상께서는 어찌하여 목전에서 으르렁거리는 것이 개인지 호랑이인지조차도 구분하지 못하신단 말인가! 오이라트가 본격적으로 발호하면 백만 정병으로도 막을 수 없는 비극이 벌어질 게 명약관화한데도, 이 위급한 시기에 고자와 요녀에 둘러싸여 국정을 돌보지 않으시다니, 황상의 머릿속에는 대체 무슨 생각이 들어 있단 말인가!"

우겸이 흥분하여 외쳤다. 다분히 불경스러운 언사였지만 이 별실 안에서 그 점을 문제 삼을 사람은 없었다.

양진삼은 우겸의 흥분이 가라앉기를 기다려, 탁자를 덮고 있는 화려한 천의 끄트머리를 잡고 슬쩍 들춰 보였다.

"이것을 보십시오."

하도지와 우겸은 영문을 몰라 하면서도 양진삼이 들어 올린 천을 바라보았다.

"환상적인 문양에 구름을 만지는 듯한 이 촉감……. 좋은 물건입니다. 파사국波斯國(페르시아)의 직물 기술은 아무래도 우리보다 나은 것 같군요."

양진삼은 포목점 주인이라도 된 것처럼 천 자락을 뒤집어 가며 주절거렸다. 하도지가 궁금증을 참지 못하고 물었다.

"그런데?"

양진삼은 빙긋 웃더니 방 안을 휘둘러보았다.

"새해를 맞아 아랫것들에게 이 집을 새로 꾸미라고 했지요. 그런데 견적서를 보고 깜짝 놀랐습니다. 예상에 비해 딱 두 배가 들었더라고요."

양진삼은 잡고 있던 파사국 천의 끝자락을 손가락으로 튕겼다.

"가장 큰 문제가 바로 이것이었습니다. 이 천과 바닥에 깔린 융단의 값이 너무 비쌌어요. 다탁을 덮는 천 다섯 장과 바닥에 까는 융단 세 장에 은자 마흔일곱 냥이라니, 이게 가당키나 한 소리입니까? 그래서 혹시 어떤 못된 놈이 가운데서 농간이라도 부리지 않았나 싶어 직접 시전에 나가 봤습니다. 한데 실제 가격이 그렇더군요. 그럴 줄 알았다면 굳이 파사국 것으로 고집하지 않았을 것을……."

때와 장소에 어울리지 않는 이 푸념에 하도지는 눈살을 찌푸렸다. 그런데 가만히 생각해 보니 천 다섯 장과 융단 세 장에 은자 마흔일곱 냥이면 비싸도 너무 비쌌다. 그 순간 하도지는 한 가지 일을 떠올렸다.

"자네, 혹시 천산북로天山北路에 대해 얘기하고 싶은 건가?"

양진삼이 눈을 빛내며 덧붙였다.

"뿐만 아니라 오이라트의 에센은 이미 오래전에 움직이기 시작했다는 점을 말씀드리고 싶은 겁니다."

하도지와 달리 우겸은 여전히 양진삼의 말을 이해하지 못하는 듯했다.

"그게 무슨 소린가? 빙빙 돌리지만 말고 상세히 설명해 보게."

양진삼은 설명을 시작했다.

"파사국의 직물값이 이렇게 폭등한 것은 우리의 무역이 지나치게 폐쇄적이기 때문입니다. 영락 연간에 이루어진 여러 차례의 대외 원정은 우리의 무역을 상리商理와는 맞지 않는 조공무역의 형태로 고착시켜 버렸습니다. 물론 소생이 언감생심 그 업적의 위대함을 부정하는 것은 아니지만, 그것이 지금의 화초처럼 나약한 대외무역을 만들게 한 직접적인 이유라는 것 또한 부정할 수 없는 사실이지요."

양진삼의 말투는 신랄했다.

"수십 년의 태평성세는 일반 백성들의 생활수준을 부유하게 끌어올려 주었습니다. 상인들은 이에 부응하여 이윤이 많이 남는 서역의 물건들에 눈독을 들이게 된 것입니다. 그런데 아시다시피 수로를 통한 교역은 어려운 실정입니다. 국초부터 실시한 해금령海禁令이 해상무역 자체를 불가능하게 만들었기 때문이죠. 그러니 당연히 육상무역의 중요성이 대두되었습니다. 이러한 시기에 서역으로의 가장 큰 교역로인 천산북로를 오이라트에 빼앗기다시피 넘겨준 것은 실로 엄청난 실수라고 하지 않을 수 없지요. 이제 오이라트의 에센은 손가락 하나 까딱하지 않고 매년 어마어마한 수익을 올리게 되었습니다, 바로 우리의 주머니에서 나가는 돈으로요. 에센은 과연 그 돈으로 무엇을 할까요?"

두 사람 모두 양진삼의 물음에 대답하지 않았다. 하지만 대답하지 않는다 하여 대답을 모르는 것은 아니었다. 그 점을 모르지 않는 양진삼은 단호한 목소리로 이야기를 마무리했다.

"결국 우리는 매년 엄청난 군자금을 에센에게 공급해 주고 있는 것입니다."

명대 전반기 백 년 동안의 대외무역 정책은 조공무역이라는 한마디로 대변되었다. 조공무역이란 속국에서 보내오는 조공물과 종주국에서 내리는 하사물로 제한되는 교역을 뜻한다. 물론 이러한 교역에는 일부 민간 상인들이 합류하기도 했지만, 그것은 어디까지나 음성적이고도 소규모에 불과했다.

특히 영락제 때 실시된 환관 정화鄭和를 우두머리로 한 남해 원정은 조공무역의 완성에 특별한 의미를 부여했다. 원정의 결과로 명나라에 조공을 바치는 국가들은 동남아시아의 제 국가

들은 물론 인도의 서쪽 해안과 아프리카의 동부 연안국까지 이르게 되었으니, 이들과 정기적으로 이루어지는 교역은—비록 조공이라는 명목으로 제한되기는 했지만— 결코 무시할 수 없는 규모였던 것이다. 결과적으로 조공무역을 골자로 한 이러한 대외무역 정책은 명나라의 다섯 번째 황제인 선덕제에 이르기까지는 그런대로 만족할 만한 성과를 거두었다고 평가할 수 있었다.

그러나 선덕제의 아들인 정통제(영종)에 이르러서는 새로운 무역 정책의 필요성이 대두되기 시작했다. 조공무역만으로는 오랜 태평성대 속에서 지속적으로 향상된 백성들의 생활수준을 만족시키지 못하게 된 것이다.

이러한 흐름을 가장 먼저 읽은 부류는 상인들이었다. 북경의 거상 왕고를 필두로 한 많은 상인들은 봉쇄된 해로를 대신할 새로운 육로를 자연스럽게 개척하게 되었고, 그들의 주관 아래 새롭게 이루어진 육상무역은 부족하나마 조공무역의 문제점을 보완해 주는 역할을 수행하게 되었다. 그 육상무역에 있어서 가장 중요한 통로가 바로 천산북로였던 것이다.

그런데 그 천산북로가 오이라트의 수중에 떨어졌다. 표면적으로는 위구르족에 돌아간 것처럼 보이지만, 그 이면에는 부국강병의 원칙에 충실한 오이라트의 실권자 에센의 뛰어난 경제 감각이 강력하게 작용한 것이다. 이는 서쪽 무역의 목줄을 오이라트에 빼앗긴 것과 다름없었다.

그러나 당금의 대내에서 천산북로의 중요성을 정확하게 인식하는 사람은 거의 없는 실정이었다. 환관 세력의 발호 속에 제 몸 지키기에 급급한 관료들에게 있어서 천산북로란, 말 그대로 아득히 먼 천산 북쪽에 나 있는 오솔길에 불과했던 것이다.

선덕제의 선정善政에 힘입어 풍요로울 수 있었던 제국의 창고는 이렇듯 사람들이 느끼지 못하는 사이에 조금씩 피폐해져 갔으니, 몇 년 후 벌어지는 '토목土木의 변變'은 천산의 눈 덮인 산길을 넘어온 파사국의 직물에서 비롯되었다고 해도 과언이 아닐 것이다.

우겸은 어느덧 자리에 앉아 있었다. 그는 한쪽 다리를 심하게 떨고 있었다. 시뻘겋게 달아올랐던 얼굴이 창백해진 것은 이미 오래전의 일.

하도지가 양진삼을 향해 말했다.

"정리하자면, 우리가 상대해야 할 사람은 모두 셋이군. 왕진과 이악, 거기에다 에센까지."

"정확합니다."

양진삼이 짧게 대답하자 하도지는 한숨을 쉬었다.

"불행한 사실은 하나같이 곤란한 상대라는 점이야. 더욱이 그들의 유대 관계는 더할 나위 없이 단단하지."

그런데 양진삼은 의외로 고개를 흔들었다.

"모두 곤란한 상대인 것은 맞습니다. 하지만 그들의 유대 관계는 대영반께서 보시는 것처럼 단단하지만은 않을 겁니다."

하도지는 의아해하는 표정으로 반문했다.

"단단하지 않다고?"

"그렇습니다. 아시다시피 그들은 목적이 뚜렷한 인물들이죠. 면면의 비중이 다른 사람에 비해 크게 떨어지지도 않고요. 일견 비슷한 것 같지만, 엄밀히 따지면 서로 다른 목적을 가진 세 마리의 탐욕스러운 호랑이. 그들이 과연 완전한 동지가 될 수 있을까요?"

말을 마친 양진삼이 하도지를 향해 싱긋 웃었다. 그 웃음을 대한 하도지는 왠지 마음이 놓이는 것을 느꼈다. 양진삼에겐 스스로 유쾌해짐으로써 다른 사람의 마음까지 유쾌하게 만드는 재주가 있었다.

양진삼은 찻잔에 남아 있는 식은 찻물을 단숨에 들이켰다. 이어 하도지와 우겸, 두 사람을 향해 힘주어 말했다.

"우리는 그들의 목적이 어디에서 어긋나는지를 주목해야 합니다. 그곳을 정확히 짚을 수만 있다면, 우리는 단단하게만 보이는 그들의 연결 고리를 끊어 버릴 수 있을 겁니다."

───◆◆◆───

두께가 세 치에다가 문짝만 한 크기를 지닌 송판은 그 자체만으로 충분히 무거운 물건이었다. 그런데 그 위에 이백 근이 넘는 큰 뚱보 하나와 그보다는 조금 작지만 그래도 백 근은 가뿐히 넘는 작은 뚱보 하나가 올라 있다면, 그 무게는 사람 둘로서는 감당하기 힘들 것임에 분명했다.

그 무지막지한 무게의 송판을 반 식경이 넘도록 어깨에 올려 놓고 있는 보락전장寶樂錢莊의 두 하인, 아삼阿三과 아호阿好의 의복은 소나기라도 맞은 양 흠뻑 젖어 있었다. 하지만 그들은 행여 송판이 흔들리기라도 할까 두려워하며 이를 악물고 두 다리에 힘을 주어 버티고 있었다. 송판이 흔들려 크고 작은 두 뚱보가 낙상이라도 하는 날에는, 그들의 생명줄 같은 보락전장의 하인 자리가 깨끗이 날아가고 만다. 왜냐하면 송판 위의 두 뚱보는 바로 보락전장의 장주와 소장주이기 때문이었다.

아삼과 아호의 고충은 아랑곳하지 않는 듯, 큰 뚱보, 그러니까 보락전장의 장주 탁경卓京은 금방이라도 눈물을 주르륵 흘릴 것 같은 감격스러운 얼굴로 탄성을 외쳐 댔다.

"절호絕好! 과연 절호로다! 서천 불사의 장엄함이 이러하니, 삼장법사가 수만 리를 멀다 않고 서쪽으로 간 것이렷다!"

그 옆에 서 있는 작은 뚱보는 탁경의 독자이자 보락전장의 소 장주인 탁귀卓貴였다. 열세 살 먹은 것이 무엇을 알까마는 탁귀 또한, "절호로다!"를 연발하며 부친의 기분을 맞춰 주었다.

이 괴상한 송판의 주위는 많은 사람들로 북적이고 있었다. 이번 원소절 불사의 정점인 연등식燃燈式을 구경하기 위해 모인 사람들이었다. 사람들이 모인 형상은 말 그대로 인산인해. 그도 그럴 것이 금년 불사는 작년까지와는 달리 밀교식으로 거행 된다고 하고, 국고를 활짝 연 탓에 규모 또한 예사롭지 않다 하 니, 호기심 많기로 유명한 북경성 백성들이 그 장한 구경을 어 찌 놓치려 하겠는가.

사람들이 워낙 많이 모인지라 뒤늦게 와불사에 당도한 보락 전장의 두 뚱보가 그 인파를 헤치고 연등식을 구경하기란 쉬운 일이 아니었다. 하지만 두 뚱보는 아삼과 아호, 두 하인의 눈물 겨운 봉사에 힘입어 매우 편안한 자세로 연등식을 구경할 수 있 었다. 이처럼 높은 위치라면 거리가 조금 먼 것 정도는 큰 문제 되지 않았다.

불쌍한 것은 삼백수십 근을 받쳐 들고서도 미동조차 할 수 없 는 아삼과 아호였다. 당장이라도 어깨를 흔들어 송판 위의 두 뚱보를 떨어뜨리지 못하는 처지가 원망스러웠지만, 두 사람은 언제나 그랬듯 그 원망을 배 속으로 삼킬 수밖에 없었다. 하인 이란 말이 괜히 생겼겠는가. 남의 밑에 깔려 있으니 하인下人인 것이다.

그런데 이 네 사람, 불쌍한 두 하인과 그 불쌍함을 통해 편안함을 누리는 두 뚱보를 몹시 아니꼽다는 눈길로 바라보는 청년이 하나 있었다. 세모꼴 뾰족한 턱이 자못 깐깐해 보이는 그 청년은 왼손으로 메추리알만 한 크기의 쇠구슬 두 알을 쉴 새 없이 비벼 대고 있었다. 쇠구슬이 마찰될 때마다 귀에 거슬리는 금속성이 울려 나왔지만, 어수선한 주위 탓인지 그 소리에 신경 쓰는 사람은 없는 듯했다.

네 사람을 향해 한동안 그런 눈길을 던지던 청년이 드디어 걸음을 떼어 보락전장 일행에게 다가왔다.

"고생 많소."

대뜸 날아든 청년의 목소리에 아삼과 아호는 푹 숙이고 있던 고개를 들었다. 정월의 싸늘한 밤공기 속에서도 두 사람의 얼굴은 땀투성이였다. 비단 땀투성이일 뿐만 아니라 잘못 삶은 돼지 방광처럼 보기 흉하게 일그러져 있었다.

"댁은 누구슈?"

아호보다는 세상을 조금 더 산 아삼이 청년을 향해 퉁명스러운 질문을 던졌다. 많은 사람들 속에서 반 식경씩이나, '나는 천한 놈이오.'라고 광고하고 있었으니 여북이나 부끄러웠을까. 부끄러움은 왕왕 분노로 바뀌기도 했으니, 아삼의 얼굴에는 그러한 심경이 그대로 드러나 있었다.

청년은 아삼의 퉁명스러운 물음에 대꾸하지 않았다. 대신 조금 큰 목소리로 이렇게 말했다.

"고용인을 다스리는 데에도 엄연히 법도란 것이 있거늘, 당신들의 고용주는 참으로 염치없는 작자로군. 하긴 돼지가 사람의 법도를 알 턱이 없겠지."

청년이 거침없이 지껄이자 아삼과 아호의 얼굴은 하얗게 질려 버렸다. 보락전장의 장주 탁경은 부풀어 오른 배때기만큼이나 심술이 많고, 단추 구멍 같은 눈깔만큼이나 아량이 모자란 인간이었다. 단지 불쾌하다는 이유만으로도 온갖 패악을 부려 대는 소인배였으니, 저 청년이 툭 내뱉은 한마디는 청년 본인은 물론이거니와 자신들까지도 곤경에 빠뜨릴 공산이 컸던 것이다.

아니나 다를까, 탁경의 숨결이 조금씩 거칠어졌다.

"이봐, 지금 뭐라고 했나?"

청년은 자신이 한 말을 되풀이할 필요가 없었다. 왜냐하면 작은 뚱보가 재빨리 고자질을 했기 때문이다.

"저 빌어먹을 놈이 아버지더러 돼지라고 했어요!"

탁경의 늘어진 볼따구니가 실룩거렸다. 돼지에겐 미안한 일이지만, 돼지라는 말을 듣고도 기분 좋을 사람은 찾기 힘들 것이다. 우스운 사실은, 볼따구니를 저렇게 실룩거리고 있으니 정말로 돼지처럼 보인다는 점이었다.

"네놈이 감히 나를 돼지라고 불렀느냐?"

탁경의 목소리에는 야비한 분노가 점점이 묻어 나오고 있었지만, 청년은 귀찮다는 표정으로 고개를 한 번 까닥인 뒤 이렇게 되물었다.

"입에 침이 마르도록 칭송하는 걸 보면 귀하의 눈에는 오랑캐들의 불사가 꽤 볼만하게 비치는가 보오?"

아마도 탁경이 여태 터뜨린 탄성을 귀담아 둔 모양이었다. 탁경은 청년을 향해 버럭 호통을 질렀다.

"오냐, 볼만했다! 하지만 범 무서운 줄 모르는 하룻강아지가 치도곤을 당하는 것이 더 볼만하겠지!"

탁경의 외침이 끝나기가 무섭게 어깨가 떡 벌어진 장한 하나가 청년 앞에 불쑥 나타났다. 쌀쌀한 날씨에도 불구하고 가슴팍을 활짝 열어젖힌 것이 언뜻 보기에도 예사 강단이 아닌 듯했다.

전장이란 본디 돈을 취급하는 곳인지라 항시 든든한 호위 무사들을 필요로 했다. 지금 청년 앞에서 무게를 잡고 있는 장한은 탁경이 매월 비싼 임금을 주는 이십여 명의 호위 무사 중에서도 가장 성질이 팔팔하다는 송광宋鑛이란 자였다.

"나리, 요 쥐새끼를 어떻게 해 줄까요? 어디 한 군데를 부러뜨려 줄까요?"

"한 군데로는 부족하지. 적어도 팔다리 하나씩은 확실하게 부러뜨려 주게."

"그럽죠!"

송광과 탁경의 대화를 듣고 있던 청년이 픽 웃었다.

"이 번잡한 곳에서 사람을 함부로 치시겠다? 이 나라엔 왕법도 없는 모양이지?"

"주제 모르고 짖어 대는 강아지 한 마리를 때려잡는 데 사람들 눈이 무슨 대수며 왕법이 무슨 대술까? 흐흐!"

탁경이 음흉하게 웃었다.

주위의 사람들은 벌써 웅성거리고 있었고, 저만치 떨어진 곳에서 인파를 통제하던 두 명의 관졸도 이쪽을 주목하고 있었다. 이처럼 이목이 많은 장소에서 단지 자신을 모욕했다는 이유만으로 사람을 다치게 할 수는 없었다. 하지만 탁경은 조금도 걱정하지 않았다. 저 두 명의 관졸은 보락전장으로부터 쇠붙이깨나 받아먹은 자들이었다. 만일 문제가 일어난다면 저들이 충분히 무마해 주리라는 것을 그는 의심치 않았다.

하지만 탁경의 얼굴에 떠오른 웃음기는 그리 오래가지 못했다.

"시킨 대로 팔다리 하나씩은 확실하게 부러뜨렸지."

청년이 탁경에게 말했다.

조금 전까지만 해도 그토록 기세등등하던 송광은 지금 이 순간 청년의 발치에 자빠져 죽는 시늉을 하고 있었다.

송광이 방금 전개한 일 권과 일 퇴는 장쾌하고도 화려해 보였지만, 청년이 가볍게 내뻗은 손짓 한 번에 헛짓거리로 돌아가 버렸다. 그리고 청년이 귀신같은 몸놀림으로 둘 사이의 거리를 줄인 순간, 마른 가지 부러지는 듯한 소리가 두 번이 울리며 송광의 오른팔과 왼다리가 부러져 나간 것이다. 송광의 공격을 무산시킨 것도, 그리고 송광의 팔다리를 부러뜨린 것도 모두 오른손 하나뿐이었다. 청년의 왼손은 여전히 두 알의 쇠구슬을 굴리고 있었다.

"훼방꾼이 없어졌으니 이제 슬슬 본론으로 들어가 볼까?"

청년은 싸늘하게 말하며 아직도 송판 위에 올라 있는 탁씨 부자에게 다가갔다. 그러더니 오른손을 뻗어 송판의 한쪽 끝을 움켜잡았다.

"무, 무슨 짓을 하려는…… 어억!"

탁경은 말을 채 마치지 못하고 땅바닥에 코를 찧고 말았다. 삼백 수십 근 무게의 송판이 청년의 손짓 한 번에 바람에 쓸린 가랑잎처럼 간단히 뒤집혀 버린 것이다. 문자 그대로 여반장.

"애고, 내 코!"

"으앙!"

공교롭게도 똑같이 코뼈가 주저앉은 듯, 탁경과 탁귀는 코를 감싸 쥐고 비명을 질렀다.

"꿀꿀거리지 마라. 시끄럽다."

청년이 오른손을 두 번 흔들었다. 짝짝 소리와 함께 탁경과 탁귀의 뺨에 선명한 붉은 장인이 찍혔다. 열세 살짜리 어린아이를 때리는 데에도 추호의 인정을 두지 않는 것을 보면, 청년은 생김새만큼이나 냉혹한 성격의 소유자인 듯했다.

탁씨 부자는 입과 코로 핏물을 흘리면서도 비명을 뚝 그쳤다.

그때 탁경으로서는 반가울 수밖에 없는 사람들이 등장했다. 아까부터 이쪽을 주목하던 두 명의 관졸이 부리나케 달려온 것이다.

"모두 물러서라! 나라에서 주관하는 불사에 이게 무슨 해괴망측한 소란이란 말이냐!"

본디 못 본 척 탁경의 횡포를 넘어가 줄 셈이었지만, 일이 뜻밖의 방향으로 진행되자 더 이상 좌시할 수 없었던 것이다.

청년은 푸른 관복을 보고도 조금도 동요하지 않았다. 그의 입술에는 오히려 엷은 조소가 맺혔다.

그 태연함이 의외였던 듯 서로를 마주 본 두 관졸은, 이윽고 쇠고리를 두른 박달나무 방망이를 꼬나 쥐고 청년을 위협했다.

"중인환시리에 감히 이런 행패를 부리다니, 네놈은 호랑이 간이라도 삶아 먹은 모양이구나! 쇠방망이 맛을 보고 싶지 않다면 냉큼 그 자리에 무릎 꿇고 포박을 받아라!"

위엄을 한껏 살린 호통이지만 청년은 무릎을 꿇기는커녕 고개조차 숙이지 않았다. 그 대신에 옷자락을 슬쩍 들어 허리에 찬 철패를 드러내 보였다.

순간 관졸들의 눈이 휘둥그레졌다. 철패에 새겨진 '衛'라는 글자를 목격했기 때문이다.

청년은 매서운 눈으로 관졸들을 쏘아보았다.

"황제 폐하의 성지를 받들어 거행되는 불사다! 평민이라면 오직 공근과 경외의 마음으로 참관해야 하거늘, 너희들은 이자가 탈것에 올라 거만 떠는 광경을 못 보았단 말이냐!"

"그, 그것이⋯⋯."

관졸들은 사색이 되어 쩔쩔맸다.

"그 쇠방망이가 가진 자에게 굽실거리고 약한 백성을 핍박하라고 준 물건이더냐! 관이 공평무사를 잃으면 민심이 흔들리고, 민심이 흔들리면 나라가 위태로워지는 법! 이 간단한 이치도 모르는 놈들이 무슨 자격으로 전립에 관복을 입고 다닌단 말이냐!"

청년의 질타는 추상같았다. 식은땀을 흘리던 두 관졸은 땅바닥에 넙죽 엎드렸다.

"대인, 소인들이 보았다면 어찌 그냥 놔두었겠습니까? 사람들이 워낙 많은 탓에 저놈의 불경을 발견하지 못했을 따름입니다! 이제 대인께서 과실을 깨우쳐 주셨으니, 소인들은 당장 저놈을 관아로 압송해 그 죄상을 낱낱이 밝혀내겠습니다!"

붉게 물들었던 탁경의 얼굴이 하얗게, 다음에는 노랗게 물들었다. 믿고 있던 최후의 보루가 허무하게 무너져 버린 것이다.

청년은 두 관졸을 번갈아 노려보았다. 속이 빤히 보이는 변명임은 아는 바이나, 더 이상 일을 확대하고 싶지는 않았다.

"과실을 깨우쳤다면 됐다. 이자의 처리는 본 사령이 알아서 할 터이니, 너희들은 향후 공무를 수행함에 있어서 추호의 사감도 지녀서는 안 될 것이다. 이 점을 명심하도록 해라."

두 명의 관졸은 비로소 사함을 받은 죄인처럼 안도의 한숨을 쉬며 청년의 앞을 물러났다.

이제 청년의 매서운 시선은 전신의 비곗살을 와들와들 떨고 있는 탁씨 부자에게로 옮겨 갔다. 청년의 입꼬리가 기묘하게 말려 올라갔다.

"오랑캐의 불사가 그리도 장관이더냐?"

청년이 이죽거렸다. 조금 전까지만 해도 공근과 경외를 운운하던 입에서 지금은 처음 등장했을 때와 같은 냉소적인 물음이 다시 흘러나온 것이다. 하지만 탁경에게 그런 것을 따질 겨를이 있을 리 만무했다.

"처, 천하고 천한 오랑캐 놈들의 불사입니다! 안목이 짧아 그런 망언을 지껄였으니, 대인께서는 부디 소인의 죄를 용서해 주십시오!"

탁경은 도살장에 끌려온 돼지처럼 꺽꺽 흐느꼈다. 코맹맹이의 애원이 과히 듣기 좋지 않은 듯, 청년은 왼손 안의 쇠구슬을 신경질적으로 비볐다. 그러다가 몇 발짝 떨어진 곳에 넋 빠진 표정으로 서 있는 아삼과 아호를 향해 말했다.

"당신들은 그 송판을 이리 가져오시오."

아삼과 아호는 쭈뼛거리면서도 조금 전까지 자신들이 받쳐 들고 있던 송판을 맞잡고 청년에게 다가왔다.

청년은 그 송판을 한 손으로 번쩍 들어, 엎드린 탁씨 부자의 등판에다 얹어 놓았다. 탁씨 부자의 등판이 송판의 무게에 눌려 푹 주저앉았지만, 그렇게 된 것이 큰 죄라도 된다는 양 금세 원상을 회복했다.

청년은 아삼과 아호에게 말했다.

"올라가시오."

아삼과 아호는 펄쩍 뛸 것처럼 놀랐다.

"아이고! 차라리 쇤네들보고 목매달아 죽으라고 하십시오! 쇤네들은 죽으면 죽었지 대인의 명을 받들 수 없습니다!"

청년은 아삼과 아호를 상대하지 않았다. 대신 송판 아래 깔린 탁경에게 냉랭한 목소리로 이렇게 말했다.

"저들이 널 용서하지 말라고 하는구나."

이 말을 들은 탁경은 고개를 돌려 아삼과 아호를 올려다보았다.

"이보게들, 날 좀 살려 주게! 어서 대인의 말씀을 따르라고!"

금방 울음을 터뜨릴 것처럼 일그러진 얼굴. 하지만 아삼과 아호는 좀처럼 송판에 오르려 하지 않았다. 뒷일이 두려웠던 것이다. 그러자 탁경의 두 눈에서 드디어 닭똥 같은 눈물이 주르륵 쏟아졌다.

"내가 죽는 꼴을 보려고 이러는가? 그동안 섭섭하게 대한 점이 있다면, 내 다시는 그러지 않을 테니 제발 날 좀 봐주게!"

그렇게 세 번을 거듭 간청하니 아삼과 아호도 별수 없이 송판에 올라앉을 수밖에 없었다.

"만일 이 일을 빌미삼아 저 두 사람을 핍박한다면……."

말을 멈춘 청년은 허리를 숙여 탁경의 귓전에다 대고 낮게 속삭였다.

"너는 금의위가 소문보다 훨씬 더 무서운 곳임을 알게 될 것이다."

"그, 그, 금의위!"

단추 구멍처럼 가느다란 탁경의 두 눈이 툭 불거져 나왔다. 관졸들의 행동으로 보아 관부에 속한 사람임은 짐작하고 있었지만 설마 금의위일 줄이야! 금의위는 권세 도도한 고관대작들도 벌벌 떠는 무시무시한 곳이었다. 조그만 전장의 주인 하나쯤은 쥐도 새도 모르게 묻어 버릴 수 있는 살벌한 기관인 것이다.

다행히 청년은 그 무시무시하고도 살벌한 금의위 사람답지 않게 지극히 온건한 처분을 내렸다. 자존심 따위는 얼마든지 내다 버릴 수 있는 탁경에게는 최소한 그랬다.

"이제부터 두 사람을 태우고 네 집까지 기어간다. 수하를 시켜 뒤따르게 할 터인즉, 얄팍한 수작일랑은 꿈도 꾸지 말도록."

"분부대로! 분부대로 어김없이 행하겠나이다!"

탁경은 정수리에 흙이 묻을 정도로 머리를 조아렸다. 그러고는 촌각도 지체하지 않고 아들 탁귀와 엉덩이를 나란히 한 채 엉금엉금 기어가기 시작했다. 엉겁결에 주인을 나귀처럼 부리게 된 아삼과 아호는 그야말로 울지도 웃지도 못하는 얼굴이 되었다.

"네놈은 거기서 언제까지 엄살 부리고 있을 작정이냐?"

청년이 소리치자, 바닥에 널브러져 있던 송광이 언제 그랬느냐는 듯 벌떡 일어서더니 온전한 한쪽 다리로 경중경중 주인의 뒤를 따랐다.

지금까지의 광경을 지켜보던 사람들은 거만한 돈벌레의 수난에 고소함을 느꼈다. 그러나 마음 한편으로는 청년에 대한 두려움이 일어 슬금슬금 자리를 피하기 시작했다.

시간이 조금 흐르자 모여 있던 사람들이 모두 흩어지고 청년혼자 널찍한 공지에 서 있게 되었다.

그때 어디선가 묵직한 목소리가 들려왔다.

"과두, 본분을 망각하고 또 소란을 일으켰구나."

과두는 청년의 이름이었다. 금의위의 사령 중 하나인 장과두莊科斗는 목소리가 들려온 방향을 향해 허리를 숙였다. 이제까지와는 딴판으로 공손하기 이를 데 없는 태도였다.

나직한 발소리와 함께 연청색 관복을 입고 허리에는 패검을 찬 남자 하나가 장과두의 앞에 나타났다. 후리후리한 키에 결 좋은 수염을 앞가슴까지 늘어뜨려 무척이나 엄숙해 보이는 사십 대 초반의 장년인이었다.

"어찌 이리도 과격할꼬. 위령패衛令牌의 권위를 개인적인 화풀이에 사용해서야 쓰겠는가!"

장년인은 엄숙한 목소리로 장과두를 꾸짖었고, 장과두는 한마디 대꾸도 없이 장년인의 꾸짖음을 받아들였다. 장과두는 모든 사람이 명부사자처럼 두려워하는 금의위 사령이지만, 장년인 앞에서는 공손함을 잃지 않았다. 장년인의 신분이 그의 직속상관인 금의위 부영반이기 때문이었다.

금의위의 두 부영반 중 소시부터 강호를 종횡하던 양진삼과는 달리, 오직 무관으로서의 외길을 걸어온 공손대복은 석상처럼 미동도 하지 않고 서 있는 장과두를 바라보며 내심 한숨을 쉬었다.

장과두는 백중일선百中一選으로 뽑힌 금의위의 사령들 중에서도 가장 유능한 열 사람, 십걸사령十傑使令에 꼽히는 재주 많은 젊은이였다. 그 재주 많은 젊은이가 이처럼 번잡한 곳에서 말썽을 일으킨 까닭을 공손대복은 능히 짐작할 수 있었다.

황도의 유서 깊은 고찰에서 밀교식으로 거행되는 원소절 불사. 화려한 고대高臺에 앉아 거드름을 피우는 환관. 그리고 황제에게 아교처럼 달라붙어 온갖 아양을 떠는 요녀.

이 비틀린 광경들을 바라보며 울분을 느끼지 않는다면, 아마도 그는 진정한 한족이 아닐 터였다.

장과두가 한족이면 공손대복도 한족이다. 그러므로 장과두가 느낀 울분은 공손대복도 당연히 느낄 수 있다.

그러나 공사는 엄격히 구분되어야 했다. 사적인 감정을 위해 공적인 권력을 사용한다면 그것이 바로 독직이요, 배임이었다. 공손대복은 누구보다도 그 점을 잘 아는 사람이었다.

"네 스스로 한 말처럼 관은 공평무사를 잃어선 안 된다. 이를 인정하느냐?"

"예."

"나는 직속상관으로서 너를 태笞 이십 대와 일 개월 감봉에 처한다. 형 집행은 내일 정오에 하겠다. 이의 있느냐?"

"없습니다."

장과두는 오히려 후련하다는 듯이 대답했다.

공손대복은 모든 관인의 모범이 될 수 있는 인물이며, 장과두가 진심으로 존경하는 상관이었다. 그런 공손대복이 내린 처벌이었으니 부당할 리 없었다. 그것은 처벌 대상이 장과두 본인이라 할지라도 마찬가지였다.

공손대복은 고개를 무겁게 끄덕인 뒤 장과두에게 명했다.

"연등 행렬이 와불전臥佛殿으로 돌아가는 중이다. 너는 행렬의 선두 쪽으로 가서 순찰을 계속하도록 해라."

"명을 받들겠습니다."

장과두는 머리를 한 번 조아린 뒤, 연등 행렬의 앞쪽으로 달려갔다.

북경의 밤거리를 지나가는 원소절 연등 행렬은 마치 어둠 속을 가로지르는 한 마리의 거대한 화룡처럼 보였다. 그 행렬이 이제 천천히 방향을 바꾸고 있었다. 그에 따라 밀종의 독경 소리가 더욱 높아졌다.

그 모습을 바라보던 공손대복이 한 토막 무거운 신음을 흘렸다.

"음."

한 줄기 답답한 심정이 이 고지식하고도 충성스러운 관리의 마음을 어지럽게 만들고 있었다. 그는 자신도 모르게 이렇게 중얼거렸다.

"망국의 조짐인 게야."

그러고는 스스로 내뱉은 혼잣말에 소스라치게 놀라고 만 공손대복.

충신의 울적함을 아는지 모르는지, 구름 한 점 없는 원소절 밤은 깊어만 가고 있었다.

# 약혼식約婚式

## (1)

등롱 걸린 나무 천화가 빛나니[燈樹千火照],
타오르는 불꽃 칠지에 맺혔네[火焰七枝開].

수나라 양제는 원소절 등불놀이의 장관을 이렇게 노래했다.

원단의 즐거움을 돋우는 것이 산귀신들을 물리치는 폭죽놀이라면, 원소절의 밤을 장식하는 것은 그 해의 첫 보름달을 반기는 등불놀이일 것이다. 원소절이 등절燈節이란 이름으로 불리는 까닭도 거기에 있다.

원소야元宵夜.

보는 것만으로도 절로 미소를 자아내는 풍만한 달이 동산 위로 둥실 떠오르면, 태평과 풍년을 기원하는 헤아릴 수 없이 많은 등롱이 수천수만 그루 나무마다 내걸린다. 하늘의 달이 지상에 내려온 것인지, 지상의 등이 하늘로 올라간 것인지…….

하늘과 땅, 달과 등불의 흥취가 어우러진 가운데, 사람들은 세상의 무거운 근심을 잠시나마 잊고 아이처럼 천진한 기쁨을 맛보는 것이다.

밤이 깊어 갈수록 제남에 자리 잡은 신무전은 축제 분위기를 더해 가고 있었다. 해 질 녘에 거행된 약혼식은 이미 끝난 뒤였고, 지금은 식후 연회가 한창이었다.

남자는 천하제일 명의 구양정인의 아들이자 신무전주 소철의 제자인 구양현이요, 여자는 강동제일가의 가주 석대문의 누이동생이자 강동 땅에서 미명이 자자한 석지란이니, 이야말로 용봉합벽龍鳳合璧이란 말이 조금도 부끄럽지 않은 기재와 가인의 결합이었다. 거기에 소철보다도 오히려 배분이 높은 철금장鐵琴莊의 종대선생鍾大先生이 빙인氷人의 수고를 마다하지 않았으니, 이 약혼식이 신년 벽두를 여는 큰 경사로 세간의 관심을 끌어 모았음은 물론이다.

식후 연회가 벌어지는 동안, 신무전이 중원 각지에서 특별히 초빙한 예순네 명의 이름난 숙수들은 저마다 익힌 요리 솜씨를 마음껏 뽐냈다. 또한 소철은 막내 제자의 약혼을 축하하는 뜻으로 신무전이 자랑하는 일곱 군데 술 창고의 문을 활짝 개방했다.

머리에 흰 수건을 두른 일꾼들은 음식이 가득한 쟁반과 크고 작은 술 단지를 나르느라 분주했고, 약혼식에 참석한 일천여 강호 동도들은 산해진미와 천하 명주에 둘러싸인 채 흥겨운 축제의 밤을 보내고 있었다.

둥둥둥둥둥둥둥!

"와아! 잘했다!"

"정말 살아 있는 것 같구나!"

북소리가 잦아들자 우레 같은 박수가 터져 나왔다. 식후 연회의 여흥으로 펼쳐진 사왕쟁보獅王爭寶의 군무가 방금 막 끝난 것이다.

사자탈을 벗은 일흔두 명의 청년들은 구슬 같은 땀방울을 흘리고 있었다. 그들은 본디 신무전의 사방대 중 백호대에 속한 백호칠십이영白虎七十二英으로서, 삼십 이전의 젊은 나이에도 불구하고 일신에 익힌 재간이 강호 명숙에 버금간다는 백도의 준재들이었다. 그런 준재들이 사자춤 한 판에 이처럼 땀을 흘리는 것은 춤이 어렵다거나 동작이 힘들어서가 아니었다.

－마, 마, 만일 사, 사람들의 반응이 신통찮으면 너, 너, 너희들은 다 죽을 줄 알아.

사왕쟁보의 군무를 연습할 때마다 그들의 상관인 백호대주 이창은 하나뿐인 눈을 희번덕거리며 이렇게 더듬거렸다.

이창과 함께 생활해 본 사람이라면, 이창이라는 인간이 자신의 말을 되삼키느니 차라리 일흔두 명을 때려죽이는 쪽을 훨씬 속편하게 여기는 위인임을 잘 알고 있었다. 그래서 백호대의 칠십이영은 어떤 신공절초를 수련할 때보다 백배는 더 공들여 사자춤을 연습했고, 어떤 생사대적을 만났을 때보다 백배는 더 필사적으로 사자춤을 시연했다.

일흔두 개의 젊은 이마에 맺힌 구슬 같은 땀방울들은 결코 헛된 것이 아니었다. 사왕쟁보의 군무는 성공리에 끝났고, 사람들은 연회장이 떠나가라 환호했으며, 팔짱을 낀 채 이를 바라보는 이창의 입가에는 만족스러워하는 웃음이 맺혔다. 그 결과 백호대의 젊은 준재들은 내일 아침 떠오를 태양을 편안한 마음으로 기다릴 수 있게 되었다.

다음 순서는 예물 증정식이었다.

여자 쪽 집안만 놓고 보더라도 강동 지방을 주름잡는 철중쟁쟁의 명문이었다. 거기에 강북의 패자 신무전이 함께 주관하는 잔치였으니, 천하 각 파에서 파견한 사절단이 꼬리에 꼬리를 문 것은 당연한 일. 화려하게 포장된 궤짝이며 꾸러미 들이 연회장 한구석에 차곡차곡 쌓여 가는데, 시간이 조금 흐르자 그 크기가 작은 산을 방불케 했다.

"원시안진元始安鎭(원시천존의 은덕이 세상을 평안히 한다), 용봉이 아름다운 인연을 약속하니 이는 강호의 홍복이요, 인세의 큰 경사라. 무당의 현유玄幽가 두 분께 축하드리오."

노도인 하나가 불진拂塵을 가볍게 흔들며 주인석에 앉은 구양현과 석지란을 향해 축하 인사를 건넸다. 허옇게 센 귀밑머리와 부드럽게 늘어진 눈썹은 고고한 성정을 말해 주는 듯한데, 깊은 우물 같은 눈과 구름이 머무는 듯한 미소는 한 마리 신령스러운 백학을 대하는 듯했다. 허리에 찬 고색창연한 장검만 아니라면 번잡한 속세와는 전혀 어울릴 것 같지 않은 노도인. 강호 도문의 으뜸인 무당파 내에서도 제일가는 고수로 알려진 현유진인이 바로 그였다.

"말학 후진의 작은 잔치에 몸소 왕림해 주시니, 이 기쁨을 어찌 말로 표현하겠습니까? 오로지 감사한 마음으로 머리를 숙일 뿐입니다."

구양현과 석지란은 자리에서 일어서서 읍례를 깊이 올렸다. 현유진인으로 말하자면 백도에서 능히 열 손가락 안에 꼽히는 비중 있는 인사였다. 거듭된 답례 속에 후줄근하게 지쳐 버린 두 사람이지만 감히 허술히 대할 수 없었던 것이다.

"이것은 폐 파의 장문진인께서 두 분께 드리는 선물이오."

현유진인이 손짓하니 뒤에 서 있던 도동道童이 붉은 비단으로 덮인 자그마한 함 하나를 구양현에게 가져왔다.

구양현은 공손한 태도로 함을 열어 보았다. 그 안에는 가지가 셋이요, 잎이 아홉 달린 풀뿌리가 들어 있었는데, 그 크기가 어린아이 팔뚝만 했다.

구양현은 신의라 불리는 사람의 아들답게 본초本草에 대해 해박한 식견을 지니고 있었다. 그래서 그는 얼굴을 붉히고 말았다.

이를 이상히 여긴 듯 석지란이 조그만 목소리로 물었다.

"뭐죠?"

하지만 구양현은 얼굴을 더욱 붉힐 뿐 아무런 대답도 하지 못했다. 그럴 수밖에 없었다. 고치에서 갓 뽑아낸 솜처럼 희고 깨끗한 처녀에게, '이것은 삼지구엽초三枝九葉草, 혹은 음양곽陰陽藿이라 불리는 물건이오. 이것을 먹은 양은 하루에 백 번이라도 교미할 수 있다고 하오. 크기로 보아 오십 년은 족히 묵은 듯하니 약효도 그만큼 뛰어날 것이오. 참으로 고마운 선물이 아니오?'라는 말을 어찌 지껄일 수 있겠는가 말이다.

"모쪼록 두 분의 원앙지의鴛鴦之誼에 도움이 되길 바라오. 원시안진!"

현유진인은 가져온 선물만큼이나 얄궂은 말을 남기고는 자리로 돌아갔다.

노도인이 좌정하자 주인석 옆에 서 있던 삼십 대 미장부가 한 발짝 앞으로 나섰다. 그는 소철의 둘째 제자인 금검옥공자 백운평으로서 이번 증정식에서 사회를 맡고 있었다.

"다음은 신기보의 왕 보주王堡主이십니다."

백운평의 호명이 있자, 허리에 장검을 찬 후리후리한 삼십 대 장년인이 긴 다리를 성큼성큼 놀려 앞으로 나섰다. 당금 강호에서 누리는 위세가 결코 구파일방에 못지않다는 신기보, 그곳의 젊은 주인 왕민王敏이었다.

왕민은 늠름한 표정으로 주위를 슥 둘러보더니 어느 한 곳을 가리키며 대뜸 소리를 질렀다.

"도정陶正아, 도정아, 너는 이토록 중요한 날에도 도정陶鼎을 먹느라고 정신이 없구나!"

그가 가리키는 곳에는 수세미처럼 칙칙한 회의를 걸친 헝클어진 머리의 장한 하나가 고개를 푹 숙인 채 화로 요리를 먹는 데 열중하고 있었다. 신무전의 다음 대 주인이자 백도 뭇 청년 기협들의 우상이기도 한 철인협 도정이었다.

"도정이 도정을 먹는다? 하하! 그것참 걸작이군!"

사람들은 박장대소를 터뜨렸다. 도정이 먹고 있는 화로 요리를 달리 도정이라고도 부르기 때문이었다.

"이 재수 없는 왕가 놈아! 내 집 음식을 내가 먹는 데 네가 웬 참견이냐!"

도정은 먹고 있던 화로를 왕민에게 집어 던졌다. 하지만 악의는 조금도 담기지 않은 터라, 왕민은 어렵지 않게 도정이 던진 화로를 받아 낼 수 있었다.

"어이쿠, 도정이 도정을 던지는구나! 내가 받은 도정이 도정陶鼎이냐, 도정陶正이냐?"

왕민의 너스레에 사람들은 또 한 번 폭소를 터뜨렸다.

몇 마디 재치 있는 농담으로 딱딱하던 분위기를 부드럽게 푼 왕민은, 안색과 자세를 바로 하고 오늘 잔치의 주인공인 두 남녀를 바라보았다.

"축하하네, 이건 진심이야. 두 사람 모두 내게는 외인이라 할 수 없지. 그래서 더욱 기쁘다네."

사실이 그러했다. 왕민으로 말할 것 같으면 구양현의 사형인 도정과는 불알친구 사이였고, 석지란의 올케이자 석가장의 안주인 석 부인에게는 친오빠가 되는 사람이었다.

"구양 아우, 형 소리 듣는 사람으로서 차마 하기 힘든 말이네만, 요즘 우리 신기보 살림이 말이 아니야. 몇 해 전 강동으로 시집 간 누이동생이 기둥뿌리까지 뽑아 가 버렸거든. 날이 날이니만큼 제대로 된 선물을 주고 싶었는데, 쪼그라든 살림살이가 영 허락하질 않는군. 그래서 말인데……."

왕민은 허리에 찬 장검을 풀더니 구양현에게 내밀었다.

"쓰던 물건이라고 탓하지 말게. 이것밖에는 줄 게 없으니까."

구양현의 입이 딱 벌어졌다. 입이 벌어진 것은 비단 구양현 한 사람만이 아니었다. 연회에 참가한 사람 중에서 왕민의 별호를 한 번이라도 들어 본 사람이라면 누구라도 그럴 수밖에 없을 터였다.

황룡검黃龍劍!

그것은 한 자루의 절세 무쌍한 보검의 이름인 동시에, 그 주인인 왕민의 별호이기도 했다. 천하에는 많은 신병이기가 있지만 그중에서 제일로 꼽는 것이 바로 이 황룡검임을 부정하는 사람은 그리 많지 않았다.

구양현은 떨리는 손길로 황룡검을 뽑아 보았다.

쉬라랑!

비파 소리와 같은 영롱한 검명이 울리며 신령스러운 검신이 모습을 드러냈다.

"저것이 그 유명한 황룡검이군!"

"햇무리처럼 어린 저 신기神氣를 보게나!"

군중들 사이에서 찬사가 분분히 일었다.

이런 보검을 보고도 탐심이 일지 않는다면 검객이 아닐 터. 구양현은 자신도 모르게 마른침을 꿀꺽 삼켰다. 하지만 그는 황룡검을 검집에 조심히 돌려 넣은 뒤, 왕민에게 다시 내밀었다.

"저는 받을 수 없습니다."

너무 과한 선물은 받는 사람에게 부담이 되기도 한다. 황룡검이 바로 그런 선물이었다.

"그래? 그럼 할 수 없지."

뜻밖에도 왕민은 한 번의 사양도 없이 황룡검을 냉큼 잡아갔다.

"왕가야, 한번 줬던 물건을 도로 뺏는 법이 어디 있느냐!"

자리에 앉아 있던 도정이 벼락처럼 고함을 질렀다. 이에 왕민은 짐짓 두려운 체 뻗어 낸 손을 움츠리더니, 구양현에게 소곤거렸다.

"사실 이 검은 작년에 도가 놈 결혼 선물로 주려고 했던 것이지. 그런데 웬일인지 저 욕심 많은 놈이 거절이란 걸 다 하더군. 나도 내심으로는 아까워하던 터라 잘됐다고 생각했다네. 그런데 며칠 전에 도가 놈이 불쑥 찾아와서 하는 말이, '황룡검을 내놓을 때가 되었다!'라며 생떼를 쓰지 뭔가. 저 무지막지한 주먹을 내 얼굴 앞에 휘둘러 가면서 말일세. 난 우리 집안 삼대독자고, 아직 딸 둘밖에 낳지 못했다네. 아들 놈 보기 전에 죽을

순 없다고. 자네도 우리 집안 대 끊기는 꼴은 보기 싫지? 그
렇다면 더 사양하지 말게."

하지만 아깝기는 여전한 듯 구양현의 손에 들린 황룡검을 바
라보며 입맛을 두어 번 다신 뒤, 자리로 돌아갔다.

황룡검을 쥐고 멍청히 서 있던 구양현은 고개를 돌려 도정을
바라보았다. 하지만 도정은 이미 자리를 뜬 뒤였다. 쑥스러움을
피하기 위함이었을까?

"형님……."

뭉클해 오는 가슴이 왕민 때문인지 도정 때문인지 분간할 수
없는 구양현이었다.

"허허!"

이 광경을 지켜보던 소철은 너털웃음을 터뜨렸다.

화려하게 꾸민 상석에는 오늘 행사를 주관하는 네 사람이 앉
아 있었다. 신무전의 주인인 소철, 활인장의 장주인 구양정인,
석가장의 이가주인 석대전 그리고 오늘 약혼식의 빙인인 철금
장의 종대선생이 바로 그들이었다. 석가장의 대표가 가주가 아
닌 데에는 그럴 만한 이유가 있었다. 석가장의 주인인 석대문은
강호 활동 중 입은 부상을 극복하기 위해 폐관 수련에 들어갔던
것이다.

신묘한 의술과 자비로운 마음씨로 만인의 존봉을 받는 신의
구양정인이 소철에게 말했다.

"다른 것은 몰라도 후계자 하나만큼은 제대로 고른 것 같구
려."

종대선생도 한마디 거들었다.

"물이 너무 깨끗하면 고기가 없는 법. 신무전처럼 커다란 기

업을 경영하는 데에는 저 친구처럼 호활한 성격이 적임일지도 모르오."

종대선생의 이 말은 소철로 하여금 지난 시절을 떠올리게 해 주었다.

석년 의부 소대진의 뒤를 이어 신주소가의 가주에 올랐을 때, 소철의 나이는 갓 열네 살에 지나지 않았다. 가주를 상징하는 붉은 옥도장은 그 무게가 한 근도 채 나가지 않았지만, 열네 살 어린 소년에게는 천 근 바위처럼 무거운 짐이 될 수밖에 없었다.

'참 힘들었지. 많이 변하기도 했고.'

과거처럼 아스라한 미소가 소철의 주름진 입가에 은은히 떠올랐다.

정말 많이 힘들었다. 신주소가의 가주로서 배우고 갖춰야 할 것들은 너무나도 많았고, 호랑이 같은 가신들에게 둘러싸여 보내는 하루하루는 너무나도 갑갑했다. 기다렸다는 듯이 들이닥친 수많은 난제들은, 열네 살 소년의 몸과 마음으로는 차마 감당하기 힘든 것들이 아닐 수 없었다.

그래서 소철은 변할 수밖에 없었다.

하늘이 열네 살 소년에게 내려 준 아름다움들은 하나둘씩 지워지고, 더 늦게 배워도 되는, 아니 보통 사람이라면 배우지 않아도 상관없는 인간관계의 계산적이고 비정한 법칙들이 그 자리를 메워 갔다. 열정에 타오르던 눈동자는 뱀의 그것처럼 차가워지고, 청춘을 노래하던 입술은 피와 죽음을 부르는 무서운 명령을 쏟아 냈다.

그 결과가 바로 지금이었다. 소철은 곤륜지회 오대고수의 일인인 신무대종이 되었고, 그가 이끄는 신주소가는 강북 무림의 패자인 신무전으로 거듭나게 되었다.

하지만…….

그래서 소철은 행복한가? 부와 명예, 무공과 권력에서 비롯된 많은 부산물들은 과연 그를 행복하게 만들어 주었는가?

소철은 한때 자신이 행복하다고 믿은 적이 있었다. 하지만 지금은 아니었다. 행복이란 결코 그런 것들에서 비롯되지 않는다는 진리를, 그는 머리가 허옇게 센 뒤에야 깨닫게 되었다. 행복이란, 누군가를 진심으로 사랑하고 또 누군가로부터 진심 어린 사랑을 받을 때에야 비로소 피어나는, 순결하고도 열정적인 노력 없이는 얻을 수 없는 고귀한 열매였다. 경외와 공포의 상징이 되어 이제는 어느 누구로부터도 진심 어린 사랑을 받지 못하는 사람은 결코 그 고귀한 열매의 감미로움을 맛볼 수 없는 것이다.

그러나 도정은 달랐다. 사부인 소철과는 여러 방면에서 달랐다. 소철이 열네 살에 잃어버린 빛나는 아름다움들을 아직까지도 그대로 간직하고 있는 것이다. 그러므로 도정은 행복이라는 이름의 열매가 지닌 감미로움을 맛볼 수 있을 것이다. 주위를 진심으로 사랑하고 주위로부터 진심 어린 사랑을 받는 진정한 지존이 될 수 있을 것이다.

여기까지 생각하자, 소철은 지금 자신이 느끼고 있는 감정이 정확하게 무엇인지 종잡을 수 없게 되었다. 대견함과 자랑스러움, 하지만 부러움 그리고 일말의 질투까지도.

소철은 고소를 머금었다.

'늙었구나, 늙었어.'

닭 껍질처럼 쭈글쭈글 늙어서야 열네 살 소년 시절에 잃어버린 아름다움들을 동경하게 된 가련한 노인에게 그가 해 줄 수 있는 말은 단지 그것뿐이었다.

(2)

소철이 이러한 상념에 젖어 있는 동안에도 시간은 계속 흘러, 증정식도 어느덧 막바지로 접어들고 있었다.

증정식의 마지막 순서는 사천당가四川唐家의 축하였다. 식순을 그렇게 정한 것은 도정의 부인, 그러니까 석지란에게 있어서 미래의 동서가 될 당가영이 당문 출신임을 고려했기 때문이다.

당문을 대표하여 이번 약혼식에 참석한 사람은 당가영의 동생이자 당문의 차기 문주로 내정된 냉심독룡冷心毒龍 당앙해唐央海였다. 유리알처럼 반들거리는 눈을 가진 그가 가져온 예물은 피독避毒에 탁월한 효능이 있는 한 쌍의 자웅동심보주雌雄同心寶珠였다.

한 시진 가까이 아무 탈 없이 진행되던 증정식에 작은 소란이 벌어진 것은, 석지란이 방긋 웃으며 사천에서 온 미래의 사돈에게 답례의 인사를 건넨 직후였다.

소란의 발단은 사회를 맡은 백운평에게 전해진 한 장의 배첩에서 비롯되었다.

배첩을 펼쳐 본 백운평은 준미한 얼굴을 찌푸리고 한참 동안 생각하다가 상석에 앉은 소철에게 다가왔다. 그가 소철에게 허리를 굽혀 뭐라 속삭이자 소철의 표정에도 작은 변화가 일었다.

하지만 소철은 그리 망설이지 않고 고개를 끄덕였고, 자리로 돌아간 백운평은 사람들을 향해 입을 열었다.

"다음은 복건 무양문에서 오신 연문건, 연 대협이십니다."

정적이 화살처럼 무서운 속도로 번져 나갔다. 그러더니 숨을 세 번 내쉬기도 전에 어수선한 웅성거림으로 바뀌어 연회장을 뒤덮어 버렸다.

잠시 후, 입구에 모여 있던 인파가 칼로 내려치기라도 한 듯 쫙 갈라지며 몇 사람이 등장했다.

오색 등롱의 불빛 아래 모습을 드러낸 사람들의 수는 모두 일곱이었다. 선두에는 유학자처럼 차분한 인상을 주는 백색 장포의 초로인이 유유한 걸음걸이로 들어오고 있었고, 그 뒤로는 철탑을 연상케 하는 근육질의 곤륜노崑崙奴 다섯이 커다란 상자를 어깨에 둘러멘 채 성큼성큼 걸어오고 있었으며, 가장 뒤에는 곤륜노들의 덩치에 가려 잘 보이지 않는 왜소한 마의인 하나가 머리에는 방갓을, 손에는 나무 지팡이를 짚고서 따라오고 있었다.

선두에 선 백포 초로인이 상석에 앉은 소철을 향해 두 손을 모아 보였다.

"사전에 통보하지 못하고 불쑥 찾아온 점, 너그러이 용서해 주시기 바랍니다. 소생은 무양문에서 삼호법직을 맡고 있는 연문건이라고 합니다."

소철은 아무런 대꾸도 하지 않고 다만 고개를 가볍게 끄덕일 뿐이었다.

연문건의 갑작스러운 등장에 대한 반응은 오히려 군중 속에서 튀어나왔다.

"마교魔教 놈들이다!"

"백련교 마귀들이 왔다!"

백도인들에게 마교, 혹은 마귀라 배척당하는 무리는 오직 하나뿐이었다. 송나라 중엽부터 영욕을 거듭해 온 백련교가 그들인데, 그 백련교를 전신前身으로 하는 문파가 바로 무양문이었다.

군중의 욕설을 듣지 못했을 리 없건만 연문건은 태연하기만 했다. 지나치게 공손해 보이지도, 그렇다고 지나치게 무례해 보이지도 않는 그의 신색은 마치 길을 지나다 오랜 친구의 집에라도 들른 듯 평온하기만 했다. 상석에 앉은 소철의 얼굴에 고정된 그의 두 눈은 그가 입은 백포의 가슴팍에 수놓인 불꽃 문양을 닮아 있었다. 싸늘하게 타오르는 불꽃. 열정을 저 깊숙한 곳에 갈무리한 이성.

이때 군중 속으로부터 한 사람이 걸어 나왔다. 장대한 체구가 눈에 확 띄는 대머리 노인이었다. 천왕상처럼 위맹한 외모를 가진 그 대머리 노인은 시커먼 철장鐵杖 한 자루를 꼬나 쥐고 있었는데, 그 기세가 자못 위압적이어서 마음 약한 사람은 보기만 해도 오금이 저릴 정도였다.

대머리 노인은 큰북을 두들기는 듯한 우렁찬 목소리로 연문건을 향해 말했다.

"내 이름은 감통甘通이다! 내 이름을 들어 보았느냐?"

비로소 시선을 돌려 대머리 노인, 감통을 바라본 연문건이 묵묵히 고개를 끄덕였다.

"그렇다면 내가 왜 이 자리에 나왔는지도 알겠지?"

감통이 다시 물었다.

연문건은 이번에는 고개를 저었다.

"내가 어찌 당신의 심사까지 알겠소?"

감통은 오른손에 쥐고 있던 철장으로 바닥을 힘차게 내리찍으며 노성을 터뜨렸다.

"이 가증스러운 마귀 새끼야! 너는 화산파의 반도 제갈휘가 내 제자들을 죽인 사실을 모르느냐?"

감통이 말한 제자란 종남산終南山 일대에서 활약하던 세 명의 호걸, 남산삼걸南山三傑을 가리킨다. 그들은 지난가을 장성 인근의 소도시 곡리에서 용봉단의 행사를 도와 제갈휘를 죽이려 했지만, 도리어 제갈휘의 검 아래 목숨을 잃고 말았다.

벽력태세霹靂太歲라는 별호가 말해 주듯 감통은 성질이 급하기로 유명한 위인이었다. 때문에 연문건이 무양문에서 왔다는 말을 듣기가 무섭게 이곳이 연회장이라는 사실조차 무시한 채 다짜고짜 나선 것이었다.

그러나 연문건은 감통의 사나운 욕설에도 흔들리지 않았다.

"나는 분쟁을 일으키기 위해 온 것이 아니오. 따지고 싶은 것이 있다면 후일로 미룹시다."

순간, 감통의 눈자위에 불그죽죽한 혈기가 떠올랐다.

"나는 기어코 지금 따져야겠다!"

감통은 벼락처럼 소리를 지르며 들고 있던 철장으로 연문건의 정수리를 쪼개어 갔다.

부웅!

타고나길 원체 장사로 타고난 데다 척상공擲象功이라는 불문의 기공을 오랜 세월 수련한 감통이었다. 저 철장에 정통으로 맞는다면 설령 머리통이 무쇠로 만들어졌다 한들 온전하지 못할 것이 분명했다.

그러나 연문건은 자신을 보호하기 위해 특별히 눈에 띄는 행동을 취하지 않았다. 다만 오른손을 머리 위로 치켜들어 정수리를 향해 떨어지는 철장을 막는 시늉만 했을 뿐이었다.

한데 이게 무슨 조화일까? 천 근 거암도 단숨에 부쉬 버릴 것 같던 철장의 끄트머리가 어느 순간, 연문건의 오른손 손아귀 안에 들어가 있었으니 말이다. 사람들의 눈에는 마치 사마귀의 앞

발질에 달려오던 수레가 멈춰 버린 형국처럼 보이지 않았을까?

"내가 지금 따지지 않겠다고 한 이상, 당신은 지금 따질 수 없소."

연문건은 철장의 끄트머리를 잡은 채 담담히 말했다.

반면 감통의 얼굴은 익을 대로 익은 홍시처럼 시뻘겋게 달아 올라 있었다. 모든 힘을 다해 척상공을 쏟아부어도 철장은 요지부동이니 그야말로 죽을 맛일 수밖에 없었을 터였다.

이렇게 한동안 끙끙거리던 감통은 급기야 광포한 성질을 이기지 못하고 고함을 지르고 말았다.

"이놈! 그 손을 놓지……!"

내력을 겨루는 상황에서 소리를 내어 기운을 흩트리는 것은 위험하기 짝이 없는 일이었다. 상대가 광명심법이라는 고절한 내공을 오랜 세월 수련한 사람이라면 더욱 그러했다. 지금 철장의 끄트머리를 잡고 있는 연문건이 바로 그런 사람이었으니, 감통이 손해를 입은 것은 당연한 일인지도 모른다.

"어흑!"

감통은 제풀에 철장을 놓치며 몇 걸음 비척비척 물러서더니, 땅바닥에 털썩 주저앉고 말았다. 조금 전까지만 해도 시뻘겋게 달아올랐던 얼굴이 지금은 썩은 간처럼 거무죽죽하게 죽어 있었다.

그러자 사방에서 노성이 터져 나왔다.

"마귀 종자가 감 노영웅을 해쳤다!"

"감히 여기가 어딘 줄 알고 사악한 재주를 뽐내려 드느냐!"

노성만이 아니었다. 군중 중 감통과 친분이 있는 사람들은 당장이라도 병기를 뽑아 달려들 듯 살기를 뿜어내고 있었다.

연문건은 상석에 앉은 소철을 힐끔 쳐다보았다. 무슨 까닭에

서인지는 모르지만, 이곳의 주인인 소철은 눈앞에서 벌어지는 소란을 묵과하고 있었다. 다만 의중을 짐작하기 힘든 시선으로 관망하기만 할 따름이었다.

'시험해 보겠다, 이건가?'

연문건의 입술 끝이 살짝 말려 올라간 것과 몇 자루 사나운 병기들이 그를 향해 퍼부어진 것은 거의 동시에 벌어진 일이었다.

연문건은 낭랑한 목소리로 꾸짖었다.

"축하하러 온 사람을 어찌 이리도 핍박할 수 있단 말인가!"

그와 동시에 연문건의 손아귀 안에 있던 감통의 철장이 바람개비처럼 돌아가기 시작했다.

본디 연문건으로부터 대여섯 걸음 떨어진 곳에는 청동으로 만든 커다란 화로가 불길을 활활 뿜어내고 있었다. 연문건의 철장이 그 받침대를 후려치자 청동화로는 마치 살아 있는 생물처럼 철장으로 뛰어올랐다. 그러고는 처음부터 철장과 한 몸이었던 것처럼 함께 회전하기 시작했다.

파파파!

연문건을 중심으로 수평으로, 혹은 대각선으로 만들어지는 화염 고리는 그 수를 순식간에 늘려 나갔다.

"으헉!"

"피, 피해!"

연문건을 향해 쇄도해 가던 사람들은 청동화로가 만들어 낸 엄밀한 화염 고리들을 뚫을 수 없었다. 아니, 뚫기는커녕 사방으로 흩어지는 불똥을 피해 다급히 물러날 수밖에 없었다.

염치 불고하고 합공을 시도한 그들의 자존심이 무참히 구겨진 것은 당연한 일. 그러므로 그들이 재차 노성을 터뜨리며 연문건을 향해 달려든 것은, 감통의 복수를 위해서라기보다는 구겨진 자존심을 회복하기 위함이라고 보는 편이 옳을 것이다.

연문건의 눈빛이 더욱 강렬해졌다. 그에 따라 화염 고리의 기세 또한 더욱 강렬해졌다.

바로 그때, 사람들과 화염 고리 사이에서 한 줄기 눈부신 은광이 피어올랐다.

"원시안진!"

척사의 기운이 실린 도호道號의 여운은 아직도 중인들 귓전에 쟁쟁한데, 사람들과 화염 고리의 대치는 이미 그 예기가 꺾인 뒤였다.

도호를 발한 사람은 새하얀 수염을 휘날리는 노도사, 바로 무당파의 현유진인이었다. 그는 한 자루 송문고검을 허리 높이로 비스듬히 내밀고 있는데, 조금 전까지 철장에 붙어 돌던 청동화로가 어느새 그 검신으로 옮겨 와 있었다.

"무당검법……인가?"

현유진인의 절묘한 일 검에 청동화로를 빼앗긴 연문건은 조금 자존심이 상한 표정이었다. 그러나 그는 더 이상 소란을 일으키지 않고, 들고 있던 철장을 바닥에 깊이 꽂아 넣었다.

"무당오검의 수좌이신 현유진인이신 듯한데, 소생의 안목이 맞소이까?"

연문건은 한눈에 현유진인의 정체를 파악할 수 있었다. 쟁쟁한 검객들이 구름처럼 모여 있는 무당파지만, 단 일 검으로 자신을 낭패시킬 만한 사람은 결코 여럿일 수 없었다.

"그렇소. 빈도가 바로 현유외다."

현유진인이 선선히 시인하자 연문건은 차가운 눈빛으로 물었다.

"도장께서도 사제분들의 혈채를 소생과 청산하고자 하시오?"

무당오검 중의 두 사람인 현수와 현송도 남산삼걸과 마찬가지로 곡리혈사의 희생자였다. 다시 말해, 무당오검의 수좌인 현유진인과 벽력태세 감통은 처한 입장이 같은 것이다.

그러나 입장이 같다 하여 행동까지 같으란 법은 없었다.

"시주께서는 오해하지 마시길. 빈도는 다만 소란을 막아 보려는 마음에서 손을 썼을 뿐이오."

그 말을 입증이라도 하듯, 현유진인은 내밀고 있던 검을 가볍게 기울였다. 그러자 청동화로가 검신을 따라 주르르 미끄러지더니 바닥에 내려앉았다. 백 근이 훨씬 넘는 청동화로가 바닥에 내려앉는데도 먼지 한 점 피어오르지 않았다. 현유진인의 공력이 이미 절정에 올랐음을 보여 주는 대목이라 아니할 수 없었다.

현유진인은 살기등등한 군중을 둘러보며 말했다.

"오늘은 눈처럼 깨끗한 한 쌍의 남녀가 미래를 기약하는 경사스러운 날이오. 그것을 축하하러 온 사람들이 분노와 살기에 눈이 어두워 잔치를 망쳐서야 되겠소?"

누군가 현유진인을 향해 볼멘소리로 외쳤다.

"원수의 무리를 눈앞에 두고 때와 장소를 논한다면, 이 또한 강호 동도들 보기에 부끄러운 일이 아니겠소이까!"

현유진인은 주저 없이 대꾸했다.

"전쟁터에서도 사자는 해치지 않는 법이오. 더욱이 모든 은원은 당사자와 청산하라고 했소. 제갈휘에게 받을 빚이 있는 사람은 제갈휘를 찾아가 따져야 마땅하며, 무양문주에게 받을 빚이 있는 사람은 무양문주를 찾아가 따져야 마땅하오. 빈도는 그런 것이 바로 백도와 흑도를 구분 짓는 강호도의라고 생각하오."

군중 사이로 참괴한 기운이 번져 나갔다. 현유진인의 웅변은 비록 나직했지만, 그 가운데에는 듣는 사람으로 하여금 스스로를 되돌아보게끔 만드는 진실한 힘이 어려 있었다.

이때, 상석에 앉아 있던 소철이 말했다.

"주인의 체면을 살펴 그쯤에서 멈춰 주신 점, 연 호법과 진인, 두 분 모두에게 감사드리오."

"감당하기 힘든 말씀이십니다."

현유진인은 빙그레 웃으며 자신의 자리로 돌아갔고, 연문건은 의관을 바로 하고 상석을 향해 공손한 자세를 취했다.

"소생 연문건, 본 교 광명교주의 명을 받들어 구양 공자와 석아가씨의 약혼을 축하하는 예물을 가져왔습니다."

이때에는 이미 흉흉하던 분위기가 많이 누그러져 있었다. 한 가지 주목할 것은 신무전 문도들의 행동이었다. 그들은 추호의 동요도 없이, 흡사 흙으로 빚은 인형들처럼 처음의 자리를 굳게 지키고 있었다. 이는 주인의 명령 없이는 하늘이 무너져도 움직이지 않겠다는 뜻이니, 연문건으로선 그 엄정한 규율에 대해 내심 감탄하지 않을 수 없었다.

"원로에 노고가 크셨겠소. 문주께선 무양하시오?"

"그렇습니다."

소철과 간단한 인사를 나눈 연문건은 뒷전에 우두커니 서 있던 다섯 명의 곤륜노에게 눈짓을 보냈다. 곤륜노들은 저마다 메고 있던 커다란 상자를 바닥에 내려놓았다.

"현이는 앞으로 나가 사례하도록 해라."

소철이 말하자 구양현은 급히 자리에서 일어나 앞으로 나갔다. 사례하는 자리라면 의당 석지란과 나란히 서야 할 텐데, 굳이 석지란을 등 뒤에 감추려 함은 무양문과 연문건에 대한 의

심이 완전히 가시지 않은 탓이리라.

연문건은 내심 고소를 지으며 첫 번째 상자를 열었다. 상자 안에서 나온 물건은 진귀한 촉금蜀錦 아홉 필과 형형색색의 실 여든한 타래였다.

"이 옷감과 실로 두 분께서는 매 십 년마다 원앙이 수놓아진 비단옷 한 벌씩을 해 입으십시오."

아홉 필 비단과 여든한 타래의 실을 모두 쓰려면 구십 년을 더 살아야 할 테니, 이는 두 사람의 장수를 축원하는 선물이었다.

이어 연문건은 두 번째 상자를 열었다. 그 안에서 나온 것은 가장자리를 둥글게 다듬어 흡사 만두처럼 보이는 은덩이들이었다.

"가문의 재력만으로도 두 분의 부귀는 염려할 바 없을 터. 두 분께서는 부디 이 은괴를 곳간에 보관해 두셨다가, 자제분들이 장성하여 과거에 급제하거나 성혼할 때 잔치 비용으로 사용해 주십시오."

세 번째 상자 안에는 건강에 좋은 각종 약재들이 꼼꼼히 포장된 채 들어 있었고, 네 번째 상자 안에는 삼교구류三敎九流의 가르침을 이름난 서예가가 필筆한 책자들이 차곡차곡 들어 있었다.

다섯 번째 상자는 뜻밖에도 텅 비어 있었다.

"본 교의 광명교주님께서는 말씀하셨습니다. 두 분께서는 세상 모든 이들의 부러움을 살 만큼 장수하실 것이 분명하니, 고종명考終命(제 명대로 살다가 편안하게 죽음)을 위한 선물은 후일 보내도 늦지 않을 것이라고."

말을 마친 연문건은 한 쌍의 남녀에게 정중한 읍례를 올렸다.

이 다섯 개의 상자는 각기 장수, 부귀, 강녕, 유호덕攸好德(도덕 지키기를 낙으로 삼음) 그리고 고종명을 위한 것이었으니, 이는 인간이 평생 누릴 수 있는 다섯 가지 복을 상징하는 것이었다.

이런 정성이 담긴 선물을 받는다면 천하의 어느 누구라도 황송함을 느낄 수밖에 없을 터. 구양현과 석지란은 마음을 감추지 않고 진심에서 우러나온 답례를 올렸다.

"감사합니다. 귀 문주께 후배들의 사의를 전해 주시길 바랍니다."

"알겠소이다."

연문건은 엄정한 위의로써 답례를 받은 뒤, 다섯 명의 곤륜노를 이끌고 뒤로 물러섰다.

그런데 일행 중 마지막 한 사람, 방갓을 쓴 왜소한 마의인은 무슨 까닭인지 연문건을 따라 물러서지 않았다. 곤륜노들에게 가려 있던 그의 모습은 이때야 비로소 중인들의 시선에 똑똑히 드러나게 되었다.

마의인은 쓰고 있던 방갓을 천천히 벗었다. 그 아래로 드러난 것은 눈초리가 매서운 매부리코 노인이었다.

구양현이 깜짝 놀라 외쳤다.

"이게 누구십니까! 한 노인 아니십니까!"

구양현은 반가운 마음을 이기지 못하고 마의 노인에게로 왈칵 다가갔다. 석대원과 동행하던 한로가 바로 이 마의 노인이었던 것이다.

반가운 목소리는 다른 방향에서도 터져 나왔다.

"한 노인! 정말로 한 노인이시군요!"

목소리의 주인공은 소철의 손녀인 소소였다. 그녀는 식탁 두

개를 단숨에 뛰어넘어 한로를 향해 달려 나왔다.

"우와! 이게 얼마 만이죠? 오라버니도 오셨나요? 오라버니는 지금 어디 계세요?"

소소의 관심은 오직 석대원에게만 있었나 보다. 사람들의 이목은 전혀 의식하지 않은 채, 한로의 손을 꼭 잡고 이렇게 재잘거리는 것을 보면 말이다.

"흠흠! 소 아가씨, 이 손이나 좀 놓고……."

한로는 다 큰 처녀에게 손이 잡히자 어색한 기색을 감추지 못하고 시선을 이리저리 돌렸다. 그러다가 상석에 앉은 누군가와 시선을 마주치게 되었다.

그 사람 역시 한로의 얼굴을 뚫어져라 바라보고 있었다. 마치 한로의 얼굴에서 아득한 지난날을 더듬기라도 하듯이.

한로는 소소의 손을 슬쩍 뿌리친 뒤, 그 사람을 향해 포권을 올렸다. 한로로부터 포권례를 받은 사람, 소철의 입에서 긴 한숨이 새어 나온 것은 한참 뒤의 일이었다.

"그대가 그때의 그 검동劍童인가?"

소철은 구양현과 소소가 보이는 반색 그리고 석가장의 운 노사부에게서 들은 이야기로부터 한로의 정체를 알아낸 것이다.

"그렇습니다. 오랜 세월이 흘렀는데도 절 알아보시는군요."

한로는 좀처럼 감정의 기복을 느끼지 않는 사람이었다. 하지만 소철을 대하고는 마음 밑바닥으로부터 한 줄기 무상한 심정이 이는 것을 피할 수 없었다. 곤륜산 무망애 위에서 검은 수염을 흩날리며 사자 같은 용맹을 과시하던 소철이었다. 그 소철이 이제는 세월의 무게에 눌려 금방이라도 질식할 것 같은 초라한 늙은이가 되어 버린 것이다.

이런 순간에도 소소는 목뼈가 부러질까 걱정될 정도로 주위를 두리번거리고 있었다. 하지만 오기만 했다면 눈에 띄지 않을 리 없는 석대원의 거대한 체구는 연회장 어느 구석에서도 찾을 수 없었다.

"아가씨, 소주께선 안 오셨소이다."

한로가 말했다. 그 말을 들은 순간 소소의 귀여운 얼굴은 울상이 되어 버렸다. 그토록 그리워하던 마음의 정인을 오늘은 만날 수 없게 되어 버린 것이다.

그런 소소의 마음을 아는지 모르는지, 한로는 구양현의 뒷전에 서 있던 석지란에게 다가갔다.

"받으시오. 소주께서 드리는 약혼 선물이오."

한로는 품속에서 길쭉한 상자를 꺼내어 석지란에게 내밀었다.

석지란은 아직 한로가 누구인지, 그리고 그가 말하는 소주가 누구인지 모르고 있었다. 그녀는 자문을 구하듯 구양현을 바라보았고, 구양현은 고개를 살짝 끄떡여 받으라는 뜻을 전했다.

"감사합니다."

달리 할 말이 없어 짤막하게 인사한 석지란은 상자의 뚜껑을 열었다. 상자 안에는 순금으로 만든 어떤 물건과 잘 접힌 쪽지 한 장이 들어 있었다.

석지란은 쪽지를 펼쳤다. 그리고 그 자리에서 얼어붙고 말았다.

"이, 이건……!"

말을 채 잇지 못하고 어깨를 와들와들 떨던 그녀는 다음 순간, 오열과 비슷한 외침을 터뜨리며 상자에 얼굴을 묻었다.

"오라버니!"

사람들은 그녀의 돌연한 모습에 크게 놀랐지만, 그 내막을 알지 못하니 그저 어리둥절해할 뿐이었다. 하지만 이 자리에 그녀의 격정을 이해할 수 있는 사람이 아주 없는 것은 아니었다. 한 사람은 선물을 가져온 한로였고, 다른 하나는…….

구양현이 부드러운 손길로 석지란의 어깨를 끌어안았다. 작은 새처럼 흠칫 몸을 떤 석지란이 눈물이 그렁그렁한 눈으로 그를 올려다보았다.

"그는 왜…… 왜 오지 않은 거죠? 이제는 저를 볼 수 없다고 생각하는 걸까요?"

구양현은 애정과 연민이 함께 담긴 눈으로 석지란을 바라보며 나직이 말했다.

"석 형은 당신을 사랑하고 있소. 아마도 당신을 만나는 날을 기대하고 있겠지. 하지만…… 그러기 위해서는 시간이 더 필요한 모양이오."

석지란은 더 이상 참지 못하고 구양현의 품에 얼굴을 묻으며 울음을 터뜨렸다. 그 바람에 들고 있던 상자가 바닥으로 떨어지며 그 안에 들어 있던 내용물이 사람들의 눈앞에 드러났다.

꽃.

황금과 금사로 정교하게 만든 한 송이 꽃은 속세의 것이 아닌 듯 신비한 아름다움을 뽐내고 있었다. 그리고 나비처럼 팔랑거리며 떨어지는 한 장의 쪽지에는 다음과 같은 글이 적혀 있었다.

세상에서 가장 아름답게 자랐을 꽃에게 우리의 추억이 담긴 꽃 한 송이를 보낸다. 아원이 소란의 약혼을 축하하며.

―소란, 이거 너 가져.

오라비는 꼬마 계집애에게 무언가를 불쑥 내민다.

—이게 뭔데?

—이건 우담화優曇華라는 꽃이야.

—우담화?

—며칠 전 화 노인한테 들었는데 세상에서 제일 예쁘고 귀한 꽃이 바로 우담화래. 삼천 년에 한 번씩 핀다나?

—와! 그런 꽃이 다 있어? 어? 근데 이건 왜 이렇게 못생겼어?

꼬마 계집애는 얼굴을 찡그린다. 나무를 깎아서 만든 꽃은 여섯 살 꼬마 계집애의 눈에도 전설 속의 꽃으론 절대 비치지 않을 만큼 조잡해 보이기 때문이다.

—헤헤, 내 솜씨가 엉터리라 그렇지, 뭐. 하지만 다음엔 분명히 소란 너처럼 예쁜 우담화를 만들 수 있을 거야.

오라비는 머리를 긁적인다. 그 손가락에 묶인 하얀 붕대가 꼬마 계집애의 코끝을 찡하게 만든다.

—고마워. 역시 아원 오라버니가 최고야.

—아전이한테는 비밀이다. 걔가 알면 자기에게도 만들어 달라고 조를 텐데, 손가락이 이 모양이라서 당분간은 조각칼을 잡을 수 없거든.

—알았어.

오라비는 어른스럽게 웃는다.

꼬마 계집애도 따라서 웃는다.


그리고 그 웃음은 십수 년이 지난 오늘, 이제는 더 이상 꼬마 계집애가 아닌 석지란의 마음속 깊이 남아 있었다.

마음속 깊이…….

# 무당산武當山

## (1)

삭풍이 아무리 차갑고 매서워도 봄이 멀지 않음을 알기에 사람들은 기나긴 겨울을 참고 이겨 낸다. 아무리 혹독한 겨울도 성쇠를 순환하는 자연의 섭리만큼은 거역할 수 없기 때문이다.

춘삼월은 호시절이라.

일 년 중 가장 아름다운 시기가 바로 이때였다. 남산에 꽃이 피니 북산이 붉어지고, 천만 가닥 양류버들은 향기로운 봄바람에 살랑대니 온갖 새들도 초목을 희롱하듯 쌍쌍이 짝지어 푸른 하늘을 날아다닌다.

산동의 졸부 조 원외趙員外가 눈에 집어넣어도 아프지 않을 깜찍한 애첩을 거느리고 멀리 호북의 무당산까지 온 이유는, 이러한 춘삼월 호시절의 풍광 속에서 반인반선半人半仙의 열락을 누려 보기 위함이었다.

"저기 산등성이 위로 보이는 건물이 노군당老君堂입니다!"

케헴, 하는 헛기침과 함께 운을 뗀 사람은 두 가닥 콧수염이 지혜롭다기보다는 간사한 느낌을 주는 삼십 대 후반의 사내였다.

유건을 쓰고 있지만 그 기품이 유생하고는 거리가 멀고, 공작선을 들고 있지만 계절과는 어울리지 않는 터라, 사내의 행색은 말 그대로 원숭이가 갓 쓴 형국이었다. 하지만 남의 눈에 어찌 보이든 그것은 알 바 아니라는 듯, 사내는 목소리를 한껏 가다듬어 장광설을 늘어놓기 시작했다.

"노군당은 바로 태상노군을 기리는 사당이지요. 그렇다면 태상노군이 누구냐! 까마득한 옛날, 옥문관을 지키는 관령關令 윤희尹喜는 관문 위 하늘에 상서로운 붉은 기운이 어려 있는 것을 목격했지요. 윤희는 총명이 과인한 사람인지라, '이는 분명히 신인神人이 지나가는 징조일 것이다!'라 생각하고는 관문을 활짝 열고 신인을 마중 나갔습니다. 아니나 다를까, 과연 저 멀리서 한 마리 백마가 끄는 수레가 다가오는 것이 아니겠습니까!"

"어머나! 나리, 소첩은 이렇게 많이는 마시지 못해요."

이야기를 자른 것은 여인의 짤랑거리는 교소였다. 하지만 사내는 감히 뭐라 푸념할 수도, 그렇다고 책망의 눈길을 줄 수도 없었다. 그를 무당산 안내인으로 고용한 조 원외의 애첩이라면 자신의 말을 자를 자격이 충분히 있었기 때문이다.

사내는 다시 한 번 헛기침을 한 뒤, 이야기를 이어 나갔다.

"수레에는 신태비범한 노인 한 분이 앉아 계셨지요. 마치 하늘에서 내려온 사람처럼 눈부신 보의를 입은 그 노인이 바로 저 노군당의 주인, 태상노군이셨습니다. 윤희는 무릎걸음으로 태상노군에게 나아가 부디 우매한 중생들을 어여삐 여겨 가르침을 내려 달라고 애걸했지요. 태상노군께서는 흔쾌히 웃으시며 오천 자의 가르침이 적힌 책을 하사하시니, 그 책이 무엇이냐! 바로 저 유명한……."

"요것아, 이 경치 수려한 곳에서 금존청金尊淸 한 잔을 마시지 못한다니, 그것이 말이나 되는 소리냐?"

이번에 이야기를 자른 사람은 조 원외였다. 안내인은 물론 그 일에 대해 아무 불평도 하지 않았거니와, 심지어는 조 원외로 하여금 애첩과 충분히 수작을 부리게끔 이야기를 멈추는 배려까지 보여 주었다.

마셔라, 못 마시겠다, 안 마시면 화낸다, 무슨 장부가 그까짓 일로 화를 내느냐, 등등……. 살집 좋은 졸부와 낭창낭창한 계집 사이의 실랑이는 한동안 계속되었다.

실랑이의 끝은 졸부의 승리였다. 그의 강권을 이기지 못한 척, 계집은 큼직한 옥배에 담긴 술을 남김없이 비운 것이다. 하지만 그것이 정말로 졸부의 승리일까? 사타구니에 거웃이 돋아날 무렵부터 사내라는 족속들의 심리에 대해 달통해 버린 계집이 아니냔 말이다. 하다못해 술 한 잔 마실 때에도 어떻게 처신해야 사내의 심장이 가장 크게 벌렁거리는지 속속들이 알고 있었으니, 이번 실랑이의 진정한 승자는 흡족한 기색으로 웃음을 머금은 저 졸부일까, 아니면 발그레한 얼굴로 눈을 흘기는 저 계집일까?

어쨌거나 실랑이는 끝났다. 이제 사내는 자신의 이야기를 마무리 지어야 했다.

"태상노군께선 흔쾌히 웃으시며 오천 자의 가르침이 적힌 책을 하사하셨죠. 그것이 바로 저 유명한 〈도덕경道德經〉입니다."

드디어 태상노군, 노자에 대한 이야기를 모두 마친 사내는 수중의 공작선을 얼굴에다 대고 활랑활랑 흔들었다. 비록 내색하지는 않았지만 불쾌한 기분이 드는 것만큼은 어쩔 수 없었다. 하기야 자신의 직업이 타인에 의해 무시당한다면 세상 누구라도 기분 좋지는 않을 것이었다.

하지만 사내를 정작 불쾌하게 만드는 일은 그다음에 벌어졌다.

"네 군데나 틀렸네요."

너무도 순박하여 마치 배부른 암소의 울음소리처럼 들리는 목소리가 사내의 얼굴을 일그러지게 만들었다. 사내는 목소리가 울린 곳으로 시선을 돌렸다. 아니, 조 원외의 무당산 봄놀이에 참가한 모든 사람들의 시선이 그곳으로 향했다.

봄기운 가득한 계류가 완만하게 굽이치며 이루어진 금빛 모래톱에는 한 사람이 서 있었다. 그는 자신을 바라보는 사람들을 향해 헤벌쭉 웃음을 지어 보인 뒤 아까의 말을 반복했다.

"당신의 이야기는 자그마치 네 군데나 틀렸네요."

사내의 자존심에 거듭 도끼질을 가하는 그 사람은 목소리뿐만이 아니라 생김새마저도 소를 닮아 있었다.

유난히 넓은 미간에 앞으로 쭉 튀어나온 주둥이 그리고 두루뭉술한 몸통에 어울리는 짤막한 하체. 이런 놈이 몸뚱이에는 거적때기와 다름없는 폐포를 걸쳤으니, 보는 사람으로 하여금 '만약에 소가 두 다리로 걸어 다니며 구걸한다면 저런 행색이 아닐까?' 하는 생각을 불러일으키기에 부족함이 없었다.

인간 소가 짧은 다리를 놀려 조 원외의 일행에게로 다가왔다.

"아이, 이게 무슨 냄새야?"

조 원외의 애첩이 코를 싸쥐며 얼굴을 찌푸렸다. 인간 소가 걸음을 옮길 때마다 훅훅 풍겨 오는 지독한 악취 때문이었다. 코를 싸쥔 것은 비단 그녀만이 아니었다. 비위가 약한 사람들은 벌써부터 고개를 외로 꼬며 욕지기를 참고 있었다.

인간 소는 남들의 반응이 어떻든 아랑곳하지 않고 일행의 목전에 이르기까지 걸음을 멈추지 않았다. 일행의 앞에 이른 그는 노군당에 대해 장광설을 늘어놓던 사내를 똑바로 바라보며 이렇게 말했다.

"이제부터 당신이 틀린 부분을 지적해 드리겠네요. 불치하문不恥下問(아랫사람에게 배우는 것도 수치가 될 수 없음)이라 했으니 너무 기분 나쁘게 생각하지 않았으면 좋겠네요. 첫 번째, 태상노군께서 모습을 나타내신 곳은 옥문관이 아니라 함곡관函谷關이네요. '동틀 무렵 함곡관에 돌아오니 붉은 기운이 서려 있네[函谷曉歸浮紫氣].'라는 시구만 보아도 알 수 있죠. 두 번째, 태상노군께서 타고 오신 짐승은 백마가 아니라 푸른 소였죠. '노군은 소를 타고 놀고, 이태백은 고래를 타고 놀고, 여동빈은 사슴을 타고 노는데, 우리 낭군님 나를 타고 노시네. 오오! 사랑스러울시고, 우리 낭군님!'이라는 방중가房中歌도 들어 보지 못했나 보죠? 세 번째, 태상노군께서는 보의 같은 것은 거들떠보지도 않는 분이네요. 무위청정을 지고지상의 덕으로 삼는 분이 어찌 의복과 같은 속된 물건으로 껍질을 치장하려 하셨겠어요? 마지막으로 네 번째, 〈도덕경〉은 책 따위에 적힌 가르침이 아니죠. 태상노군께서 그저 몇 마디 설파하신 것을 오활한 관원이 글로 바꿔 형태를 만들어 버렸으니, 이는 형태가 없음으로써 형태가 있음을 대신한다는 선인의 가르침을 오히려 거스른 것이어서 뜻있는 후인들을 애석하게 만들고 있네요."

인간 소는 유순한 눈망울을 뒤룩거리면서 사내의 이야기를 조목조목 반박해 나갔다. 말투는 느려 터졌고 이야기는 길디긴 탓에 제법 시간이 소요되었지만, 그의 말에 토를 다는 사람은 아무도 없었다. 비현실적인 상황은 왕왕 인간을 벙어리로 만드는 모양이었다.

가장 먼저 정신을 차린 것은 자존심에 도끼질을 당한 사내였다.

"네, 네놈은 누구냐? 대체 뭐 하는 놈이냐?"

인간 소는 꼬질꼬질한 손가락으로 자신의 코끝을 가리키며 히죽 웃었다.

"나도 당신들처럼 이 무당산에 놀러 온 사람이네요. 지나다 들린 얘기가 조금 이상해서 이렇게 수고를 무릅쓰고 끼어들었네요."

바로 그때, 조 원외가 벌떡 일어서더니 한 손을 홰홰 내둘렀다.

"네놈이 가까이 있으니 당최 숨을 쉴 수가 없구나! 할 말 다 했으면 당장 꺼져라!"

내두르지 않는 다른 손으로는 코를 싸쥐고 있었으니 숨을 쉴 수 없다는 조 원외의 말은 진심일지도 모른다. 하지만 인간 소는 오히려 대자리를 깐 놀이판 앞으로 두어 걸음 다가왔다.

"그럴 수는 없네요. 입품도 엄연한 품인데, 품을 팔았으니 새경을 받아야겠네요."

"뭐? 새경?"

인간 소는 대답 대신 허리에서 하나의 물건을 꺼냈다. 그것은 손때가 반질반질한 바가지였는데, 그 크기가 작은 솥단지만큼이나 큼지막했다.

"돈 대신 먹을 거나 조금 가져가려고 하네요."

그러더니 보기만 해도 속이 뒤집힐 것 같은 더러운 손을 번개처럼 놀려 대자리에 벌려 놓은 음식들을 바가지 안에 주워 담기 시작했다.

"이, 이놈이?"

비싼 요리사를 고용해 만든 튀김이며, 산적, 떡, 경단 등이 더러운 손아래 무참히 유린되는 광경을 목격한 조 원외는 눈이 뒤집혔다.

"뭐 하느냐? 저놈을 당장 끌고 가 치도곤을 내지 않고!"

조 원외가 소리쳤다. 이 명령은 산동에서부터 그를 호위해 온 네 명의 보표들에게 내린 것이었다.

그런데 네 명의 보표는 꼼짝하지 않았다.

"귀가 먹었느냐? 저 날강도 같은 놈을 당장 박살 내라니까!"

얼굴이 벌겋게 달아오른 조 원외가 고래고래 악을 썼지만, 그래도 네 명의 보표들은 얼어붙은 사람처럼 손가락 하나 까딱하지 않았다. 다만 얼굴 가득 식은땀만 줄줄 흘릴 뿐이었다.

조 원외는 너무도 화가 나고 기가 막힌 나머지 아무 소리도 하지 못했다.

"헤헤, 덕분에 우리 사부님께 한 끼 제대로 대접할 수 있게 되었네요."

인간 소는 음식으로 수북해진 바가지를 바라보며 만족스러운 웃음을 지었다. 조 원외는 잡아먹을 듯한 시선으로 그를 노려보았지만, 보표들이 꼼짝하지 않는 이상 어찌할 도리가 없었다.

"알았다, 알았어! 네 사부란 놈이 한 끼를 처먹든 두 끼를 처먹든, 당장 꺼지기나 해라."

조 원외가 참담한 표정으로 말하자, 인간 소는 두 눈을 퉁명스럽게 굴렸다.

"당신은 날 별로 좋아하지 않나 보네요."

"좋아한다고? 아이고, 속 터져!"

조 원외는 제 가슴을 탕탕 후려쳤다. 인간 소는 그 마음 다 안다는 듯이 고개를 끄덕거렸다.

"새경이 좀 과하다고 생각하나 보네요. 그렇다면 손해 보는 셈치고 입품을 한 번 더 팔아야겠네요."

그러더니 예의 느릿한 목소리로 한 곡조 구성지게 뽑는데…….

당신이 날 좋아한다면 치마를 걷고 강물이라도 건너가지요[子惠思我褰裳涉溱].

당신이 날 안 좋아한다면, 흥! 세상에 너 말고 다른 사람 없을까 보냐[子不我思豈無他人]?

이 바보 천치 미친 자식아[狂童之狂也且]!

말이 좋아서 노래지 차라리 욕을 듣는 편이 나을 것이다.

심중의 울화를 이기지 못한 조 원외는 거품을 물고 자빠졌고, 인간 소는 한 술 더 떠 악취로 인해 반쯤 실신 상태에 빠져 있는 애첩의 볼에다가 쪽 소리 나게 입을 맞추더니, 유유히 떠났다.

한참의 시간이 흐른 뒤에야 정신을 차린 조 원외는 자신의 명령을 묵살한 보표들을 향해 음식 그릇을 집어 던지며 욕설을 퍼부었다.

"이 머저리 밥통 같은 놈들아!"

굳었던 팔다리가 이제야 풀린 것일까? 네 명의 보표들은 사지를 재게 놀려 조 원외가 집어 던지는 그릇들을 피했다. 그것이 조 원외를 더욱 화나게 만들었다.

"저 날강도 같은 거지새끼를 박살 내란 말에는 꼼짝도 안 하다가, 내가 화를 내니까 달아나? 오냐, 네놈들은 오늘부로 몽땅 모가지다!"

네 명의 보표는 계속 날아오는 그릇들을 피하며 울상이 되었다.

"주인님, 그, 그게…… 저 거지의 정체는 바로……."

사실 그들에게는 그럴 만한 이유가 있었다. 그들은 그 이유를 조 원외에게 설명하기 위해 한 식경이 넘도록 진땀을 흘려야만 했다.

───❦───

신화시대의 인물로 알려진 무당선인武當仙人은 달리 진무선인眞武仙人이라고도 불린다. 그는 일 년에 딱 한 차례, 잠들었던 벌레들이 깨어난다는 경칩 날에 겨울 솔잎으로 빚은 동송단冬松丹을 먹는다고 한다. 사람들은 그가 동송단을 먹음으로써 겨우내 세상을 지배하던 동장군을 물리친다고 믿었는지도 모른다.

무당선인을 호위하는 신수神獸는 현무, 바로 뱀과 거북이었다. 이들 구사이신龜蛇二神을 거느린 무당선인은 한 자루 보검을 들고 비와 구름을 다스리는 신을 만나기 위해 하늘로 올라가는데, 이때에는 팔백 근이나 나가는 무쇠 신발을 신는다고 한다. 그래서 무당산 인근에 사는 사람들은 경칩이 돌아올 때마다 소나무 향을 태우고 무쇠 신발을 만듦으로써 그 해의 풍작을 기원하는 것이다.

지금 이 순간, 개방의 용두방주 우근이 바라보고 있는 석상이 바로 그 무당선인의 모습을 본떠 만든 것이었다.

"부럽군."

우근이 밑도 끝도 없이 중얼거렸다. 나직한 소리였지만 곁에 앉아 있던 상위무尙偉武가 알아듣기에는 충분했다.

"뭐가요?"

상위무가 묻자 우근은 턱짓으로 무당선인의 석상을 가리켰다.

"경칩 날 하루 먹은 걸로 일 년을 버티다니, 우리 같은 거지들에게는 정말로 부러운 일 아닌가."

우근을 물끄러미 바라보던 상위무가 작게 한숨을 쉬고는 말했다.

"시장하신가 보군요."

우근은 솔직한 사람이었다.

"식은 잡곡밥이나마 변변히 먹어 본 것도 벌써 하루 전이야. 자네도 알지? 난 배고프면 꼼짝 못 하는 사람이라는 거 말일세."

이 대답이 어찌나 처량한지, 개방의 뭇 분타주들 가운데 가장 고강한 무공을 지녔다고 알려진 무창 분타주 상위무는 주군의 허기를 모면시키기 위해 자신의 넓적다리 살을 베어 요리했다는 개자추介子推의 심정을 이해할 수 있을 것 같았다.

하지만 상위무는 도시락이 되기 위해 우근을 따라온 것이 아니었다. 이번 행보에 있어서 그는 당당한 호법의 신분으로 이 무당산까지 온 것이며, 호법에게는 호법으로서 해야 할 일이 있는 것이다.

"이럴 줄 알았다면 조금 무리해서라도 노자를 넉넉히 준비할 걸 그랬습니다."

상위무가 아쉬운 듯 말하자 우근이 고개를 저었다.

"우리 처지에 은 열 냥이면 과한 거지."

우리 처지란 다름 아닌 거지 처지를 말함이었다.

사실 거지가 가고 싶은 곳이 있으면 가면서 구걸하는 것으로 충당하면 그만이지, 특별히 노자를 준비할 필요가 무에 있겠는가. 하지만 우근은 보통 거지가 아니었다. 천하의 거지들 중에서 가장 존귀한 거지였다. 가장 존귀한 거지의 행차가 여타 거지들의 그것과 같을 리 없으니, 총타의 늙고 젊은 거지들이 나흘간 법석을 떨어 은 열 냥을 모아 바친 것도 바로 그러한 점에 기인한다고 볼 수 있었다.

상위무는 '우리 처지'에 대해서는 더 이상 언급하고 싶지 않은지 슬쩍 말꼬리를 돌렸다.

"요즘 백도인들 살림이 말이 아니라지만, 그래도 우리 개방은 잘 견디는 편입니다. 춥고 배고픈 걸 견디는 데야 이력이 났으니까요. 예전에 좀 살던 문파들은 요사이 아주 죽을 맛이라고 하더군요."

우근은 대꾸 없이 고개만 끄덕였다.

"왕고가 천하의 거상이라는 얘기는 익히 들었지만, 그래도 그의 힘이 이 정도일 줄은 몰랐습니다. 호통 한 번으로 백도 전체의 돈줄을 이토록 꽁꽁 틀어막다니."

아끼던 아들 왕삼보의 죽음에 분노한 왕고는 용봉단과 그들을 암중으로 지원하던 백도의 제 문파들에 대해 전쟁을 선포했다. 상계를 주름잡는 거상답게 그가 택한 방식은 철저한 경제전經濟戰이었고, 이런 종류의 공세에 대해 생경할 수밖에 없는 백도의 제 문파들은 터무니없을 만큼 간단하게 수세에 몰리게 되었다.

협의를 표방하는 백도 문파는 녹림의 무리처럼 밑천 안 드는 장사를 할 수 없었다. 목숨보다도 소중히 여기는 명예 때문이었다.

백도 문파의 대부분이 경제를 유지하는 경로는 크게 세 가지로 구분할 수 있었다.

첫 번째는 소유한 전답을 통해 이루어지는 자급자족.

하지만 강호인치고 땅 파고 씨 뿌리기를 좋아하는 사람은 드문 탓에 문도들 밥상이나 가까스로 채울 수 있으면 다행이랄까, 전답을 경작하여 치부를 꾀하기란 바라기 힘든 일이었다.

두 번째는 불특정 다수로부터 받는 지원금.

종교적인 성향이 강한 문파일수록 이 지원금에 대한 의존도가 높았는데, 소림이나 무당이 그 좋은 예였다. 지원금을 내는 사람들은 인근에 사는 부유한 상인이 주를 이루었다. 그들에게 있어서 백도의 협객들을 사귀어 두는 일은, 쌀이나 포목을 사두는 것보다 높은 이문을 남기는 투자일 수도 있기 때문이었다.

세 번째는 속가제자들이 운영하는 전장, 반점, 표국 등에 관여함으로써 얻어지는 음성적인 수입.

소문나면 체면 깎이는 일이기에 행여 강호에 알려질까 쉬쉬하는 터이나, 실제로 문파의 재정에 가장 큰 도움을 주는 것은 바로 이 경로였다. 이런 종류의 음성적인 수입이란, 대부분의 경우에 있어서 양성적으로 들어오는 수입을 훨씬 상회하기 때문이다.

그런데 왕고가 백도의 제 문파들에 대한 경제전을 선포하자, 두 번째 경로와 세 번째 경로에 막대한 차질이 발생했다. 중원의 상권을 좌지우지하는 왕고의 입김은 때가 되면 알아서 들어오던 지원금을 구순 늙은이의 오줌발처럼 졸아붙여 놓았고, 나아가 속가 제자들이 운영하는 각종 기업들의 재정에 심대한 타격을 가한 것이다.

결국 백도인들은 찬 바람이 솔솔 새어 들어오는 낡은 의복과 언제 채워 봤는지 기억조차 감감한 주린 창자를 교육비 삼아 '금력은 무력에 우선한다.'는 쓰라린 교훈을 배우게 되었다.

하지만 왕고의 목적은 단지 교훈을 내리기 위함이 아니었다. 그의 목적은 복수에 있었고, 복수란 뭔가를 가르치는 선에서 끝내는 긍정적인 행위일 리 없었다. 시간이 흐를수록 백도인들의 의복은 점점 더 남루해졌고, 그들의 창자는 점점 더 쪼그라들 수밖에 없었다.

설상가상으로 때는 바야흐로 춘궁기. 사람들은 유서 깊은 명문 대파의 제자들이 살림살이 벌충을 위해 강호를 떠도는 웃지 못할 촌극을 하루가 멀다 하고 목격할 수 있게 된 것이다.

"부잣집 자식치고 변변한 놈 없다지만 왕삼보는 드물게 쓸 만한 청년이었다고 하더군. 그런데 그런 친구를 왜 죽여? 백련교도면, 아, 백련교도도 아니었지, 무양문도면 무턱대고 죽여도 되는 거야? 지금이 어느 땐데?"

우근의 이 말이 조금 과격하게 들린 듯, 상위무는 밤송이처럼 까칠한 수염을 손가락으로 꼬며 조심스럽게 토를 달았다.

"죽이지 않으면 죽는 상황이었을 테니, 무턱대고 죽였다고 보긴 어렵지 않을까요?"

우근은 딱하다는 듯이 상위무를 바라보았다.

"이 세상엔 상황과 무관하게 절대 죽이면 안 되는 사람이 있는 거야. 아니, '어떤 각오를 하기 전엔 절대 죽이면 안 되는 사람'이라고 정정해야겠군. 왕삼보가 바로 그런 친구였지. 그런 친구를 죽였으니 마땅히 각오해야지."

"무슨 각오요?"

"거지가 될 각오."

우근의 차가운 대답에 상위무가 픽 웃었다.

"다들 거지가 된다면 우리 밥줄이 위태롭지 않을까요?"

우근은 어깨를 으쓱거렸다.

"거지 밥줄이 언제는 안정적이었던가? 밥줄이 위태롭다 못해 간당간당해져도 좋으니 이참에 저만 고고하다고 거들먹거리던 놈들이 헐벗고 주린 꼴 좀 봤으면 좋겠네. 그래야 다시는 우리 거지들을 무시 못 하지 않겠는가. 하하!"

빈천은 개방의 오랜 상징인 동시에 영원히 극복하기 힘든 숙명이기도 했다. 우근의 웃음 속에는 그 상징에 대한 자부심과 그 숙명에 대한 자조감이 뒤섞여 있었다.

지금으로부터 반 시진 전, 산동 졸부 조 원외의 오장육부를 긁어 놓은 인간 소가 두 사람 앞에 나타난 것은 바로 그때였다.

"저 돌아왔네요."

우근은 두 팔을 활짝 벌려 인간 소를 반겼다.

"오! 황우黃牛, 네가 드디어 왔구나! 그래, 설마 빈손으로 오지는 않았겠지?"

인간 소에겐 생김새와 지극히 잘 어울리는 이름은 있었으니, 황우가 바로 그것이었다. 나이는 이십 대 초반에 불과했지만 그가 개방에서 차지하는 위치는 결코 가벼운 것이 아니었다. 우근이 이번 대 천하 거지들의 지존이라면 그는 다음 대 천하 거지들의 지존. 그는 개방의 차기 용두방주로 내정된 후개後丐였던 것이다.

황우는 엉덩이 뒤에 감추고 있던 바가지를 내밀며 히죽 웃었다.

"성현께서도 임금님과 사부님과 부모님은 하나라고 하셨는

데, 빈손으로 돌아와 사부님을 실망시켜 드리면 성현의 가르침을 어기는 셈이 되는 거네요."

황우는 조금 이상한 거지였다. 비천한 신분으로 태어나 인중에 콧물 딱지가 가시지 않은 시절부터 거지 노릇을 했지만, 그는 누구보다도 열심히 학문을 닦아 나갔다. 덕분에 지금 그의 학식은 웬만한 학사 정도는 저 아래로 굽어볼 만큼 높은 경지에 올라 있었다.

천하에서 가장 아는 것이 많은 거지.

문자 쓰기를 유난히 좋아하는 거지.

하지만 생김새는 소를 꼭 닮은 거지.

그래서 별호도 우두만박개牛頭萬博丐였다.

황우가 내민 바가지에는 맛있어 보이는 음식들이 수북이 담겨 있었다. 미식가이자 탐식가를 자처하는 우근의 입이 함지박만큼 벌어진 것은 당연한 일. 그는 바가지를 냉큼 받아 들며 제자의 공을 칭찬했다.

"역시 자네는, 우걱우걱! 후개 자격이 있어. 나는 후개 시절 구걸에 서툴러서, 쩝쩝! 사부님께 꾸지람깨나 들었지. 그런데 자네는 정말로, 끄윽! 천 명에 하나 나올까 말까 한, 쩝쩝! 진정한 거지일세! 허, 이 튀김은 정말 기가 막히는구먼. 뭘 발라 튀겼기에 이리 맛있지?"

우두만박개의 만박은 요리 방면에도 이르러 있었다.

"밀가루에 세 가지 향신료를 섞어 반죽한 것을 튀김옷으로 입힌 것 같네요."

"쩝쩝! 두 가지가 아니고 세 가지라고? 하미蝦米(마른 새우를 빻은 것)와 매화梅花(마른 표고)는 알겠는데, 꿀꺽! 나머지 하나는 뭐지?"

"양귤피陽橘皮(밀감 껍질을 말려 빻은 것)처럼 보이네요."

"양귤피? 새우와 밀감 껍질을 함께 쓰는 수도 있나? 쩝쩝! 하여간 맛은 기가 막히는군. 정말 기가 막혀."

튀김옷에 대한 몇 마디 강평이 오가는 동안 바가지 안의 음식은 깨끗이 동났다. 물론 우근 혼자 먹어 치운 것이다.

"다 드셨습니까?"

방주에 대한 충성심 때문에 바가지 쪽으로는 시선조차 주지 않았던 상위무가 우근에게 물었다. 우근은 만족감이 어린 게슴츠레한 눈으로 고개를 끄덕였다.

"다 먹었네."

상위무는 입안 가득 고인 군침을 티 내지 않고 삼킨 뒤 우근을 재촉했다.

"그럼 슬슬 출발하셔야겠습니다. 안 그러면 무당산 말코들이 망부석 되는 꼴을 볼지도 모르니까요."

기실 개방의 거지들은 말코들이 사는 집으로 가는 중이었던 것이다.

(2)

우근 일행이 무당파의 유서 깊은 해검지解劍池에 당도하자 영접을 담당하는 맞는 지객도사 한 사람이 달려 나와 그들을 맞이했다.

자신을 수심修心이라고 소개한 지객도사는 일행을 해검지가 내려다보이는 한 채의 팔각정으로 안내했다. 망진정忘塵亭이라는 고창한 편액이 걸린 그 팔각정 위에는 흰쌀로 지은 밥과 몇 가지 정갈한 소채 반찬이 준비되어 있었다.

"여기서 잠시 여독을 풀고 계십시오. 빈도가 올라가 방주님의 왕림을 고하고 오겠습니다."

수심도장은 친절하게도 뜨끈뜨끈한 쌀밥이 가득 찬 무쇠 솥을 통째로 식탁에 올려 준 뒤, 산으로 올라갔다.

우근은 무쇠 솥을 한참 동안 째려보다가 상위무에게 물었다.

"말코들이 어디서 강도질이라도 한 건가? 곳간이 텅 비었을 텐데 이게 웬 선심이지?"

상위무는 아무 대답도 할 수 없었다. 그에 대해 아는 것도 없거니와, 어느 틈에 입안 가득 쌀밥을 물고 있었기 때문이다. 우근은 황우를 돌아보았지만, 황우 또한 더러운 손을 주걱처럼 놀려 밥을 퍼먹기에 여념이 없었다.

"원 사람들도……."

아까 무당선인의 석상 앞에서 그들이 방주인 자신을 위해 허기를 참았음을 그제야 깨달은 우근은, 제자가 힘들게 구걸해 온 음식을 같이 먹자는 말 한마디 없이 혼자 먹어 치운 데 대한 뒤늦은 미안함에 뒤통수를 긁적거렸다. 하지만 그것도 잠시, 그는 고소한 밥 냄새에 눈을 빛내며 그들의 아귀행餓鬼行에 동참했다.

대부분의 거지는 대식가일 수밖에 없다. 기회가 닿을 때 뱃가죽 안의 곳간을 열심히 채워 두지 않으면 깃털처럼 많은 주린 날들을 제대로 버틸 재주가 없기 때문이다. 무쇠 솥에 담긴 쌀밥은 두 말이 넘는 것이었지만, 이들 세 거지는 추호의 사정도 봐주지 않고 바닥에 붙은 누룽지까지 닥닥 긁어먹었다.

산에서 사람들이 내려온 것은, 머리카락을 두 가닥으로 땋아내린 도동이 놀랍도록 깨끗해진 솥바닥을 아쉬운 표정으로 들여다보는 세 거지에게 대추차를 대접할 무렵이었다.

"원시안진, 어려운 걸음을 하셨소."

선두에 선 노도사가 우근을 향해 정중히 허리를 굽혔다. 자리에서 황망히 일어선 우근은 몸가짐을 바르게 고쳐 노도사에게 답례했다.

"황송하게도 현유진인께서 직접 나오셨군요. 귀 파 장문진인의 고희연 때 찾아뵙고 처음인 듯하니 이게 사 년 만인가요?"

마중 나온 노도사는 무당파 내에서 장문인 다음으로 비중 높은 인사라고 할 수 있는 현유진인이었다.

"그런 것 같구려. 빈도는 사 년 동안 이렇게 폭삭 늙어 버렸는데, 방주께서는 어째 신수가 더 훤해지신 것 같소이다."

우근은 제 몸뚱이를 이리저리 둘러보더니 피식 웃었다.

"훤해지긴요. 밥벌이가 영 신통치 않아 부황이라도 난 모양입니다."

"허허, 방주의 말솜씨는 날이 갈수록 절묘해지는 것 같소이다."

"사 년 만에 만난 거지에게 입만 살았다고 나무라시는군요. 섭섭합니다."

몇 마디 수인사와 소개가 끝나자 현유진인은 우근 일행을 인도해 산을 오르기 시작했다.

상청궁上淸宮 앞뜰은 봄을 맞아 피어난 새싹들로 생기가 넘쳐 흘렀다. 뜰을 가로지른 벽돌 길은 검붉은 벽돌 틈새로 빼꼼 머리를 내민 파릇파릇한 잔디와 어울려 계절의 운치를 자아내고 있었다.

벽돌 길을 따라 상청궁으로 걸어가던 우근은 귓가로 스며든 상위무의 전음에 눈썹을 쫑긋거렸다.

ㅡ방주님, 태호석太湖石 왼쪽을 한번 보십시오.

태호석은 태호 부근에서 생산되는 구멍이 많이 뚫린 암석으로 정원을 장식하는 데 주로 사용된다. 상청궁 앞뜰에는 높이가 열다섯 자나 되는 태호석 하나가 서 있었는데, 우근은 상위무의 말대로 태호석 왼편을 살펴보고는 깜짝 놀랐다.

'어? 저건 곡식이잖아?'

태호석 옆에 작은 동산처럼 쌓여 있는 것은 비록 짚더미로 덮어 감추려고 했지만 노적가리임에 틀림없었다. 저 정도면 삼백 석은 족히 나갈 양이었다.

때는 춘궁기, 더구나 왕고의 압력으로 거의 모든 재정이 바닥난 무당파가 무슨 재주로 저 많은 곡식을 보유하고 있는 것일까? 말코들이 굶주림에 눈이 뒤집힌 나머지 어느 대갓집 곳간이라도 턴 것일까?

우근이 이런 의혹에 잠겨 있는 사이 일행은 상청궁 입구에 도착했다. 입구를 지키고 있던 젊은 도사 하나가 일행의 도착을 안에다 통보했다.

"개방 방주께서 당도하셨습니다!"

상청궁 입구가 활짝 열리고, 늙고 젊은 도사들을 양편에 거느린 무당파 장문인 현학진인이 모습을 드러냈다.

현학진인의 풍채는 그 사제인 현유진인에 비해 많이 떨어지는 것이었다. 오 척을 겨우 넘기는 단구에 이빨이 모두 빠져 합죽한 하관을 보고 있노라면, 마치 원숭이에게 도복을 입혀 놓은 것 같다는 생각마저 들 정도였다.

그러나 사람의 품격을 어찌 외관만으로 판단하겠는가. 요강이나 항아리처럼 귀가 둘 달린 사람이라면, 저 도복 입은 원숭이가 얼마나 높은 경지를 이룬 검객인지, 또 얼마나 깊은 심기를 감춘 구렁이인지 적어도 한 번쯤은 들어 보았으리라.

"어서 오시오, 우 방주."

"오랜만에 뵙소이다."

하나 마나, 들으나 마나 한 몇 마디 의례적인 인사가 오간 뒤, 우근 일행은 상청궁 안으로 들어섰다.

세심청洗心廳은 웅장한 구조를 자랑하는 상청궁 내에서도 가장 커다란 대청이었다.

"개방 방주께서도 도착하셨으니 이제 올 분들은 모두 오신 셈이구려."

세심청 안에 울려 퍼진 목소리의 주인은 상청궁의 주인인 현학진인이었다. 그는 늘어진 눈까풀 아래로 현기 어린 안광을 빛내며 탁자에 둘러앉은 십여 명의 사람들을 쭉 둘러보았다.

남북으로 길게 놓인 탁자는 길이가 사십 자가 넘는 커다란 것으로서, 희귀한 황화리목黃花梨木 여러 틀을 정교하게 짜 맞춰 만든 진품이었다. 황화리목 특유의 무늬와 질감이 잘 살아 있는 탁자는 질박한 가운데에서도 시원한 기운을 풍기고 있었다.

그러나 황화리목 탁자가 아무리 늠연하다 한들 그 주위에 둘러앉은 인물들의 기파는 따라갈 수 없었다. 그들의 전신에는 한 지방의 패주다운 위엄이 자연스럽게 흘러나오고 있었다.

탁자의 동편 중앙에 앉아 있던 승려가 말을 꺼냈다.

"소림사에서는 아직 아무도 도착하지 않은 것 같소만……."

그 승려는 보은사報恩寺의 주지인 적광寂光 대사였다.

철보리주탄공鐵菩提珠彈功의 절기로 강호에서 명성을 얻은 보은사는 임제종 사찰로 소림사와는 같은 종통이었고, 항렬 또한 함께 사용하고 있었다. 그러므로 보은사의 주지가 소림사에 대해 신경을 써 주는 것은 그리 이상한 일이 아니었다.

"소림사는 사내에 중대사가 발생하여 이번 회동에 참석할 수 없을 것 같소이다."

현학진인이 대답하자 서편 좌석의 끄트머리에 앉아 있던 매부리코 청년이 억센 남부 억양으로 이죽거렸다.

"쳇! 소림은 언제나 도도하시군. 광동에서 수천 리 길을 멀다 않고 올라온 사람도 있는데, 지척인 하남에서 참석하지 않다니."

청년의 별호는 소룡검小龍劍, 이름은 역의관易宜觀이라고 했다. 광동에서 유서 깊은 제민장濟民莊의 현 장주이기도 한 그는 호승심이 강하고 강퍅한 성격으로 알려져 있었다.

"역 장주는 자세한 내막도 모르면서 말을 너무 심하게 하는군. 소림사에서 벌어진 일에 관해선 본 방주도 알고 있는 터. 불참할 만한 이유가 있어 불참하는 것이니 그리 알도록 하시오."

우근이 묵직한 목소리로 역의관을 나무랐다.

개방은 천하에서 가장 소식이 빠른 곳이니, 개방 방주는 남들이 모르는 소림사의 내막에 대해 언급할 자격이 있었다. 그가 천하의 철포걸이라면 더욱 그러했다. 불만이야 어찌 없겠느냐마는 그 자격에 눌려, 또 그 무게에 눌려 역의관은 샐쭉해진 눈으로 입을 다물고 말았다.

"어험! 시작도 하기 전부터 이렇게 언성들을 높이시면 주인 체면이 뭐가 되겠소? 제위께서는 이 늙은 도사의 체면을 너무 짓밟지 말아 주시기 바라오."

현학진인은 가벼운 헛기침으로 분위기를 진정시킨 뒤, 탁자에 둘러앉은 사람들에게 두루 포권을 해 보였다.

"우선 이 자리에 참석해 주신 제위께 감사드리는 바이오. 빈도가 이번에 초청장을 돌린 것은 한 가지 상의드릴 안건이 생겼기 때문이오. 수고를 끼쳐 드린 점은 죄송한 일이나, 달리 방도가 없었으니 너그러운 도량으로 이해해 주시오."

우근은 눈을 가늘게 뜨고 현학진인의 쭈글쭈글한 얼굴을 바라보았다. 대체 무슨 일이기에, 이익이 없으면 좀처럼 움직이지 않는다는 무당파의 늙은 구렁이가 저런 입에 발린 소리를 늘어놓는 것일까?

　　"빈도가 여러분들께 상의드릴 안건이란 다름 아닌 해묵은 원한에 대한 일이오. 사교 집단인 무양문과의 원한!"

　　순간 배석한 모든 사람들의 어깨 위로 보일 듯 말 듯 한 진동이 스쳐 지나갔다. 배석한 사람치고 호걸 아닌 자 없고 용사 아닌 자 없지만, 남패 무양문과의 원한을 떠올리면서도 감히 두려운 마음이 일어나지 않는 자 또한 없었던 것이다.

　　현학진인은 사람들의 이러한 반응을 이미 예측하고 있었던 듯, 합죽한 입술에 의미심장한 미소를 떠올렸다.

　　"악도들의 괴수 서문숭이 백련교의 잔당을 모아 무양문이라는 이름의 마굴을 세운 지도 어언 사십 년이 넘어가는구려. 참으로 긴 세월이었소. 영락 연간, 숭산 아래 낙일평에서 벌어진 서문숭과 소림 방장 광문 대사의 대결을 구경할 때에만 해도 빈도는 흰 털이라곤 한 올도 찾아볼 수 없던 새파란 청년 도사였건만……. 허허!"

　　현학진인은 이야기를 하다 말고 허허로운 웃음을 터뜨렸다. 갑자기 세월여류歲月如流의 무상함을 떠올린 것일지도 모른다. 하지만 저 현학진인이 남들 앞에서 공연한 넋두리를 늘어놓을 위인이 아니란 사실을 잘 아는 우근으로선 그 심중이 더욱 궁금해 눈이 한층 가늘어질 수밖에 없었다.

　　"그러나 아무리 오랜 세월이 흐른다 해도, 빈도와 본 파는 그날 서문숭에게 당한 치욕을 결코 잊을 수 없을 것이오. 그 무도한 자의 폭거에 강제적으로 따를 수밖에 없었던 십년봉문의 치욕, '낙일평의 치'를 말이오!"

현학진인이 비분강개한 얼굴로 목소리를 높였고, 그 말이 배석한 사람들 대부분의 마음에 불씨를 지폈다. 기실 이 자리에 모인 사람들 대부분이 당시 서문숭에 의해 봉문을 강요당한 문파들의 수뇌이기 때문이었다.

당시 서문숭에 의해 단행된 십년봉문의 보복은 개방 또한 피해 갈 수 없었으니, 어쩌면 우근도 다른 이들과 마찬가지로 마음속에서 뭔가 불끈거리는 것을 느껴야 할지도 모른다. 하지만 그는 냉정함을 유지하기 위해 노력했다. 그는 현실주의자였고, 과거의 원한에 사로잡혀 현재의 평화를 깨뜨릴 생각은 없었다.

그래서 우근은 뭔가 불끈거리는 것을 느끼는 대신 궁금함을 느꼈다. 명예를 목숨보다 소중히 여기는 백도인치고 '낙일평의 치'를 잊을 사람은 없을 터였다. 하지만 그 '낙일평의 치'를 가벼이 입에 올리려 하는 사람 또한 없는 것이 현실이었다.

서문숭은 광문 대사를 쓰러뜨릴 당시보다 두 배는 강해졌고, 무양문은 뭇 문파들을 봉문시킬 당시보다 두 배는 무서워졌다. 더구나 서문숭으로 말하자면 힘을 가장 숭고한 가치로 여기는 희대의 패도지존. 당시의 원한을 문제 삼아 무양문에 반발하는 존재를 용납해 줄 위인이 결코 아니었다. 오늘날 무양문의 단호한 응징 앞에서 생사의 줄타기를 벌이고 있는 용봉단이 그 좋은 예였다.

그런데 바로 지금, 노회하기로 말하자면 천 년 묵은 구렁이 뺨친다는 현학진인이 무양문과의 해묵은 원한을 공공연히 언급하고 있었다. 아니, 단순한 언급 차원이 아니었다. 현학진인의 발언에는 분명히 군웅을 선동하려는 의도가 담겨 있었다.

현학진인으로 하여금 서문숭에게 대항하려는 용기를 심어 준 존재는 과연 무엇일까?

우근은 바로 그것이 궁금했던 것이다.

우근이 이런 생각에 잠긴 동안에도 현학진인의 웅변은 계속 이어지고 있었다.

"서문숭의 만행은 단순히 과거지사로 치부할 일이 아니오. 제위께서는 작년 연말 장성 부근에서 벌어진 참혹한 살인극을 알고 계시리라 믿소. 빈도의 못난 사제 두 사람도 당시 무양문의 악도 제갈휘의 검 아래 죽임을 당했으니, 이는 서문숭의 마음속에 과거의 악근이 여전히 남아 있음을 말해 주는 단적인 증거라고 할 것이오."

"하지만 곡리혈사의 주체는 혈랑곡주의 전인으로 밝혀지지 않았소이까?"

카랑카랑한 목소리로 현학진인에게 물음을 던진 사람은 이마에 몽치 상투를 올린 초로의 도인이었다. 구대문파의 한자리를 차지하는 점창파點蒼派의 장로 삼계三桂 도장이었다.

"도우께서는 그 사건에 대해 약간 잘못 알고 계시는 듯하구려. 물론 혈랑곡주의 전인으로 알려진 석대원이란 자가 그 자리에 있었던 것은 사실이오. 그러나 그 사건의 주역은 어디까지나 제갈휘, 그 가증스러운 악도였소. 그리고 석대원은 제갈휘와 죽이 맞아 지금까지도 무양문에서 귀빈 대접을 받고 있다고 하오. 들리는 말에 의하면 무양문도가 될 가능성도 크다고 하니, 이것만 보아도 모두 한통속임을 짐작할 수 있을 것이외다."

현학진인은 조금도 머뭇거리지 않고 삼계도장의 질문에 답했다.

"그 석대원이란 자가 혈랑곡주의 전인인 것은 분명하오?"

우렁찬 목소리로 묻는 사람은 청년 못지않게 당당한 체구를 지닌 황포 노인이었다. 굳은살 뒤덮인 한 쌍의 주먹만으로 천하에 이름을 떨친 진주언가眞州彦家의 가주 신주일권神州一拳 언당평彦當平이 바로 이 노인이었다. 속도와 파괴력에 비중을 둔 언가권彦家拳을 대성한 언당평은, 선황 대에 북경에서 벌어진 어전 권법 대회에서 당당히 일등을 차지하여 천하제일 권사拳師라는 칭호를 얻은 바 있었다.

현학진인은 자신 있게 고개를 끄덕였다.

"분명하오. 검에 관한 한 신뢰할 만한 검객이 그자의 검법이 석년 혈랑곡주가 사용했던 혈랑검법임을 확인했다고 하오."

"그 신뢰할 만한 검객이 누구요?"

"연벽제."

현학진인의 짤막한 대답에 좌중이 잠시 소란스러워졌다. 검왕 연벽제의 이름은 곤륜산 무망애에 새겨진 오대고수의 이름과 비교해도 결코 뒤지지 않았다. 언당평은 납득할 수 있다는 표정을 지었다.

"검왕의 말이라면 신뢰할 수 있겠지. 그렇다면 그 석대원이란 자가 내 아우를 죽인 것이 분명하군. 노부는 그것을 확인하고 싶었소."

나이답지 않게 과격한 성격으로 유명한 언당평에게는 본래 동생이 하나 있었다. 피는 물보다 진하다고, 언당평만큼이나 과격한 성격을 지닌 장비원왕長臂猿王 언욱사彦旭思가 그의 동생이었다. 언욱사는 작년 초여름, 혈랑곡도를 자처하는 무리에 의해 살해되었다. 그가 주인으로 있던 원왕장猿王莊의 모든 식솔과 함께. 성정이야 어떠하든 하나뿐인 동생을 끔찍이도 아꼈던 언당평으로서는 혈랑곡주의 전인을 씹어 먹고 싶도록 증오할 만도 했다.

"혈랑곡도들에게 혈겁을 당한 문파는 한둘이 아니지요. 그러나 그 원흉인 석대원이 서문숭의 처마 아래 있는 이상, 혈채를 받아 내기란 그리 쉬운 일이 아닐 거외다."

현학진인이 슬쩍 미끼를 던지자 언당평이 덥석 물고 나섰다.

"형제의 원수를 보고 칼을 가지러 집으로 달려가는 자와는 사귀지도 말라고 했소! 무양문이 아니라 설령 황궁에 숨어 있다고 해도 나는 놈을 절대로 살려 두지 않겠소!"

형제의 원수를 보고 칼을 가지러 집으로 달려가는 자와는 사귀지 말라.

얼핏 들으면 용서의 미덕을 가르치는 매우 자비스러운 말 같을 것이다. 그러나 속내를 헤아려 보면 용서와는 거리가 멀었다. 그 말의 진정한 의미는, 형제가 누군가로부터 죽임을 당했으면 언제나 칼을 가슴에 품고 다녀야 한다는 것. 칼을 잊어버리고 있다가 집으로 달려가는 흐리멍덩한 놈 따위는 사람 축에도 끼지 못한다는 뜻이었다.

묵묵히 듣고만 있던 우근이 마침내 대화에 끼어들었다.

"해서, 장문진인께서는 어쩌시겠다는 겁니까? 설마하니 무양문을 상대로 선전포고를 하려는 것도 아니실 테고……."

현학진인의 시선이 우근에게로 향했다. 기분 탓일까? 우근은 그 눈동자 속에 어린 기운이 심상치 않다는 생각이 들었다. 다음 순간, 현학진인의 입에서 짧은 대답이 흘러나왔다.

"못 할 것도 없지요."

우근의 눈빛이 짧게 흔들렸다.

"서문숭이 아무리 강하다 해도 설마 절대무적의 초인은 아니지 않겠소?"

현학진인이 질문으로써 자신의 의중을 재차 드러내자 좌중은 다시 한 번 소란스러워졌다. 몇몇 사람들은 벌써부터 얼굴 가득 근심의 기색을 떠올리고 있었다.

보은사의 적광 대사가 조심스럽게 말을 꺼냈다.

"장문진인께서는 진심으로 하시는 말씀인지?"

"진심이오."

현학진인이 고개를 끄덕였다. 그러자 언당평이 현학진인을 지지하고 나섰다.

"잘됐군! 이번 기회에 해묵은 원한까지 깡그리 청산해 버리는 것도 나쁘지 않은 일이지."

또 다른 사람, 탁자의 서편 중앙에 앉아 있던 남삼 중년인은 약간 다른 의견으로써 동조의 뜻을 밝혔다.

"어쩌면 혈랑곡을 내세워 혈겁을 일으킨 것도 작금의 평화를 흔들어 보려는 서문숭의 치밀한 계략일지 모르지요. 이대로 좌시만 한다면 우리는 천하인들의 비웃음을 면치 못할 겁니다."

그 남삼 중년인은 상산湘山 팔극문八極門의 문주인 옥면수사 玉面秀士 남립南立이었다. 한때엔 강호제일의 미남자로 불리던 그이지만 이젠 오십 줄에 이르러 젊은 시절의 절륜한 미목은 바랄 수 없었다. 그러나 본바탕만은 나이를 먹어도 어디 가지 않는 법이라, 자연스럽게 풍겨 나오는 장중한 기파는 오히려 청춘의 화려함을 뛰어넘는 듯했다.

다만 우근은 여자가 아니었고, 그래서 남립의 남성적인 매력에 넋을 놓을 이유가 없었다.

"허! 어찌 된 영문인지 다들 서문숭을 삼두육비三頭六臂의 괴물처럼 여기고 있나 보오. 잘 모르는 일은 무조건 그가 꾸몄다고 생각하는 모양이니."

우근이 어이없다는 투로 말했다. 그 순간 남립의 입술에 얄팍한 미소가 맺혔다. 비웃음, 그것도 분명히 우근을 향한 비웃음이었다. 우근은 일순 어리둥절해졌다. 팔극문의 문주는 왜 별교분도 없는 자신에게 저런 표정을 짓는 것일까?

그때 남립의 입술이 벌어졌다.

"우 방주께서도 기억력이 예전 같지 않으신 모양이외다. 아니면 개방 전체가 이미 '낙일평의 치'를 잊고 서문숭에게 꼬리를 흔들기로 작심했든지."

"말 다 했소?"

우근의 송충이 같은 눈썹이 얼굴 밖으로 튀어나올 것처럼 꿈틀거렸다. 하지만 이 자리에서 우근을 못마땅하게 생각한 사람은 남립 한 사람만이 아니었다.

"원한을 잊으면 장부가 아니라 했거늘, '낙일평의 치'를 직접 겪지 못한 나조차도 피가 끓는 판국에…… 쯧쯧."

광동 제민장의 역의관이 조그만 목소리로 이죽거렸다. 뭔가를 주장할 때마다 자신의 입장을 빗대어 들먹이는 걸 무척이나 좋아하는 작자 같았다.

쾅!

우근은 손바닥으로 탁자를 내리치며 벌떡 일어섰다.

세심청에 놓인 긴 탁자는 본디 같은 규격의 작은 탁자 여러 틀을 짜 맞춘 것이었다. 우근 앞에 놓인 탁자는 그 역도를 견디지 못하고 폭삭 주저앉고 말았다.

"광동 꼬마를 포함해서 이 자리에 앉은 사람들 중 누구에게도 나와 개방을 모욕할 자격은 없소! 만약 이 말에 수긍하지 않는 사람이 있다면, 나는 지금 당장이라도 상청궁 앞뜰을 빌릴 용의가 있소!"

졸지에 광동 꼬마가 된 역의관이 발끈 노하여 소리쳤다.

"우 방주, 방금 그 발언은 무당파의 장문진인, 진주언가의 언노영웅을 포함한 이 자리의 모든 영웅들을 발밑으로 여긴다는 뜻으로 해석해도 되겠소?"

그러자 우근의 뒷전에 시립해 있던 황우가 예의 느릿한 어투로 말했다.

"사부님, 저런 경우를 가리켜 호가호위狐假虎威라고 하네요."

"호가호위? 하긴 광동의 촌놈들이 여우보다 나을 것도 없겠지. 좋은 거 하나 배웠다."

우근은 고개를 끄덕였고, 손아래인 황우에게 모욕을 당한 역의관은 얼굴이 벌게졌다. 그러나 드러내 놓고 대들기에는 천하일절로 소문난 우근의 장력이 너무 무서웠던지 감히 입을 열지는 못했다.

사제가 힘을 합쳐 광동 꼬마 하나를 찍소리 못하게 만든 뒤, 우근은 다시 한 번 호기롭게 외쳤다.

"불복하는 사람이 있으면 당장 나오시오!"

바로 그때였다, 세심청의 문이 활짝 열리며 카랑카랑한 목소리가 터져 나온 것은.

"내가 불복한다면 어쩔 테냐?"

세심청 안으로 들어선 사람은 모두 셋. 왼쪽에는 위아래로 짙푸른 무복을 입은 헌헌장부요, 중앙에는 눈빛이 유난히 맑은 유생풍의 초로인 그리고 오른쪽에는 가슴팍에 칠성七星 문양을 수놓은 흑포 괴인인데, 방금 우근에게 도발적인 말을 던진 사람은 그중 흑포 괴인이었다.

그자는 실로 괴인이라고밖에 말할 수 없는 기괴한 외모를 지니고 있었다. 아무렇게나 늘어뜨린 치렁치렁한 머리카락과 관자놀이까지 뻗친 긴 눈썹은 누에고치에서 갓 뽑아낸 실처럼 새하얀데, 얼굴 피부는 주름살 하나 없이 맨송맨송하기만 했다.

우근의 시선이 괴인의 손으로 향했다. 자신을 똑바로 가리키고 있는 손. 등나무 껍질처럼 꺼칠꺼칠한 그 손에는 단 한 개의 손톱도 붙어 있지 않았다.

'백발윤피白髮潤皮에 손톱 없는 손이라……'

우근은 전대 강호를 떠들썩하게 만든, 흰 머리카락과 윤기 흐르는 피부의 소유자에 관한 기억을 떠올릴 수 있었다. 그자가 수련한 고목인枯木印은 비록 거죽이 벗겨지고 손톱이 빠지는 열피탈조裂皮脫爪의 고통 없이는 수련할 수 없는 난공이지만, 일단 시전되면 반드시 한 사람의 목숨을 앗아 가는 탓에 일지탈명一指奪命이라는 무시무시한 별칭이 따라다닌다고 했다.

흰 머리카락과 윤기 흐르는 피부 그리고 손톱 없는 손가락!

이 세 가지 특징으로 대변되는 흑도의 거물은 바로…….

"당신은 태행산의 칠성노조로군."

우근이 무거운 어조로 말하자 흑포 괴인은 세심청이 떠나가라 대소를 터뜨렸다.

"크하하! 어린놈이 눈깔은 제대로 박혔구나. 오냐, 본 좌가 바로 칠성노조 곽조郭操다!"

녹림의 맹주 격인 태행산 칠성채의 노채주, 칠성노조 곽조.

그는 이미 수십 년 전부터 중원의 북쪽 절반을 공포에 떨게 만든 희대의 마두였다. 나이 또한 팔순을 훌쩍 넘었으니, 당금 강호에서 이름을 떨치고 있는 거경 제초온, 철수객 남궁월 같은 거마조차도 그에게 있어서는 까마득한 후배에 불과한 셈이었다.

한참을 웃던 칠성노조는 어느 순간 거짓말처럼 웃음을 뚝 그치고는 우근을 바라보았다. 하얗게 번들거리는 그의 눈알은 마치 진귀한 보석이라도 박아 놓은 것 같았다.

"과거 금정화안金睛火眼 노화자老花子가 입술에 침이 마르도록 칭찬을 하기에 얼마나 잘난 놈인지 궁금해한 적이 있었지. 그런데 오늘 보아하니, 고양이 발짓 같은 재주 하나에 하늘 높다는 걸 잊어버린 천둥벌거숭이로군."

칠성노조가 언급한 금정화안 노화자란 개방의 전대 방주이자 우근의 사부인 금정화안신개를 가리키는 말이었다.

공교로운 일이지만, 백도의 협객으로 이름을 떨친 금정화안신개는 흑도의 마두 칠성노조와 동향 사람이었다. 덕분에 그가 살아 있는 동안 개방과 칠성채는 원이상존遠而相尊, 멀기는 하나 서로를 존중해 주는 관계를 유지할 수 있었다.

하지만 금정화안신개가 죽고 우근이 방주에 오르자 상황은 달라졌다. 우근은 개인적인 정리에 휘둘리는 사람이 아니었다. 단지 사부와 안면이 있다는 이유만으로 흑도의 마두를 용납할 만큼 무른 사람이 아니었던 것이다. 그래서 존중은커녕 대면조차도 피한 것인데, 오늘 이렇게 예상치 못한 자리에서 마주치고 말았다.

우근은 허리를 펴며 칠성노조를 향해 다부지게 말했다.

"당신은 무슨 이유로 내 말에 불복한다는 거요?"

"당신? 허허!"

칠성노조는 어이없다는 듯 헛웃음을 터뜨렸다. 하지만 그것도 잠시, 그의 얼굴 위로 싸늘한 살기가 피어오르기 시작했다.

"하면 너 같은 애송이에게, 그것도 본 좌의 아들을 죽인 원수 놈에게 굴복해야 한단 말이냐?"

아들의 죽음을 언급하는 동안, 등 뒤로 늘어져 있던 칠성노조의 흰 머리카락이 살아 있는 뱀처럼 꿈틀거리며 위로 솟구치기 시작했다. 그에 따라 칠성노조의 전신으로부터 김처럼 부연 기운이 스멀거리며 흘러나오고 있었다. 담력이 약한 사람은 보는 것만으로도 오줌을 지릴 만한 괴기스러운 광경이 아닐 수 없었다.

그러나 상대는 다름 아닌 철포결 우근, 담력이 무쇠보다 튼튼하다는 대개방의 용두방주였다.

"피는 오직 피로써만 갚을 수 있는 법! 당신의 아들은 일파지주一派之主로서의 위신도 잊은 채 야비한 암수로써 내 동료를 해쳤소. 그렇게 죽어 마땅한 일이지."

우근이 냉랭하게 대꾸했다. 그는 지난가을 동정호의 철군도에 사람을 구출하러 들어갔다가, 수인囚人으로 위장하여 냉면무정검 방령을 암습한 철군도주 곽인을 죽인 일이 있었다. 그 곽인이 바로 칠성노조의 아들이었다.

"계집애처럼 나불나불 잘도 지껄이는구나. 네 말처럼 피는 오직 피로써만 갚을 수 있는 법이지. 금정화안 노화자가 얼마나 잘 가르쳤는지, 어디 본 좌가 직접 확인해 주마."

세간엔 잘 알려지지 않은 사실이지만 칠성노조는 후손을 볼 수 없는 몸이었다. 고목인의 음한공력을 대성한 대가로 체내의 모든 양정陽精을 잃어버렸기 때문이다. 그런 칠성노조가 양아들로 맞아들인 사람이 바로 곽인이었다. 친자식 못지않은 애정을 쏟았음은 두말할 필요도 없는 일. 그러니 칠성노조가 어찌 우근을 용서할 수 있으랴.

그러나 우근은 추호도 두려워하지 않았다.

"당신의 고목인이 내게도 통하리라 기대한다면, 아마 생각을 고쳐먹는 편이 나을 것이오."

우근은 두 다리를 어깨 넓이로 벌린 채 칠성노조를 정면으로

마주 보았다. 왼손으로는 하늘을, 오른손으로는 땅을 향하는 그
의 자세는 무명장법의 기수식인 좌천우지세. 자신이 있으면 얼
마든지 덤벼 보라는 뜻이었다.

"건방진 놈!"

칠성노조의 흰 머리카락은 이제 완전히 하늘로 뻗쳐 있었다.
음한공력으로는 짝을 찾기 힘들다는 고목인의 진기를 극성으로
끌어 올린 것이다.

한쪽은 천하제일 대방이라는 개방의 당대 방주요, 한쪽은 수
십 년 동안 녹림을 주름잡은 전대의 대마두였다. 각기 다른 시
대를 산 이 두 무학 대가의 대결은 어느 누구의 간섭도 허락하
지 않을 것 같았다.

그런데 한 사람이 그들 사이에 끼어들었다. 이곳의 주인이자
이번 회동의 주창자이기도 한 현학진인이었다.

"가슴속의 증오심은 육근六根을 탁하게 만드나니, 원컨대 두
분께서는 잠시 제 말에 귀 기울여 주시오. 원시안진!"

현학진인은 들고 있던 불진을 두 사람 사이에 찔러 넣으며 긴
도호를 읊조렸다. 속세의 모든 때를 먼지 털 듯 털어 낸다는 의
미를 지닌 법기法器, 불진. 오동나무 손잡이와 말총 수실로 이루
어진 그 불진은 실로 절묘한 시기, 절묘한 방위를 취하고 있
었다.

우근과 칠성노조가 서로를 향해 발산하던 기세는 현학진인의
불진에 가로막혀 더 이상 상승할 수 없었다. 두 사람은 어쩔 수
없이 아랫배에 담아 둔 호흡을 길게 내뿜으며 한 걸음씩 물러서
고 말았다.

이 고명한 훼방꾼을 향해 먼저 이빨을 드러낸 사람은 칠성노
조였다.

"현학, 네가 감히 본 좌의 행사를 방해하려는 것이냐?"

"별말씀을…… 노조께서는 후배의 무례를 용서해 주십시오."

현학진인은 즉시 불진을 거두며 칠성노조에게 깍듯이 사과했다. 하지만 입가에 어린 미소는 그의 사과가 그저 말뿐임을 보여 주고 있었다.

사자가 토끼를 죽일 때에는 기세란 것이 필요 없다. 언제 어디서나 마음만 먹으면 간단히 잡아 죽일 수 있기 때문이다. 하지만 사자가 다른 사자를 죽일 때에는 그에 합당한 기세가 필요하다. 쉽사리 달려들지 못하고 서로를 노려보며 빙빙 맴도는 까닭은, 단숨에 치달아 목덜미를 물어뜯을 기세를 비축하기 위함이다.

이제 두 마리 사자, 우근과 칠성노조는 애써 비축한 기세를 모두 풀어 버렸으니, 그들이 아까의 기세를 다시 끌어 올리는 데에는 적지 않은 시간이 필요할 터. 이 점을 잘 아는 현학진인이기에 추호의 망설임도 없이 불진을 거둘 수 있었던 것이다.

"무슨 말에 귀를 기울여 달라는 거요?"

우근이 물었다. 그는 현학진인의 행동은 물론이거니와, 오늘 무당파에서 벌어진 모든 일이 마음에 들지 않았다. 말투가 절로 퉁명스러워지는 것은 당연한 일이었다.

현학진인은 불진을 한 차례 가볍게 떨친 뒤 점잖은 목소리로 말했다.

"오늘 이 자리는 비틀린 것을 바로잡으려는 자리요, 강호의 커다란 도리를 세우려는 자리지, 개인적인 은원을 청산하는 자리가 아니외다. 또한 이 집은 청정무위의 선덕을 쌓는 도량이지, 도도屠刀를 겨누는 전장이 아니외다. 천하의 영웅을 자처하는 두 분이시니 그 점에 대해서는 더 이상 설명드리지 않아도 되리라 믿소이다.”

현학진인의 세 치 혀는 금가루를 발라 놓은 듯했다. 한 번 말
하면 커다란 도리가 나타나고, 두 번 말하면 깨끗한 선덕이 나
타났다.

“흥!”

자신이 영웅인지 아닌지 특별히 생각해 본 적이 없는 우근은
차갑게 코웃음을 쳤다. 천성이 소탈한 그는 저런 종류의 교언을
잘하지도 못하거니와, 듣는 것도 질색이었다.

그런데 칠성노조는 우근과 다른 반응을 보였다.

“그것도 그렇군. 원수를 갚는 데 있어서 굳이 남의 처마 밑을
빌릴 이유는 없겠지.”

이렇게 중얼거린 칠성노조는 무서운 눈초리로 우근을 노려본
뒤, 성큼성큼 걸음을 옮겨 빈자리를 차지하고 앉았다.

그러나 우근은 칠성노조의 행동이 본심과 거리가 있음을 금
방 눈치챌 수 있었다. 칠성노조의 뒤에 서 있던 유생풍의 초로
인이 입술을 달싹거리는 것을 놓치지 않았기 때문이었다. 아무
래도 몇 마디 전음을 보내어 칠성노조를 만류한 듯한데…….

‘천하에서 저 노괴를 부릴 만한 사람이 있었던가?’

우근의 마음속에 한 가닥 의혹이 움텄다.

그러는 동안 칠성노조와 함께 세심청으로 들어온 나머지 두
사람도 자리를 잡고 앉았다. 우연이었을까? 그들의 자리는 공
교롭게도 우근의 맞은편이었다.

잠시 후, 두 명의 도사가 탁자 하나를 들고 들어와 우근이 부
순 탁자와 교체했다. 수선스럽던 분위기가 대충 가라앉자 현학
진인이 다시금 입을 열었다.

“이 자리에 새로 참석하신 분들을 소개해 드리리다. 우선 태

행산의 곽 노영웅에 대해서야 따로 소개가 필요 없을 테니 생략하도록 하겠소이다."

칠성노조는 팔짱을 낀 채 거만한 표정으로 고개를 한 번 까딱거렸다. 그러나 그 행동이 무례하다고 토를 달 만큼 간 큰 사람은 없었다. 다만 우근 혼자만이 더러운 것을 대한 듯한 표정으로 그의 얼굴을 외면할 뿐이다.

"곽 노영웅의 좌측에 앉아 계신 분은 대내에서 나오신 문 대인이오."

현학진인이 소개하자, 눈빛이 유난히 맑은 초로인이 자리에서 일어섰다. 눈빛도 그렇거니와 청수한 오관과 정갈한 복장은 심산유곡에서 시서만을 벗하여 살아가는 고고한 한사閑士를 연상케 했다.

초로인은 생김새만큼이나 맑은 음성으로 자신을 소개했다.

"강호의 여러 영웅들께 인사드립니다. 소생의 이름은 문강이라고 하며, 황상의 은혜를 입어 국록을 받고 있는 몸입니다."

문강이라는 관리의 출현은 우근을 포함한 모든 사람들에게 새로운 의혹을 안겨 주었다.

대저 힘에는 여러 종류가 있었다. 뒷골목 건달의 주먹에서 나오는 천박한 힘, 검객의 검 끝에서 나오는 협의의 힘, 상인의 주판에서 나오는 황금의 힘, 선비의 붓끝에서 나오는 경륜의 힘, 모리배의 혓바닥에서 나오는 간교의 힘, 그리고 황제의 옥새에서 나오는 절대의 힘 등등…….

이 다양한 종류의 힘들 중 강호라는 세계가 좇는 것이 단순한 의미의 무력이라면, 관부라는 세계는 보다 복합적인 성격을 지닌 권력을 좇는다.

무력과 권력의 차이는 어디에 있을까? 또 그 사이에 존재하는 관계는 어떤 것일까?

이는 참으로 곤란한 질문이 아닐 수 없었다. 때로는 무력이 권력을 창출하기도 하지만, 때로는 권력이 무력을 휘하로 두기도 한다. 때로는 무력에 의해 권력이 허물어지기도 하지만, 때로는 권력에 의해 무력이 말살되기도 한다. 단순함을 특징으로 삼는 무력이라고 하여 항시 권력의 복합성에 의해 지배당하는 것은 아니요, 유연함을 장점으로 삼는 권력이라고 하여 항시 무력의 강맹함을 두려워하는 것 또한 아니다.

무력과 권력 사이에서 오가는 이 기묘한 역학 관계는 각각을 좇는 강호와 관부에 그대로 이어지니, '강호와 관부는 우물물과 강물의 관계'라는 경구는 바로 그러한 관계를 함축적으로 표현하고 있었다. 우물물이 강물을 두려워하지 않듯 강호는 관부를 어려워하지 않고, 강물이 우물물을 침범하지 않듯 관부는 강호를 속박하지 않는 것이다.

이것은 일종의 불문율이었다. 만일 이 불문율이 무너지고 강호와 관부가 어지러이 뒤엉킨다면, 그 자체로 난세가 도래했다는 증거. 과거 여산백련교와 태조 주원장 사이에 벌어진 피비린내 나는 역사가 그 좋은 예일 터였다.

그런데 오늘 무당파에서 이루어진 회동으로 말하자면—그 의미의 경중을 따지기에 앞서— 강호의 문제를 다루는 강호인들의 회동이었고, 국록을 받는 문강이 참석할 이유는 전혀 없다고 봐야 옳았다. 사람들의 의혹은 바로 그것에서 비롯된 것이었다.

하지만 사람들의 의혹에는 아랑곳하지 않는 듯 문강은 짧은 소개만을 남긴 채 자리에 앉았고, 현학진인은 세 번째 인물을 소개했다.

"다음 소개할 분은 근래에 들어 가장 주목받고 있는 젊은 영 웅이오."

이렇게 운을 뗀 현학진인은 짙푸른 무복을 입은 장년인을 바라보았다. 현학진인과 눈을 마주친 장년인은 빙그레 웃으며 자리에서 일어섰다.

"선장 어른의 칭찬은 감당하기 힘들군요."

좀처럼 찾아보기 힘들 만큼 늠름한 외모를 지닌 장년인. 그는 몸을 우뚝 세운 뒤, 잠시 사람들의 얼굴을 둘러보았다. 딱 벌어진 어깨는 태산처럼 굳건한데 흑백이 분명한 두 눈에서는 화륜 같은 광채가 뿜어 나오고 있었다.

장년인은 생김새만큼이나 늠름한 목소리로 자신을 소개했다.

"불초 강이환이 강호의 여러 선배들께 인사드리오."

모든 사람들이 깜짝 놀랐다.

"자네가 용봉단을 이끌고 있는 그 강이환이란 말인가?"

언당평이 확인하듯 묻자 장년인, 강이환이 당당하게 대답했다.

"그렇습니다."

달걀로 바위를 깨려 한다는 세간의 조롱도 불사한 채 용봉단이라는 단체를 조직, 강남의 패주 무양문에 결사적으로 대항하고 있는 강이환이 처음으로 공식 석상에 모습을 드러낸 것이다.

"자네의 활약은 귀에 못이 박히게 듣던 참이네."

"이렇게 만나 보니 과연 무양문의 마귀들을 애먹일 만한 친구로군."

지난 수년간 용봉단이 남패 무양문을 상대로 펼친 영웅적인 투쟁을 대견하게 여긴 몇몇 선배들이 앞을 다투어 강이환에게 인사를 건넸다. 강이환은 당금 강호에서 가장 주목받는 기남아

답게 오만하지도, 그렇다고 비굴하지도 않은 자세로 그들의 인사에 일일이 답했다.

현학진인이 소란스러워진 주위를 환기시켰다.

"자, 자! 사사로운 인사는 다음 기회로 미루시고, 이제 본론으로 들어가겠소이다."

그러고는 사람들이 주목하기를 잠시 기다렸다가, 자그마한 체구에 어울리지 않는 기백 넘치는 목소리로 말을 이었다.

"앞서 밝힌 것처럼 빈도는 낙일평에서 입은 십년봉문의 수치를 설욕하고 여산대전에서 목숨을 잃은 선배 영령들의 뜻을 이어받기 위해, 서문숭을 괴수로 삼는 사악한 도당 무양문에 대한 본격적이고도 대대적인 투쟁을 개시할 것을 이 자리를 빌려 강호의 영웅들에게 정식으로 제안하는 바이오!"

실로 엄청난 의미를 담고 있는 선언이 마침내 무당파 장문진인의 입을 통해 터져 나온 것이다. 이에 대한 사람들의 반응은 크게 두 가지로 나눌 수 있었다.

"옳은 말씀이오!"

"그것참 통쾌하군! 가슴속까지 후련해지는 것 같소이다!"

진주언가의 가주 언당평, 상산 팔극문의 문주 남립, 광동 제민장의 장주 역의관 등은 환호성으로써 찬성의 뜻을 밝혔다. 반면에 얼굴 가득 우려의 빛을 감추지 못하는 부류도 있었다. 점창파의 장로 삼계 도장, 보은사의 주지 적광 대사, 공동파의 속가장로 벽수노인碧水老人 앙여산昻如山, 장강쌍절長江雙絕 위씨魏氏 형제 등 오늘 회동에 참석한 사람들 대부분이 그런 반응을 보였다. 일시적인 호기의 대가로 자신과 자신이 속한 문파를 칼구덩이로 밀어 넣으려는 사람은 그리 많지 않았던 것이다.

벽수노인 앙여산이 조심스러운 목소리로 현학진인에게 물

었다.

"진인의 의중을 짐작하지 못하는 바는 아니오. 하지만 서문숭이 건재한 무양문은 단일 방파로는 강호 최강이라고 할 수 있지 않겠소? 혹시 신무전이 함께 나서 준다면 모를까……. 그래서 드리는 말씀인데, 진인께서는 혹시 신무전의 소 전주에게도 이번 회동에 대해 통지하셨소이까?"

남패에 대항하려면 북악의 힘이 필요하다는 벽수노인의 말은 누가 듣기에도 매우 현실적이고 합리적인 의견이었다. 한데 현학진인은 미간에 한 가닥 불쾌한 기색을 떠올렸다.

"물론 소 전주에게도 통지를 했소이다. 원소절에 열린 막내 제자의 약혼식을 축하할 겸 빈도의 사제 현유가 신무전을 방문했지요. 하지만 돌아온 것이라고는, 의논하고 싶은 일이 있다면 직접 찾아오라는 짤막한 말뿐이었소."

그러자 아까 환호했던 무리들이 분분히 외치기 시작했다.

"신무전은 어찌 이리도 오만하단 말이오!"

"맞소! 아무리 신무대종의 이름이 높다 해도 백도의 제 문파를 이렇듯 아랫사람 대하듯 할 수는 없소!"

현학진인은 고개를 흔들었다.

"그렇게만 생각할 문제는 아니지요. 신무전은 우리들과 근본부터가 다르오. 아, 빈도의 말은, 낙일평의 수모를 겪지 않았으니 서문숭에 대한 증오심이 우리와 같을 리 없다는 얘기외다. 또한 오늘날 우리가 겪고 있는 경제적인 궁핍도 신무전에는 강 건너 불이나 마찬가지일 테니, 그들이 우리의 사정을 헤아려 주기란 기대하기 어려운 일일 것이오."

잠시 말을 멈춘 현학진인은 쓸쓸히 웃으며 덧붙였다.

"따져 보면 신무전으로서는 무양문의 존재가 고마울지도 모르지요. 무양문이 없었다면 백도의 제 문파가 어찌 그토록 헌신적으로 신무전을 지지했겠소? 또 그 지지가 없었다면 오늘날의 북악신무가 어찌 가능할 수 있었겠소?"

자조감이 진득이 배인 현학진인의 푸념은 신무전을 비호하려는 의도인지, 아니면 비방하려는 의도인지 종잡을 수 없었다. 그러나 한 가지 분명한 사실은 있었다. 그의 말을 듣고 있노라면 뜨거운 덩어리가 가슴 밑바닥으로부터 치밀어 오른다는 것이었다. 그 덩어리의 정체는 어쩌면 오랜 세월 쌓여 온 열등감의 다른 형태일지도 모른다.

한동안 우울한 기색을 지우지 못하던 현학진인이 돌연 안색을 밝게 고치며 말했다.

"그러나 우리는 이제 신무전의 도움을 애걸할 필요가 없게 되었소. 백만 대군 부럽지 않은 원군이 생겼기 때문이오."

이어 그는 칠성노조와 문강을 가리켰다.

"칠성노조께서는 중원 각처의 녹림 형제들을 이끌고 무양문 토벌의 대열에 동참할 것을 약속하셨고, 문 대인께서는 그에 필요한 경제적 지원을 아끼지 않겠노라 약속하셨소."

녹림 형제라는 말에 우근은 내심 혀를 내두르고 말았다. 언제부터 무당파의 말코들이 산중의 강도들을 형제로 대했단 말인가? 그러나 칠성노조는 녹림 형제라는 말이 오히려 무당파에 복이라도 된다는 양 한껏 거드름을 피웠다.

"백도의 샌님들과 함께 움직이고 싶은 생각은 눈곱만치도 없다만, 서문숭 같은 애송이가 강호의 종주랍시고 설치는 꼴을 더 이상 두고 볼 수 없어 이렇게 나섰다. 녹림십팔채綠林十八寨의 아우들도 본 좌의 뜻에 따르기로 했으니, 무양문의 종말도 이제 목전에 다다른 셈이지."

문강 또한 겸손하게, 그러나 신뢰감이 충만한 목소리로 한마디 거들었다.

"대내에서도 서문숭의 패악을 더 이상 묵과해서는 안 된다는 결론을 내렸습니다. 하지만 천병天兵을 내기에는 내외로 껄끄러운 문제가 없지 않은지라, 이렇게 본인이 오게 되었습니다."

현학진인이 빙그레 웃으며 문강의 말을 이었다.

"문 대인께서는 이번에 황금 천 냥과 미곡 오천 석을 가지고 오셨소이다. 무양문의 폭거에 대항하는 데 일익을 담당하고 싶다는 황송한 말씀과 더불어 말이오. 본 무당파는 그 재보를 이번 모임에 참석하신 모든 문파에 공평히 분배해 드릴 것을 약속드리겠소."

우렁찬 환호가 뒤따랐다. 문강이 가져온 황금과 미곡은 반년에 걸친 경제적 곤란으로 인해 피폐해질 대로 피폐해진 백도인들에겐 가문 날 단비와 같은 존재가 아닐 수 없었다.

'그래서 상청궁 앞뜰까지 노적가리를 쌓아 둔 게로군.'

환호하는 사람들을 바라보며 우근은 착잡한 심정을 느꼈다. 이미 회동의 분위기가 주전主戰 쪽으로 기울어졌고, 자신의 힘으로는 그러한 경향을 바꾸지 못하리라는 사실을 깨달은 것이다. 그 심중을 헤아린 듯, 현학진인의 시선이 우근을 향했다.

"우 방주께서는 이번 회동에 대해 불만이 있으신 모양이외다."

사람들의 시선이 우근에게 집중되었다. 우근은 무거운 표정으로 그들을 둘러본 뒤 반대의 뜻을 밝혔다.

"불가不可! 불가하오! 해묵은 원한을 청산하기 위해 평화를 무너뜨리자고? 그 일로 인해 또다시 얼마나 많은 피가 흐를지는 생각해 보셨소? 더구나 녹림과 관부까지 끌어들인다? 우리는 한 점의 불씨가 산 전체를 태울 수도 있음을 깊이 경계해야 할 것이오!"

"평화라고요?"

우근의 말이 끝나기가 무섭게 강이환이 나섰다.

"우 방주께서는 당금 강호가 평화롭다고 말씀하셨소?"

불시에, 그것도 불의의 인물로부터 날아든 반격에 우근이 선뜻 대답하지 못하자, 강이환은 사람들을 둘러보며 의기양양하게 외쳤다.

"평화로운 강호라서 뭇 문파들이 혈랑곡도에게 희생당했습니까? 평화로운 강호라서 서문숭이 본 용봉단을 토벌하기 위해 인마를 보내고, 평화로운 강호라서 무당파 두 분 도장을 포함한 강호의 명숙들이 곡리에서 비명에 떠나셨습니까? 서문숭으로 말하면 발톱을 감춘 승냥이 같은 자입니다. 언젠가는 분명히 그 발톱을 드러내고 말 겁니다. 그때가 되면 누구도 그 악랄한 패도를 감당할 수 없을 터. 방법은 오직 하나뿐입니다. 모든 강호인이 한마음으로 똘똘 뭉쳐 서문숭과 무양문을 먼저 쳐야만 합니다!"

기다렸다는 듯이 환호성이 터져 나왔다.

"옳소!"

"강호의 도의가 엄연히 살아 있음을 백련교의 마졸들에게 똑똑히 보여 줍시다!"

졸지에 선동의 도구로 전락당한 더러운 기분에 우근은 두 눈을 부릅뜨고 강이환을 노려보았다. 마음 같아선 당장 탁자를 뛰어넘어 놈의 머리통을 갈겨 주고 싶었다. 그러나 대세는 이미 걷잡을 수 없는 지경까지 흐른 뒤였다. 신중론을 펼치던 사람들마저도 마음을 바꾼 듯, 이제는 주먹을 흔들며 강호 도의를 외치고 있었다. 거기에다가 강이환의 열정적인 선동이 더해지니, 이야말로 타오르는 불길에 기름을 끼얹은 형국이었다.

우근은 자리를 박차고 일어섰다.

"당신들이 무슨 짓을 하건 나와 개방은 상관하지 않겠소! 우리야 어차피 빌어먹는 거지들의 무리에 불과하니 황금, 미곡 따위는 당신들이나 실컷 나눠 가지도록 하시오! 더 이상 있을 자리가 아닌 듯하니 나는 이만 가도록 하겠소!"

그러자 조용히 있던 문강이 불쑥 말했다.

"강호에서 혁혁한 명성을 떨치고 있는 개방이 천하의 큰 도리를 세우는 이번 대업에 동참하지 않는다니 심히 아쉽습니다. 하지만 마음이 내키지 않는다면 아무리 좋은 일이라고 해도 어쩔 수 없겠지요. 협의지도란 누구의 강요로 이루어지는 것이 아니지 않겠습니까?"

우근은 고개를 돌려 문강을 바라보았다. 문강의 단정한 입술에는 물처럼 담담한 미소가 맺혀 있었다. 그 미소를 보고 있노라니, 문득 떠오르는 얼굴이 하나 있었다. 철군도의 지하 뇌옥에서 만난 무척이나 잘생긴 젊은이. 이름이 이군영이라고 했던가? 그 젊은이도 저와 비슷한 얼굴을 하고 있었다. 전혀 닮지는 않았지만, 딱 꼬집어 표현하기 힘든 묘한 공통점이 두 얼굴 사이에 존재했던 것이다. 당당한 자신감이랄까, 혹은 오만한 권위의식 같은⋯⋯.

우근이 물었다.

"대인께선 대내의 어느 기관에 속해 계신지?"

문강의 미소가 더욱 짙어졌다. 맑은 미소. 그러나 우근은 그 안에 감춰진 오싹한 냉기를 읽을 수 있었다.

그 미소가 부드럽게 지워지고, 문강의 입술이 열렸다.

"소생은 비각이라는 기관에 속해 있습니다. 소생이 모시는 분은 강호에도 그 이름이 널리 알려지신 잠룡야 이악 공이시지요."

'역시!'

우근은 입술을 질끈 깨물었다.

혈랑곡도를 가장하여 혈겁을 일으키고, 개방의 소주 분타에 간악한 수작을 부리던 장본인, 비각!

증거만 확보했다면, 우근은 철군도의 사건이 있은 직후 비각의 존재를 널리 알려 모든 강호인들로 하여금 충분히 경계하도록 했을 것이다. 그러나 증거를 확보하지 못한 탓에 그저 몇몇 지기들과 더불어 암중으로 대비할 수밖에 없던 단체가 바로 비각이 아니던가.

그 비각이 이제 노골적으로 강호에 개입하려 하고 있었다. 그것도 자신들이 자행한 혈겁을 서문숭과 석대원에게 교묘히 떠넘김으로써.

이대로 비각의 주도 아래 녹림과 백도 그리고 강이환과 같은 과격파가 하나가 된다면? 그래서 그 단결된 힘으로써 무양문에 대한 설욕전을 개시한다면?

만일 그런 일이 벌어진다면 곤륜지회 이후 아슬아슬한 평화를 유지하던 강호는 순식간에 아수라장이 되고 말 것이다. 종국에는 오직 공멸만이 기다리고 있는 끔찍한 아수라장으로.

우근이 이런 생각으로 또 한 번 입술을 깨무는데, 문강은 예의 담담한 미소로 이렇게 말했다.

"우 방주, 부디 살펴 하산하시기를 빌겠습니다. 산이란 본디 올라갈 때보다 내려갈 때를 더 조심해야 하는 법이니까."

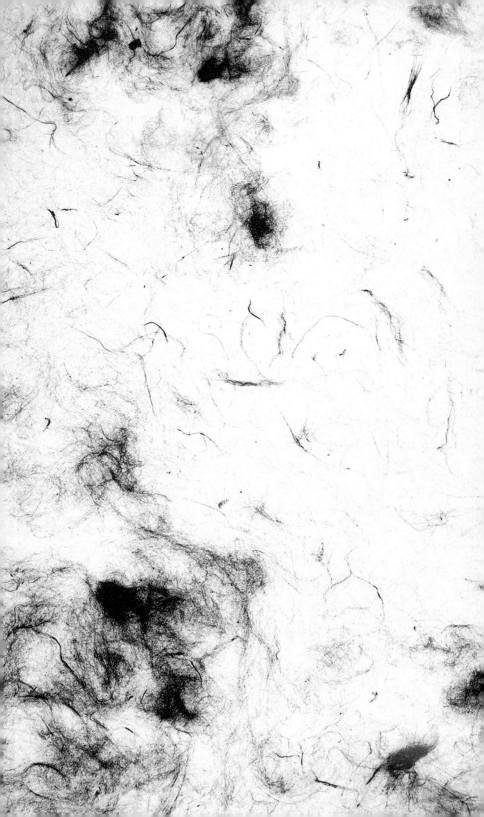

# 천라지망 天羅地網

### (1)

　해검지에서 내방객들을 맞이하던 지객도사 수심은 우근 일행이 산을 내려갈 때까지도 그 자리에 그대로 있었다. 그는 두 도동과 더불어 우스갯소리라도 나누는 듯 연신 낄낄거리다가 산길을 내려오는 우근 일행을 발견하고 얼른 의관을 정제했다.

　"우 방주께서는 어찌 이리 일찍 내려오십니까?"

　수심 도장은 온화한 낯빛으로 우근에게 물었다. 상청궁에서 벌어진 언짢은 일을 알 턱이 없을 테니 그럴 만도 했다. 우근은 수심 도장의 사람 좋은 얼굴을 한동안 바라보다가 불쑥 말문을 열었다.

　"밥 남은 것 있소?"

　"예?"

"남았으면 좀 먹고 갑시다."

수심 도장은 기가 막힌다는 식의 표정이 되었다. 장정 열 명은 족히 먹을 밥을 셋이서 비운 것이 불과 한 시진 전인데, 다시 밥을 달라고 하니 어처구니가 없어진 것이다. 하지만 그의 본분은 지객도사. 손님이 배고프다면 밥을 가져다주는 것이 임무였다. 그는 도동들을 시켜 밥을 한 솥 가져다주었다.

"무당파 밥맛은 제법 괜찮단 말이야."

정자에 오르지도 않고 해검지 연못가에 털버덕 주저앉아 밥을 퍼먹던 우근은 고개를 돌려 상위무와 황우, 두 거지에게 말했다. 하지만 상위무와 황우는 아무 대답 없이 우근을 바라보기만 할 뿐이었다. 그들의 얼굴에는 수심 도장과 비슷한 종류의 표정이 떠올라 있었다.

"거지가 밥 보고 뭐 하는 짓들인가?"

우근이 인상을 쓰자 황우가 머뭇거리며 말했다.

"저는 배가 부른데요."

상위무도 한마디 거들었다.

"아까 먹은 게 아직 안 꺼져서……."

우근은 인상을 더욱 무섭게 쓰면서 두 거지의 소맷자락을 잡아 옆자리에 앉혔다.

"어른이 먹으라면 먹을 것이지, 무슨 놈의 말들이 그리 많은가?"

그러고는 양손으로 밥을 퍼 두 거지의 입에다 처넣는데 받아먹지 않으면 때리기라도 할 기세였다. 두 거지가 어찌 거역할까?

우근은 물론이거니와 상위무와 황우 또한 천생이 거지였다. 입으로는 배가 부르다는 둥 생각이 없다는 둥 구시렁거려도, 그들 셋이 한 솥의 밥을 해치우는 데에는 그리 오랜 시간이 필요하지 않았다.

"자고로 사람은 배가 든든해야 만사가 잘 풀리는 법이야."

우근은 식후 덕담을 점잖게 읊조린 뒤 빈 솥으로 해검지의 못물을 퍼서 입가심까지 말끔히 마쳤다.

"잘 먹었소. 도장께서는 복 받을 거요."

우근은 한마디 축원으로써 수심 도장의 공로를 치하한 뒤, 산 아래로 이어진 소로를 향해 천천히 돌아섰다.

그 순간, 우근이 변했다.

거지 우근은 사라지고 당대의 고수, 철포결 우근이 나타난 것이다.

"이제부터 단단히 각오해야 할 거야."

누구에게 한 말일까? 상위무와 황우? 아니면 우근 본인? 아리송한 한마디를 툭 던진 뒤 소매를 둥둥 걷어붙이는 우근의 모습에 상위무와 황우는 서로의 얼굴을 마주 보았다.

기실 거지는 좀처럼 소매를 걷어붙이지 않는다. 거지 옷이란 것이 원체 너덜너덜해서 걷어붙여 봐야 금방 다시 흘러내리기 때문이다. 우근도 그 점에 있어서는 여타의 거지와 마찬가지인데, 오직 한 가지 경우만큼은 스스로 거지임을 의식하지 못한 채 저렇게 소매를 걷어붙이곤 하는 것이다. 그 한 가지 경우란 바로 힘쓸 데가 생겼을 경우다.

상위무가 우근에게 물었다.

"무슨 각오요?"

우근은 산 아래 쪽을 노려보며 천천히 말했다.

"비각은 결코 나를 살려 보내려 하지 않을 걸세. 우리가 이 산을 빠져나가기란 결코 용이하지 않을 테니 한바탕 싸울 각오를 하란 말이야."

상위무는 반신반의했다.

"무당파가 코앞인데 설마?"

"무당파? 흥! 말코들까지 덤비지 않으면 다행이지."

우근은 코웃음을 친 뒤, 산 아래를 향해 걸음을 옮기기 시작했다. 문강이란 자가 한 말처럼 산이란 본디 올라갈 때보다 내려갈 때를 더 조심해야 하는 법이었다. 오늘 무당산이 바로 그러했다.

우근이 빠진 세심청의 분위기는 매우 단순해졌다.

현학진인과 강이환은, 비록 두 배에 가까운 나이 차에도 불구하고 사람의 심리를 이용하는 데 능하다는 점에서만큼은 공통점이 있었다. 게다가 죽도 잘 맞았다. 현학진인이 사람들의 마음 깊숙한 곳에 숨어 있는 해묵은 피해의식을 긁어 놓으면, 강이환은 그것을 서문숭에 대한 적개심으로 유인해 갔다. 현학진인이 부드럽게 어루만지면 강이환은 강하게 몰아붙였고, 현학진인이 이성적으로 조목조목 따지면 강이환은 감성적으로 뜨겁게 호소했다.

이 두 명의 능란한 선동가가 번갈아 만들어 내는 장단 속에서, 사람들은 마침내 대중이 되고 말았다.

대중, 특히 선동당한 대중은 그 속성상 우매할 수밖에 없었다. 그들은 마치 자신들이 오래전부터 서문숭에게 박해를 받아 온 듯한 착각에 사로잡혔다. 낙일평에서 당한 굴욕적인 봉문이 어제 일처럼 생생하게 여겨졌고, 당시 죽어 간 동문 선배들의 원령을 매일 밤 꿈속에서 만난 듯한 기분이 들었다.

"제위들의 뜻이 이러할진대 우리들만 모른 체할 수는 없는 일이지! 장강長江의 위씨산장魏氏山莊은 강호 대의를 세우는 길에 생사를 함께하겠소!"

장강쌍절 위씨 형제가 강개한 음성으로 외쳤다.

"나, 삼계 또한 점창파를 대표하여 서문숭 타도의 기치를 높이 세울 것을 맹세하오!"

조심성이 많기로는 자라 못지않다는 삼계 도장의 비장한 다짐이었다.

이쯤 되면 상황은 끝난 것이나 다름없었다. 남은 것은 결맹의 절차뿐인데, 소림사가 불참하고 개방이 탈퇴한 이상 결맹에 대한 주도권은 자연스럽게 주최 측인 무당파의 수중에 넘어가게 되었다.

물론 껄끄러운 점이 아주 없는 것만은 아니었다. 무당파의 기득권을 전혀 인정하지 않는 녹림십팔채의 존재가 바로 그것이다. 하지만 녹림의 늙은 마왕 칠성노조가 문강의 약속대로만 움직여 준다면 만사는 순조로울 터. 그래서 현학진인은 만족한 미소를 머금을 수 있었다.

군웅은 격앙된 어조로 결맹을 논의하고 있었다.

"쇠뿔도 단 김에 뽑으라고 했소! 제위의 뜻이 하나가 된 이상 무엇을 거리끼겠소? 당장이라도 혈맹을 발족합시다!"

"그래도 순리라는 것이 있는데…… 우선 천하 만방에 우리의 뜻을 밝히고, 그 후 길일을 택함이 마땅할 것이오!"

분분히 오가는 의견들 속에서 현학진인은 천천히 몸을 일으켰다. 그 모습을 지켜본 문강이 물었다.

"한창 분위기가 고조되는 참인데, 주인 되는 분께서 무슨 연유로 자리를 비우시는지요?"

입가에는 부드러운 미소. 하지만 투명한 눈빛은 마음속 밑바닥까지 낱낱이 꿰뚫어 보는 듯했다. 하지만 현학진인이 어떤 사람인데 자신의 심중을 허술히 간파당하겠는가.

"잠시 측간에 좀 다녀오리다. 늙은이라서 그런지 한자리에 오래 앉아 버티기가 힘들구려."

현학진인의 얼굴에는 소피를 보기 위해 중요한 자리를 비우는 늙은이가 지을 법한 군색한 미소가 떠올라 있었다.

그러나 현학진인이 자리를 뜬 이유는 요의와 아무런 상관도 없었다. 상청궁을 나선 그는 미리 대기시켜 둔 제자에게 명해 사제인 현유진인을 청했다.

현학진인이 현유진인에게 전한 말은 그리 길지 않았다. 그러나 그 말을 들은 현유진인은 심상치 않은 표정으로 바뀌고 말았다.

"감히 이 무당산에서 그런 일이 일어날 수 있을까요?"

현학진인은 고개를 끄덕였다.

"충분히 일어날 수 있다네."

"하지만 군웅이 산을 오를 때에는 아무런 기미도 발견되지 않았다고 하지 않습니까?"

현유진인은 사형인 현학진인의 말이 계속 믿어지지 않는 모양이었다. 현학진인은 상청궁 안을 힐끔 돌아본 뒤 나직한 음성으로 물었다.

"이틀 전 문 대인과 함께 도착한 청년을 기억하나?"

현유진인은 잠시 생각한 뒤 대답했다.

"이 공자라는 청년 말씀이십니까?"

"맞아. 자네는 이 공자의 화후가 어느 정도라고 생각하는가?"

"글쎄요. 품직을 받은 관인이라고 하기에 그리 신경 써 살피지 않았습니다만……."

"나는 이 공자를 유심히 살펴보았네. 그 결과 한 가지 사실을 알아낼 수 있었지."

현학진인은 조금 굳은 표정으로 상청궁을 가리켰다.

"칠성노조를 제외하면, 아마도 저 안에 앉아 있는 사람들 중에서 그와의 승부를 장담할 수 있는 자는 하나도 없을 걸세."

이 말에 현유진인은 놀라움을 감추지 못했다.

상청궁 안에 있는 군웅들은 하나하나가 일방의 패주, 혹은 명문대파의 수뇌급이었다. 반면에 비각은 강호에는 거의 이름이 알려지지 않은 대내의 일개 기관에 지나지 않았다. 그 비각에서 나온 관리가 칠성노조에 버금가는 경지에 올라 있다? 그것도 삼십도 안 된 새파란 애송이가? 이는 분명 믿기 힘든 말이 아닐 수 없었다.

그러나 믿지 않을 수도 없었다. 현학진인으로 말할 것 같으면, 천하의 어떤 구렁이보다도 능글맞고 신중한 위인. 타인을 평함에 있어 큰 어긋남이 없는 사람이었다. 그런 현학진인이 저렇듯 단정적으로 말하는 데엔 그럴 만한 이유가 있는 것이다.

현학진인은 조금 어두운 낯빛으로 덧붙였다.

"그런데 그 이 공자가 오늘 점심 무렵부터 줄곧 자리를 비우고 있다네."

현유진인의 눈빛이 서늘해졌다.

"하면 이 공자가……?"

"이 공자뿐만이 아니야. 강이환이 데려온 용봉단의 인사들도 그렇거니와, 칠성노조가 이끌고 온 칠성채의 간부들도 점심 이후부터는 코빼기도 보이지 않고 있지."

"으음!"

현유진인은 비로소 수긍하는 기색이었다. 현학진인은 허리의 장검을 풀어 현유진인에게 내밀었다.

"내 짐작이 분명할 테니, 자네는 이 태청보검太淸寶劍을 가져가 내가 시키는 대로 시행하게나."

현유진인은 낯빛을 엄숙히 하여 태청보검을 받았다.

"명을 받들겠습니다."

비록 두 살 터울밖에 나지 않는 사형이지만, 문파의 장령掌令이란 지엄한 것이었다.

현학진인은 합죽한 입가에 웃음을 떠올리며 말했다.

"난 이만 들어가 보겠네. 늙은이가 측간에 오래 있는 것도 남들 보기에 흉이 될 테니까."

～◈～

첫 번째 난관은 해검지로부터 오 리쯤 떨어진 산신묘山神廟 부근에서 시작되었다.

"우 방주는 잠시 걸음을 멈추시게!"

산자락을 쩌렁 울리는 호통과 함께 산신묘 안에서 두 사람이 걸어 나왔다.

방금 우근 일행을 향해 호통을 친 사람은 대춧빛 얼굴에 정기가 가득한 선풍도골의 화복 노인이었다. 노인의 오른손에는 한 자루 단봉이 들려 있었다. 손잡이를 포함한 길이가 넉 자쯤 되는 그 붉은 단봉은 봉 중간에 관절이 여러 개 달려 있어 전후좌우로 자유롭게 구부러질 수 있게끔 고안된 물건이었다.

철편鐵鞭과도 유사한 단봉을 지닌 화복 노인. 우근으로서는 구면이라고 할 수 있었다.

"염閻 선배께서 이곳에는 웬일이시오?"

우근이 묻자 화복 노인, 과거 봉산인棒山人이란 별호로 화중華中 지방을 주름잡던 백도의 명숙 염백閻栢은 주저하지 않고 대답했다.

"서문숭의 만행이 하늘에 이르렀다는 풍문이 있어 얼마 전 강호에 다시 발을 들여놓게 되었네. 지금 노부는 옛 친구들과 더불어 용봉단의 공봉供奉직을 맡고 있지."

우근의 표정이 얼음처럼 싸늘해졌다.

"강이환, 그 과격하기만 한 머저리의 선동에 넘어가셨구려. 선배께서는 오 년 전에 금분세수金盆洗手를 하신 것으로 기억하오만, 그리고 보면 강호의 아름다운 풍습도 이젠 모두 헛것이 되어 버린 것 같소이다."

금 대야에 손을 씻는다는 금분세수는 은퇴를 의미하는 말이었다. 우근이 이를 들먹이며 노골적으로 비꼬자 염백의 얼굴에 노기가 떠올랐다.

"무례하군. 자네의 사부조차도 내 앞에서는 그런 식으로 빈정거리지 못했거늘……."

그러나 우근은 더 이상 염백을 상대하려 하지 않았다. 고루한 늙은이와 배분을 논하는 것만큼 재미없는 일도 드물기 때문이다. 그의 흥미를 끄는 존재는 오히려 염백의 옆에 서 있는 인물이었다. 모름지기 남자라면 같은 남자—늙었건 젊었건—보다는 여자 쪽에 흥미를 느끼기 마련이 아니겠는가.

염백의 옆에는 하늘거리는 검은 면사로 얼굴을 가린 여인이 그림 속에서 방금 튀어나온 양 우아한 분위기를 풍기며 서 있었다. 그녀가 입은 유백색 경장의 가슴팍에는 봉황 한 마리가 수놓아져 있었다.

여인의 가슴 부위를 유심히 바라보는 것은 분명 무례한 행동일 테지만, 우근은 대수롭지 않게 그 무례를 범했다. 그러고는 하늘을 바라보며 웃음을 터뜨렸다. 목구멍 깊숙한 곳까지 들여다보일 정도로 커다란 웃음이었다.

"으하하! 이 거지를 잡으려고 마누라까지 동원하다니, 강이환은 정말로 대단한 장부로군!"

"우 방주, 언사가 지나치게 방자하지 않은가!"

염백이 당장 노성을 터뜨렸다. 우근은 고개를 홱 돌려 그의 얼굴을 빤히 바라보았다.

"왜, 내 말이 틀렸소?"

"틀리지는 않았지만 맞는다고 할 수도 없지요."

우근의 말에 대답한 사람은 검은 면사의 여인, 서문숭에 의해 멸문당한 화씨세가의 적통이자 남편 강이환과 더불어 용봉단을 이끌고 있는 여걸, 화반경이었다.

"틀리지도 않고 맞지도 않다? 나처럼 못 배운 거지와 대화를 나누고 싶다면 조금 더 알아듣기 쉽게 말해야 할 거외다."

우근이 능글맞은 표정으로 비꼬자, 화반경은 검은 면사 너머로 심유한 눈빛을 빛내며 말했다.

"방주께서는 천하제일 대방을 이끄는 분이시자 대강남북을 호령하는 일세의 호걸이시죠. 만일 방주께서 지금이라도 발길을 돌려 강호 대의에 동참하신다면, 저희 용봉단이 어찌 감히 방주께 결례를 저지르겠어요?"

"흥!"

우근이 할 수 있는 대꾸는 싸늘한 코웃음뿐이었다. 그러자 염백이 한 걸음 앞으로 나서며 우근을 꾸짖었다.

"우 방주, 그대는 어찌하여 개방이 수백 년 동안 이룩해 온 드높은 청명淸名을 하루아침에 무너뜨리려고 하는가! 그대의 수하인 번강과 견위조차도 강호의 큰 도리를 세우기 위해 목숨을 아끼지 않았거늘, 그대는 어찌하여 방주로서의 중임을 저버린 채 한낱 필부의 안온함에 젖어 후인의 조롱거리가 되려 하는가!"

번강과 견위의 이름이 거론되자 우근을 포함한 세 거지의 얼굴이 시뻘겋게 변했다. 염백의 말처럼 번강과 견위는 개방의 제자였다. 그것도 평범한 제자가 아니라 육결제자, 분타주와 맞먹는 고급 간부였던 것이다.

하지만 번강과 견위는 방주인 우근의 허락 없이 사사로운 이유를 내세워 용봉단의 행사를 거들었다. 아니, 단지 거들기만 했다면 별문제 없었을 것이다. 용봉단이 그렇게나 마음에 들었는지, 용봉단을 위해 선봉에서 날뛰다가 결국 용봉단을 위해 목숨까지 바쳤던 것이다. 번강과 견위의 죽음. 용봉단의 입장에서 본다면 영웅적인 희생일지 모르지만, 우근의 입장에서 본다면 한낱 개죽음에 불과했다.

시뻘게진 얼굴로 한참을 씨근덕거리던 우근은 염백과 화반경을 향해 침을 튀기며 외쳤다.

"번강이 형산에서 죽고, 견위가 곡리에서 죽었다는 얘기는 이 거지 또한 들어 알고 있는 터! 예부터 장령의 허락 없이 망령되이 구는 자는 난적亂賊이라 하여 중벌을 면치 못했으니, 이는 하늘이 문규의 엄정함을 대신 깨우쳐 준 결과라 할 것이다!"

말을 하는 동안 점점 더 화가 난 것일까? 우근은 아까보다 두 배는 달아오른 얼굴로 꽥 소리를 지르는데, 이제는 아예 반말이었다.

"제기랄! 이따위 말을 지껄인다는 것 자체가 구구하구나! 객쩍은 소릴랑은 이쯤에서 집어치우자! 아무나 좋으니까 덤빌 사람은 어서 덤벼라!"

강호의 큰어른을 자처하는 염백이 이런 수모를 어찌 참아 넘기겠는가.

"말로는 도저히 훈도할 수 없는 망종이로고!"

염백은 붉은 단봉을 꼬나 쥔 오른손에 불끈 힘을 주고 우근을 향해 나아가려는데, 그의 앞을 가로막은 사람이 있었다.

"염 공봉께서는 잠시만 참으세요."

어느 틈엔가 몸을 날린 화반경이 염백과 우근의 사이에 끼어든 것이다.

"화 단주, 하지만 저 망종이 감히……."

"그런 표현은 귀에 몹시 거슬리는군요. 대방을 이끄는 방주에게는 그에 합당한 예우가 필요하겠지요. 염 공봉께서는 언사에 보다 신경 써 주셔야겠어요."

화반경의 질책은 비록 나직했지만 서릿발 같은 위엄이 실려 있었다. 그 매서움에 굴복했음인지, 염백은 더 이상 따지지 못하고 한 발짝 물러서고 말았다.

"고명하신 단주께서는 이 거지에게 따로 하교하실 말씀이라도 있으신가? 대의나 명분을 논할 생각이라면 일찌감치 포기하고 저 염가 늙은이처럼 덤비는 쪽이 속 편할 거야."

우근이 빈정거렸지만, 화반경은 여인답지 않게 단단한 심기를 지니고 있었다.

"이 비좁은 산길에서 우 방주와 더불어 대의명분을 논할 생각은 없어요. 물론 시시비비를 가릴 생각도 없고요. 본 단주는 우 방주께 단도직입적으로 한 가지를 제안하고자 해요. 들어 주실 의향이 있으신가요?"

여인이 저렇게 차분히 나오는데 사내가 되어 먼저 흥분하는 것도 우스운 일이었다. 우근은 치밀어 오른 혈기를 지그시 누그러뜨리고 화반경을 향해 물었다.

"그래, 그 제안이란 것, 어디 들어나 봅시다."

화반경은 우근의 얼굴을 똑바로 응시하며 천천히 설명을 시작했다.

"이 산에는 우 방주를 상대하기 위해 천, 지, 인의 세 관문이 설치되어 있어요. 본 단은 그중 첫 번째 관문인 천관天關을 맡게 되었지요. 하지만 백도를 함께 걷는 사람들끼리 생사지투를 벌이는 것도 부끄러운 일……. 해서 본 단주는 우 방주께 하나의 진법을 제시하고자 해요. 만약 우 방주께서 그 진법을 무찌른다면 우리는 두말없이 길을 열어 드리겠어요. 하지만 그러지 못한다면 우 방주께서는 본 용봉단에 신병을 맡기시길 바랍니다."

우근은 잠시 생각하다가 고개를 끄덕였다.

"좋소."

화반경의 제안은 우근의 심정과도 부합했다. 아무리 함정에 빠졌다 한들, 그리고 아무리 울화가 치민다 한들 백도인끼리의 살육만큼은 피하고 싶은 것이 그의 심정이었다.

화반경이 말했다.

"진법의 이름은 음양팔괘검진陰陽八卦劍陣이라고 해요."

"음양팔괘……검진?"

우근의 눈빛이 짧게 흔들렸다. 그것을 보았는지 못 보았는지, 화반경은 담담한 말투로 검진의 내력을 설명했다.

"음양팔괘검진은 형산검문의 개파 조사이신 남악신군南嶽神君께서 창안하신 기진奇陣이에요. 팔괘의 방위마다 음양이 교차하며 그 가운데에 파생되는 변화가 이루 말할 수 없을 정도로 무궁무진하니, 우 방주께서는 각별히 조심하셔야 할 겁니다."

말을 마친 화반경이 가볍게 손뼉을 쳤다. 그러자 산신묘 뒤에서 청의 무복을 입은 여덟 명의 청년들이 모습을 드러냈다. 화반경은 그들을 가리키며 말했다.

"검진을 펼칠 팔괘검수八卦劍手들이에요. 부군이 직접 가르친 형산검문의 젊은 준재들이지요."

팔괘검수들은 저마다 한 자루씩 검을 뽑아 들고 있었다. 기이하게도 그들은 새끼손가락이 검봉 쪽으로 향하게끔 검을 쥐고 있었다. 검날을 팔뚝 뒤로 감추어 검로를 감추는 검법. 형산검문이 장기로 여기는 추뢰검법의 역검공부逆劍功夫가 바로 그것이었다.

"강이환, 그 머저리가 집안 살림은 제법 실하게 꾸려 나가는 모양이군. 주춧돌도 남지 않은 형산검문을 이 정도로 일으켜 세운 것을 보면."

우근이 중얼거리자 화반경이 고개를 가볍게 숙여 보였다.

"우 방주의 말씀, 칭찬으로 받아들이겠어요."

"느낀 대로 말했을 뿐이오."

우근은 심드렁하게 대꾸했다.

두 사람이 이야기를 나누는 동안, 팔괘검수들 각자는 정해진 방위에 따른 포진을 마쳤다. 오직 건乾 방위를 담당한 청년만이 제 위치에서 벗어나 있었을 따름이다. 그 청년이 우근을 향해 외쳤다.

"이제 나 하나만 방위를 잡으면 검진이 발동하오! 우 방주께서는 어서 검진 안으로 들도록 하시오!"

"하하! 더 기다리라고 하면 그냥 갈 생각이었다!"

우근은 호탕하게 대꾸하며 검진을 향해 걸음을 옮겼다.

"방주님, 저희들도 돕겠습니다."

이제껏 관망만 하고 있던 상위무가 급히 말했지만, 우근은 자신만만하게 고개를 저었다.

"그럴 필요 없네. 저런 애송이들이 펼치는 검진 따위를 격파하는 데엔 밥 한 공기 먹을 시간도 걸리지 않을 테니까."

황우 또한 상위무의 소매를 잡으며 만류했다.

"사부님께서는 능히 저 검진을 격파하실 수 있네요. 상 아저씨께서는 마음 푹 놓고 기다리시기만 하면 되네요."

우근은 껄껄 웃더니 일학충천─鶴沖天의 날렵한 신법으로 검진 안으로 뛰어들며 외쳤다.

"사부를 알아주는 사람은 역시 제자뿐이란 말이야! 으하하!"

웃음소리의 여운이 중인들의 귓가에 쟁쟁한데, 우근을 삼킨 검진은 어느새 입구를 봉쇄하고 있었다.

"검진을 발동하라!"

화반경이 짧게 명했고, 팔괘검수들은 각자 수련한 보법을 밟으며 우근을 중심으로 한 포위망을 조여 오기 시작했다.

후우우웅─.

바람 한 점 불지 않건만, 검진 안에 든 우근은 광풍이 몰아치는 벌판에 홀로 서 있는 듯한 막강한 압력을 느낄 수 있었다. 하지만 그는 이 싸움의 결과가 자신의 승리로 돌아가리라는 것을 알고 있었다. 그가 아는 것은 단지 그뿐만이 아니었다. 검진 바깥에 있는 사람들 중 최소한 두 사람, 황우와 화반경은 그러한 결과를 사전에 예측하고 있으리라는 점까지도 알고 있었다.

"하늘의 원기는 크고도 크나니[大哉乾元]!"

"만물이 그로 인해 비롯되도다[萬物資始]!"

검진 속에서 낭랑한 외침이 울려 나왔다. 다음 순간, 팔괘의 건乾과 손巽 방위로부터 두 자루의 검이 튀어나왔다. 건은 강건함을 상징하고, 손은 받아들임을 상징한다. 정수리로 떨어져 내리는 건의 검과 아랫배를 후벼 오는 손의 검에는, 그 안에 갇힌 목숨 하나쯤은 간단히 끊어 버리고도 남을 흉험함이 가득 차 있었다.

그러나 익숙한 방위에 예상한 배합이었다.

우근의 입가에 의미심장한 미소가 떠올랐다.


우근과 두 명의 거지가 장내를 떠난 뒤, 그들이 사라진 방향을 한동안 응시하던 염백은 허탈한 표정으로 턱수염을 쓸어내렸다. 그의 얼굴에는 불신의 기색이 가득했다.

"허, 철포결 우근의 무명장법이 무섭다는 얘기는 익히 들었지만, 아무리 그래도 형산검문의 음양팔괘검진을 반각도 안 되는 짧은 시간 안에 격파할 줄은……."

염백은 말을 중도에서 멈추고 뒤를 돌아보았다.

음양팔괘검진을 구성하던 여덟 명의 팔괘검수들 중 두 다리로 서 있는 자는 아무도 없었다. 입가로 핏물을 흘리는 자, 양 어깨뼈가 빠진 자, 다리 관절이 어긋난 자 등……. 그들은 하나같이 낭패한 모습을 한 채로 용봉단 공봉 중 한 사람인 약선파파藥仙婆婆로부터 치료를 받고 있었다.

팔괘검수들의 부상 정도를 살피던 염백은 한 가지 기이한 사실을 발견할 수 있었다. 비록 겉보기에는 큰 부상을 당한 듯하지만, 실제 생명이 위독하거나 진원에 손상을 입은 자는 없었기 때문이다.

그저 우연에서 비롯된 일일까? 아닐 것이다. 우근의 무명장법은 능히 천하제일을 다툴 만한 절학 중의 절학이었다. 그런 절학에 당했는데도, 한 명이라면 모를까 여덟 명 전부의 상세가 저 정도에 그친 것은 결코 우연일 리 없었다.

화반경은 그때까지도 우근이 사라진 산길을 내려다보고 있었다. 염백이 그녀에게 다가가 넌지시 말을 걸었다.

"우근에게 조롱당한 기분이 드는구려."

화반경은 염백에게 시선을 돌렸다.

"염 공봉께서는 왜 그렇게 생각하시나요?"

염백은 약선파파에게 치료를 받는 팔괘검수들을 턱짓으로 가리켰다.

"오늘 노부는 우근의 무공이 소문 이상이란 것을 알았소."

화반경이 가볍게 웃으며 말했다.

"제 생각은 조금 달라요. 오늘 저는 우근의 심기가 소문 이상이란 것을 알았지요."

염백은 눈살을 찌푸렸다.

"그게 무슨 말씀이오?"

"만일 우근이 팔괘검수를 상대로 독수를 펼쳤다면, 저는 이 일대에 포진해 둔 전 단원을 동원해 그를 도모했을 겁니다. 우근이 손 속에 사정을 둔 것은 바로 그러한 점을 눈치채고 있었기 때문이지요."

화반경의 말을 잠시 음미해 보던 염백이 어느 순간 눈을 빛내며 물었다.

"하면 우근에게 음양팔괘검진을 제시한 까닭은 바로……?"

화반경은 고개를 끄덕이며 대답했다.

"우근이 익힌 무명장법은 역경易經이 가르치는 음양팔괘의 원리에 가장 충실한 무공이라고 볼 수 있지요. 그것을 대성한 우근이 어찌 같은 원리를 좇는 검진에 당하겠어요? 만일 우근이 진재절학을 모두 발휘했다면, 검진은 몇 합 버티지 못했을 거예요. 물론 팔괘검수들이 입은 피해도 훨씬 클 테고요. 하지만 우근은 이미 제가 자신의 편의를 봐주었다는 사실을 알고 있었죠.

때문에 독수를 애써 피한 거고요.”

“허어!”

염백은 놀라움을 감추지 못했다. 방금 우근이 보여 준 무위만으로도 입이 다물어지지 않을 판국인데, 그것이 손 속에 사정을 둔 것이라니!

과연 우근이 팔괘검수들을 상대로 전개한 손 속은 절묘하기 이를 데 없었다. 약선파파가 치료를 시작한 지 얼마 안 되어 팔괘검수들은 하나씩 제 몸뚱이를 추스를 수 있게 되었다.

화반경이 팔괘검수들을 향해 말했다.

“이만 철수한다.”

더 이상은 우근의 일에 개입하지 않겠다는 뜻이었다.

철수를 준비하는 일행을 바라보는 동안, 염백은 문득 중요한 질문 하나를 잊고 있었음을 깨달았다.

“한 가지 묻고 싶은 것이 있소만…….”

화반경은 기다리고 있었다는 듯이 대답했다.

“왜 비각에서 나온 문 대인과의 약속을 어기면서까지 우근과의 싸움을 회피하는지 궁금하신 거죠?”

“그렇소.”

“이유는 간단해요. 우리는 절대 우근에게 위해를 가해서는 안 되기 때문이죠.”

염백은 화반경의 말을 금방 이해할 수 없었다. 하지만 이어진 설명을 듣자 고개를 끄덕이지 않을 수 없었다.

“설마 만천하 모든 거지들이 본 단을 찾아와 시비 거는 것을 원하지는 않으시겠죠?”

개방은 천하제일 대방으로 불릴 만큼 오랜 역사와 거대한 규모를 자랑하는 방파였다. 또한 그곳의 방주인 우근은 당금 천하에서 호걸 중의 호걸로 이름 높은 명사名士였다. 만일 우근이 용봉단에 의해 해를 입는다면, 용봉단은 그동안 확보한 지지 중 많은 부분을 잃게 됨은 물론이거니와 무양문을 상대하기 이전에 천하의 모든 거지들부터 상대해야 할 것이다.

염백은 새삼스러운 시선으로 화반경을 바라보았다.

명분에 집착하고 감정에 솔직한 강이환의 옆에는 실리에 밝고 계산이 빠른 그녀가 있었다. 이들 부부의 기질은 판이하지만, 그들은 서로의 장점을 취하고 약점을 보완하며 서문숭이라는 최강의 적을 상대로 투쟁을 전개해 나가는 것이다.

화반경은 우근이 내려간 산길 쪽으로 시선을 다시 돌렸다.

"하지만 본 단과는 달리 개방 방주를 상대함에 있어서 추호의 거리낌이 없는 사람들도 있지요."

산길 위쪽으로 넓게 펼쳐진 서쪽 산봉우리에는 어느덧 저녁놀이 비치고 있었다. 서늘한 눈빛으로 노을빛이 물들어 가는 산길을 굽어보던 화반경이 한마디를 덧붙였다.

"우근을 기다리고 있는 두 관문은 아마도 우리처럼 호락호락하지 않을 겁니다."

(2)

개방 방주 우근을 도모하기 위해 무당산에 펼쳐진 천, 지, 인의 세 관문. 그중 두 번째인 지관地關의 주인은 산에서는 가히 무적을 자부할 만한 산사람들의 집단이었다. 청명한 남기嵐氣속에서 깨어나 흐르는 계곡 물에 밥을 지어 먹고 험준한 산자락을 제집 문지방처럼 넘나드는 범 같기도 하고 승냥이 같기도 한 거친 사내들. 사람들은 그들을 가리켜 녹림도, 혹은 산적이라 불렀다.

　짙은 어둠이 깔린 숲은 춘삼월 달콤한 향기 대신 사람의 오장육부를 뒤집어 놓는 고약한 피비린내로 덮여 있었다. 그곳은 더 이상 작은 짐승들의 쉼터가 될 수 없었다. 그곳은 이미 살기등등한 전장으로 변해 있었다. 바로 우근을 죽이기 위한 천라지망의 전장이었다.

　장병長兵과 단병短兵이 숨 가쁘게 오가고, 타병打兵이 묵직하게 휘둘리는가 하면 사병射兵이 날쌔게 쏘아진다. 각양각색의 병기들은 저마다의 장점을 뽐내며 우근을 포함한 세 사람의 목숨을 노렸고, 수적으로 열세일 수밖에 없는 세 사람은 목숨을 부지하기 위해 좋든 싫든 결사적으로 싸워야만 했다.

　이기기 위한 싸움이 아닌 죽지 않기 위한 싸움.

　그것은 당연히 처절할 수밖에 없고, 그 싸움을 치르는 동안 세 사람의 몸뚱이에는 크고 작은 상처들이 하나둘씩 새겨졌다. 하지만 깊은 산자락, 어두운 숲의 구석, 심지어는 계곡물 속에서도 튀어나오는 야수 같은 사내들은 그들 세 사람으로 하여금 상처를 돌볼 여유를 허락하지 않았다.

　산이 지닌 모든 지리적 특징을 십분 활용할 줄 아는 적들은 승부를 성급히 결판낼 마음이 없는 듯했다. 그들은 산의 경계를 벗어나려는 우근 일행을 집요하게 추적하며 치고 빠지는 소규모 기습전을 반복 시도하고 있었다. 늑대가 무리를 지어 호랑이를 사냥한다는, 이른바 중랑엽호衆狼獵虎의 전술. 개개의 능력이 떨어지는 다수가 소수의 강적을 도모할 때 흔히 사용하는 수법이기도 했다.

그것이 공격 회수로만 벌써 다섯 번째였다. 시간으로 따져도 두 시진은 족히 되었을 것이다.

만일 상대가 우근이 아니라면 이러한 중랑엽호의 전술은 일찌감치 성공을 거두었을지도 몰랐다.

그러나 상대는 우근이었다.

모용풍이 꼽은 신오대고수 중 한 사람인 철포결 우근!

빠빡!

우근은 그의 정수리를 노리고 떨어진 두 자루 낭아봉을 양 팔뚝을 얼굴 위에 교차함으로써 막아 냈다. 단지 막은 것만이 아니었다. 그의 두 팔이 박달나무로 만든 봉 자루를 수수깡처럼 부러뜨리더니, 성성이의 그것들처럼 쭉 늘어나며 봉 주인들의 가슴팍을 후려치는 묘기를 연출했다.

철비박鐵臂膊에 이은 원비권猿臂拳의 이 한 수는 그리 대단한 재주라고까지 말할 수는 없겠지만, 외가의 평범한 무공일지라도 이처럼 짧은 순간에 변환되어 펼쳐진다면 어떠한 괴공절초怪功絕招 못지않은 위력을 발휘하는 것이다.

주먹 끝에 실리는 둔중한 감촉이 상쾌하게 느껴졌다. 낭아봉의 주인들이 토해 놓은 구슬픈 비명이 귓전으로 흘러들어 왔다. 하지만 그 감촉과 그 소리를 감상할 여유는 없었다. 우근은 뻗어 낸 두 팔을 거두지도 못한 상태에서 모둠발로 뛰어올라야만 했다.

철컹! 철컹!

맹수의 아가리처럼 생긴 강철 덫들이 뾰족한 이빨을 마주치며 우근의 발아래 지면을 덮쳤다. 그 강철 덫들의 이름은 박룡철구縛龍鐵口. 긴 가죽끈이 달려 있어, 사냥꾼들이 쓰는 올가미처럼 먼 거리에 있는 목표물의 발을 묶는 데 묘용이 있는 물건이었다.

몸을 솟구침으로써 한차례 위기를 모면했지만, 허공이라고 해서 안전한 것은 아니었다. 위쪽 어딘가에서 쏘아진 일단의 암기들이 허공에 떠 있는 우근을 덮쳐 왔다. 암기 끝에 기독奇毒이 발려 있다는 것은 이미 오래전에 확인한 사실.

우근은 지체 없이 천근추千斤墜의 신법을 전개, 몸을 아래로 떨어뜨렸다. 벌 떼 소리를 닮은 파공성이 그의 몸뚱이가 머물던 허공을 가르고 지나갔다.

"암기 나부랭이로 나를 어쩔 수 있을 것 같으냐!"

우근은 두 발로 땅을 딛기가 무섭게 버럭 고함을 지르며 암기가 날아온 방향으로 내달렸다. 목표는 좌전방으로 삼 장쯤 떨어진 곳에 서 있는 한 그루 교목이었다.

"이야압!"

활짝 펼친 우근의 좌장이 교목에 작렬했다. 교목이 우지끈 소리와 함께 부러지며 우근을 향해 쓰러졌다. 밑동의 굵기가 두 아름이 넘는 우람한 교목이지만, 그의 강맹한 장력 앞에서는 견디지 못한 것이다.

반석처럼 튼튼하리라 믿었던 교목이 부러진 것은 그 위에 숨어 있던 세 명의 흑의인에게는 천재지변과 다름없는 일이었다.

"헉!"

"으아아!"

조금 전까지만 해도 표적을 향해 암기를 발사하며 득의해 마지않던 그들이지만, 이제는 다급한 비명을 지르며 나뭇가지를 부여잡을 수밖에 없었다. 하지만 다음에 벌어질 일을 알았다면, 그들은 결코 나뭇가지에 매달리는 짓 따위는 하지 않았을 것이다.

"이보게들, 재신財神께서 납시셨네!"

우근은 오른팔을 안으로 구부려 자신을 향해 쓰러지는 교목을 슬쩍 받치는 한편, 좌장을 수평으로 휘둘러 그 부러진 부분을 후려쳤다.

둥!

북소리를 닮은 둔중한 울림과 함께, 교목이 마치 옆으로 누운 수레바퀴처럼 맹렬히 회전하며 지상으로부터 넉 자 높이의 허공을 날기 시작했다.

교목이 날아가는 곳에는 장창을 쓰는 한 무리의 흑의인들에게 둘러싸여 악전고투를 벌이는 황우와 상위무가 있었다. 두 사람은 재신께서 납시셨다는 우근의 외침을 듣기가 무섭게 그 자리에 넙죽 엎드렸다.

거지가 재신을 만나 취할 행동이 엎드려 구걸하는 일 외에 또 무엇이 있겠는가? 이 재신상면財神相面의 초식—만일 초식이라고 부를 수 있다면—은 개방의 거지라면 누구나 알고 있는, 이를테면 호구糊口의 비결이기도 했다.

그러나 안타깝게도 장창을 쓰는 흑의인들은 거지가 아니라 산적이었다. 재신께서 납시면 거지는 넙죽 엎드려 구걸하겠지만, 산적은 두 다리와 허리를 꼿꼿이 세우고 강탈하려 들 것이다. 그것이 바로 산적의 본령이었고, 그래서 흑의인들은 엎드린 두 거지의 너머로 날아오는 교목을 선 채로 맞이해야만 했다.

나뭇잎 쓸리는 소리와 나뭇가지 부러지는 소리와 인간의 비명 소리 들이 한데 어우러져 일대는 삽시에 아수라장으로 변했다.

"이놈들!"

재신상면의 한 초식으로 승기를 잡은 세 명의 거지가 그 아수라장 속을 휘젓고 다녔다. 눈에 보이는 놈, 손에 걸리는 놈마다 족족 박살을 내니 밤이슬 깔리기 시작한 숲은 졸지에 산적들의 공동묘지로 바뀌고 말았다.

삐익! 삐익!

어디선가 호각 소리가 다급히 울렸다. 퇴각 신호. 하지만 앞선 네 번의 기습 때와는 달리 이번에 울린 신호는 시기를 놓친 감이 있었다.

"덤빌 때는 언제고, 불리할 것 같으니까 꼬리를 말아? 그러고도 네놈들이 불알 달린 사내놈들이냐?"

우근은 땅바닥을 엉금엉금 기어 달아나는 마지막 한 놈마저 악착같이 따라가 끝장을 낸 뒤, 이렇게 소리쳤다. 하지만 그 역시 철골나한鐵骨羅漢은 아니었던지 허리를 구부리고 거친 숨을 푹푹 몰아쉬는데, 그 형상이 마치 하루 종일 밭을 갈다 온 황소를 연상케 했다.

그런 우근에게 더욱 황소를 닮은 황우가 다가왔다.

"사부님, 어디 다치신 데는 없으신지 궁금하네요."

제자를 흘긋 돌아본 우근이 그 자리에 철퍽 퍼질러 앉았다.

"에구구! 먹은 게 채소뿐이라 그런지 영 힘을 쓸 수가 없구면."

두 다리를 쫙 벌리고 앉아 이렇게 엄살을 부리는 품이 천하에 이름 높은 고수와는 거리가 멀었다.

하지만 황우와 상위무는 그런 우근을 보며 일말의 경외감을 느끼지 않을 수 없었다. 두 사람의 재간이 비록 비범하다 하나, 저 우근이 없었다면 이미 오래전에 목숨을 잃었을 것이 분명했다. 다섯 차례나 거듭된 산적들의 공세는 그만큼이나 지독했던 것이다.

일단 독기가 오른 우근은 무서웠다. 그의 권장공부가 천하에

짝을 찾기 어렵다는 사실을 잘 아는 두 사람이지만, 시시때때로 퍼붓는 산적들의 공세에 맞서 한 치의 물러섬도 없이 싸우는 그 놀라운 투지, 그 가공할 무위 앞에서는 새삼 감탄하지 않을 수 없었다. 이번만 해도 그랬다. 두 아름이 넘는 교목을 맨손으로 부러뜨린 것만 해도 굉장한 일인데, 그것을 접시 던지듯 날려 보내 적들을 단숨에 쓸어버리는 거짓말 같은 신위라니!

"난 그렇다 치고, 어때? 다들 괜찮나?"

어깨를 들썩거리며 한동안 큰 숨을 고르던 우근이 두 사람에게 물었다. 황우는 반사적으로 왼손을 엉덩이 뒤로 감췄고, 상위무는 그런 황우의 뒤로 몸을 숨겼다. 참으로 효성스러운 자식들 같은 행동이 아닐 수 없었다.

우근은 껄껄 웃더니 다시 말했다.

"두 번 말하게 만들지 말고, 다친 데 있으면 빨리 내놔 봐."

황우의 왼손은 손가락 두 개가 탈구되어 있었고, 상위무의 오른쪽 가슴에는 두 대의 수전袖箭이 박혀 있었다. 탈구는 골절과 달라서 끼워 맞출 수 있으니 다행이요, 수전은 길이가 짧아 두툼한 가슴 근육을 관통하지 못했으니 또한 다행이었다.

우근은 간단한 손놀림으로 두 사람의 상처를 치료해 주었다. 그는 보통 거지가 아니라 천하에서 가장 존귀한 거지였다. 그래서 그가 가지고 다니는 구급낭 안에는 지혈산이니 금창약, 백반 같은 약품들이 구비되어 있었다. 그것도 제법 상등품으로.

삑! 삐이익! 삑!

두 사람의 치료가 얼추 끝날 무렵 호각 소리가 다시 들려왔다.

"쥐 고기를 삶아 먹었나, 찍찍거리긴……."

우근은 심술 난 어린아이처럼 투덜거리면서도 호각 소리의 의미를 파악하기 위해 머리를 굴렸다.

녹림에서 널리 통용되는 흑화黑話(암호)인 삼십육조취각호三十六調吹角號는 한 개의 작은 호각으로써 서른여섯 종류의 신호를 보낼 수 있다고 했다.

'우리 위치를 동료들에게 알려 주는 것일까? 아니면 조금 전 싸움의 결과를 보고하는 것일까?'

둘 중 무엇이라도 상관없었다. 좋지 않기는 마찬가지일 테니까.

한 가지 분명한 점은 있었다. 이동 속도가 느리면 느릴수록 공격을 받는 횟수가 늘어나리라는 점이었다. 물론 그것은 우근이 바라는 바와 거리가 멀었다.

우근은 엉덩이를 툭툭 털고 일어서더니 두 사람을 향해 호탕하게 말했다.

"흔히들 세상에는 일곱 종류의 재수 없는 물건들이 있다고 하지. 첫째가 악질 세리稅吏고, 둘째가 고리대금업자며, 셋째가 돌팔이 낭중郞仲(의원), 넷째가 색에 굶주린 땡추, 다섯째가 돈에 환장한 사이비 말코, 여섯째가 녹림처사綠林處士…… 아니지. 그깟 놈들이 무슨 얼어 죽을 처사라고. 여섯째는 쥐새끼들처럼 찍찍거리는 산적 나부랭이, 그리고 일곱째가 바로……."

"우리 거지네요."

황우가 슬쩍 추임새를 넣어 주자 우근은 반색을 하며 즐거워했다.

"맞아! 꽃처럼 알록달록한 옷을 입고 꽃처럼 향기로운 냄새를 풍기며 다니는 우리 화자花子(거지) 나리들이지!"

우근은 양팔을 활짝 벌려 황우와 상위무의 어깨를 감싸 안았다. 그의 두 눈에선 도끼로 찍혀도 흔들리지 않을 확고한 신뢰감이 배어 나왔다.

"가세! 가서 우리 거지가 산적보다 백배 천배 더 재수 없는 물건이란 사실을 똑똑히 보여 주자고!"

—◦◦◦—

무당산의 남동쪽 하산로가 한눈에 내려다보이는 봉우리.

쌀쌀한 밤바람을 맞으며 네 사람이 서 있었다. 그들의 얼굴은 약속이나 한 것처럼 잔뜩 찌푸려져 있었다. 뭔가 골치 아픈 문제에 직면한 듯했다.

"손해가 막심하군. 이 장사를 시작하고 나서 이렇게 손해 보기는 처음인 것 같소."

커다란 박도朴刀를 등에 멘 털북숭이가 투덜거렸다. 그는 이 무당산에서 그리 멀지 않은 대홍산大洪山 녹림 산채의 부채주인 조탁曹鐸이었다.

조탁이 말한 장사란 물론 산적질을 가리켰다. 밑천 안 드는 장사로 유명한 게 산적질인 만큼 설령 일이 뜻대로 안 풀렸다 한들 무슨 큰 손해가 있겠느냐마는, 그런 산적질에도 유일하다 할 수 있는 밑천이 있었으니 그것은 바로 사람이었다.

조탁이 녹림의 맹주인 칠성노조의 부름을 받고 무당산에 데려온 산적들의 수는 모두 사십 명이었다. 하지만 그중 절반가량이 이미 염라전에 이름을 등재했고, 남은 절반 중에서도 사지 멀쩡한 놈은 가뭄에 콩 나듯 찾아보기 힘들 터였다. 그러니 그의 입에서 저런 푸념이 나올 법도 했다.

조탁과 비슷한 생각을 하는 이가 하나 더 있었다.

"우리도 마찬가지요. 이렇게 피해가 클 줄 알았다면 애당초 생각을 달리했을 것을……."

조탁에 이어 투덜거린 사람은 가죽 요대에 매단 유엽도柳葉刀만큼이나 날렵한 체격을 가진 장년인이었다. 대홍산 산채와 유대가 돈독한 삼리강三里岡 산채의 선봉인 장십육도莊十六刀가 바로 이 사람인데, 녹림도답지 않게 정통의 도법을 수련했으며 자신이 죽인 강적의 숫자로 이름을 대신하는 기벽이 있는 것으로 유명했다. 장십오도가 장십육도로 바뀐 것은 지난겨울의 일이었으며, 그 이름이 언제 십칠도로 바뀔지는 아무도 알지 못했다.

봉우리 위에는 조탁과 장십육도 외에도 두 사람이 더 있었다. 한 사람은 작달막한 체구에 머리가 희끗희끗한 초로인이요, 다른 사람은 양 허리에 붉은 칠을 한 도끼를 차고 있는 대머리 거한이었다. 그들은 조탁과 장십육도의 불평에 가타부타 대꾸하지 않았다. 다만 초조한 신색으로 봉우리 아래로 펼쳐진 무당산의 검은 숲을 내려다볼 뿐이었다.

초로인과 대머리 거한이 별다른 반응을 보이지 않자, 조탁이 조금 큰 목소리로 다시 말했다.

"수하의 태반을 잃고도 수중에 들어오는 게 겨우 은 백 냥이라니, 사람의 목숨값이 아무리 헐하다 해도 이건 너무 박한 계산법 아닌가?"

장십육도는 한술 더 떠 손바닥으로 제 목을 쓰다듬으며 이죽거렸다.

"채주가 노발대발하겠군. 이 목이나 온전하게 남겨 줄지 모르겠네."

바로 그때였다.

"쉿!"

이제껏 조용히 있던 초로인이 갑자기 손을 뒤로 뻗으며 짧게 내뱉었다.

조탁과 장십육도는 지금까지 늘어놓던 불평과는 딴판으로 입을 꽉 다물었다. 이것으로 미루어 녹림에서 초로인의 지위는 두 사람보다 훨씬 높은 것 같았다.

주위가 조용해지자 네 사람은 멀리서 울리는 어떤 소리를 들을 수 있었다. 불규칙한 박자로 이루어진 호각 소리.

그 소리에 한동안 귀를 기울이던 초로인이 크게 탄식했다.

"아! 적목채赤木寨도 실패했구나!"

그 말을 들은 조탁과 장십육도의 표정이 밤처럼 어두워졌다.

적목채는 대파산大巴山 북부를 주름잡는 녹림도당으로서 그 성세는 대홍산, 삼리강의 산채를 오히려 능가했다. 그리고 그러한 성세는 이번 출행에도 여실히 드러나, 다른 산채의 두 배가 넘는 전력을 파견할 수 있었던 것이다. 한데 그 적목채마저도 실패하다니…….

조탁과 장십육도의 표정이 채 밝아지기도 전에 예의 호각 소리가 다시 울렸다. 아까와는 다른 박자, 다른 음조였다.

그 순간, 초로인과 어깨를 나란히 하고 있던 대머리 거한이 갑자기 몸을 부르르 떨었다.

"뭐지?"

대머리 거한이 중얼거렸다.

"저 소리는 뭐야? 내가 잘못 들은 건가?"

실성한 사람처럼 혼잣말을 중얼거리던 대머리 거한이 갑자기 몸을 홱 돌려 초로인의 양어깨를 거칠게 움켜쥐었다.

"채蔡 선배, 내가 잘못 들은 거죠? 그렇죠? 빨리 그렇다고 대답해 줘요!"

바라는 대답이 나오지 않으면 물어뜯기라도 할 것 같은 사나운 기세였지만 초로인은 움츠러들지 않았다. 다만 안타까워하는 눈빛으로 대머리 거한의 얼굴을 올려다보다가 고개를 천천히 흔들었고, 그것이 곧 초로인의 대답이었다. 그러나 대머리 거한이 바라는 대답은 아니었다.

"그, 그럼……!"

시뻘겋게 달아올랐던 얼굴이 순식간에 하얘지며, 대머리 거한이 뒷걸음질을 쳤다.

초로인이 한숨을 쉰 뒤 말했다.

"자네는 잘못 듣지 않았네. 저것은 이번 공격조의 우두머리가 죽었다는 신호야."

대머리 거한, 대파산 적목채의 부채주이자 그 무공과 용맹이 녹림 전체를 통틀어 다섯 손가락 안에 꼽힌다는 쌍혈부雙血斧 강포江包는 그 대단한 명성에 어울리지 않게 "억!" 하는 외마디 비명과 함께 뒤로 넘어갔다. 코끼리처럼 튼튼한 몸뚱이를 지닌 그였지만, 초로인의 말을 듣는 순간 백 장 절벽에서 떨어진 듯한 충격을 느낄 수밖에 없었던 것이다.

"쯧쯧."

초로인은 낮게 혀를 차며 강포를 부축해 앉혔다.

등줄기의 혈도 두어 군데를 친 뒤 다시 뒷골의 혈맥을 주무르자, 강포의 눈이 다시금 뜨였다. 하지만 북받치는 슬픔만은 어쩔 수 없는 듯, 그 눈에서는 두 줄기의 굵은 눈물이 주르륵 흘러내렸다.

초로인의 이름은 채요명蔡嶢明, 칠성노조의 일곱 심복을 지칭하는 칠성장군七星將軍 중에서도 가장 머리가 좋다는 문곡성文曲星이 바로 그였다. 그는 머리가 좋은 만큼 말주변도 좋았지만, 저렇게 눈물을 줄줄 흘리는 남자 앞에서는 어떤 말부터 꺼내야 할지 갈피를 잡을 수 없었다.

"모두 내 잘못이야. 내가 갔어야 하는데……."

강포가 눈물을 줄줄 흘리며 중얼거렸다.

이번 공격조의 우두머리는 적목채의 소두목 중 한 사람인 강견江堅, 강포의 친동생이었다. 본디 강포에게는 아래위로 다섯 명의 형제가 있었는데, 대부분 푸른 산에 뼈와 혼백을 묻고 오직 하나 남은 게 바로 강견이었다. 강포가 저토록 슬퍼하는 것은 당연한 일이었다.

"아닐세. 내 잘못이야. 내가 우근의 능력을 과소평가했어."

채요명이 씁쓸히 말했다. 그는 이번 관문의 주장으로서 공격 장소를 선정하고 인원 배치를 총괄한 바 있었다. 그러니 작전 중 사망한 사람에 대해 책임감을 느끼지 않을 수 없었다.

하지만 강포는 그렇게 생각하지 않는 듯했다.

"내 아우는 천성적으로 살기가 강하오. 어떤 강적을 만나도 후퇴할 줄 모르는 멧돼지 같은 미련퉁이지요. 그걸 알면서도 공에 눈이 멀어 아우를 죽게 하다니……."

강포가 거듭 자책하니, 채요명으로서는 그저 쓰게 입맛을 다실 뿐이었다.

강포의 아우 강견의 별호는 면귀불퇴面鬼不退. 귀신과 마주쳐도 달아나지 않는다는 저돌적이고 투지 넘치는 사내였다. 그런 강견에게 치고 빠지는 약삭빠름을 요구한 것은 분명히 과한 욕심이었다. 하지만 강포는 그런 줄 알면서도 강견을 공격조의 조장으로 내세웠다. 그에게도 나름대로 복안이 서 있었던 것이다.

우근을 죽인 자는 대단한 명예를 얻을 뿐만 아니라, 칠성노조가 따로 내리는 열 관의 황금을 얻게 된다.

우근이 관문에 들어서기 전, 채요명으로부터 작전에 대한 개

요를 전해 들은 강포는 적목채에 배당된 순번이 매우 유리하다는 사실을 단번에 알아차릴 수 있었다. 도합 아홉 차례에 걸쳐 진행될 기습 공격 중에서 적목채에 배당된 순번은 일곱 번째와 여덟 번째. 위치 또한 녹림의 장기를 십분 발휘할 수 있는 가파른 비탈과 울창한 송림이었다.

그래서 강포는 몸놀림이 빠르고 상황 판단이 밝은 소두목 한 사람에게 일곱 번째 공격조를, 그리고 아우인 강견에게 여덟 번째 공격조를 맡겼다.

우근이 제아무리 강하다 할지라도 이곳은 산, 그것도 어둠에 덮인 산이었다. 강포는 어둠에 덮인 산중에서 녹림도에게 일곱 차례나 기습을 당하고도 멀쩡할 수 있는 사람은 존재하지 않을 거라 믿었다.

만신창이가 된 우근. 그 앞에 등장하는 강견. 요식 행위에 불과한 전투. 그리고 강견의 운두도雲頭刀 아래 떨어져 나가는 우근의 수급.

이것이 강포가 세운 복안이었다.

하지만 그것은 달콤한 꿈에 불과했다. 우근은 강포를 비웃기라도 하듯 앞선 일곱 차례의 공격조를 파죽의 기세로 격파했을 뿐만 아니라, 급기야 그의 아우 강견의 목숨마저 앗아 가 버린 것이다.

"채 선배, 그래도 다음 차례는 기대해 볼 만하지 않겠소?"

강포의 비탄에 눌린 탓인지 지금까지 눈치만 보고 있던 조탁이 조심스러운 목소리로 채요명에게 물었다.

다음 차례, 그러니까 이 지관의 마지막 공격조는 녹림의 총본산이라 할 수 있는 칠성채가 맡고 있었다. 공격조의 조장은 칠성장군 중 막내인 초요성招搖星 호칠胡七. 구절편九節鞭이라는 기문병기로 태행산을 포함한 서북 일대에서 철중쟁쟁의 이름을 날리는 용사였다.

"다음 차례라……."

채요명은 눈을 감고 우근과 호칠의 싸움을 머릿속으로 그려 보았다. 지금까지 수집한 양 진영의 정보들을 바탕으로 구체적이고도 정교한 가상의 세계가 그의 머릿속에서 만들어졌다. 그리고 그 가상의 세계 속에서 우근과 호칠이 맞붙었다. 맹렬한 싸움. 하지만…….

채요명은 고개를 절레절레 흔들며 눈을 떴다.

"힘들어. 막내의 솜씨야 이 바닥에서 알아주는 것이지만, 우근의 실력은 우리 산사람들과 차원이 다른 것 같군. 머릿수와 지형의 이점이 그자에게는 전혀 먹히지 않고 있어."

이 말이 끝나기가 무섭게 강포가 벌떡 일어섰다.

"나는 우근의 실력이 얼마나 대단한지 직접 확인해 봐야겠소!"

채요명은 난색을 띠며 강포의 앞을 막아섰다.

"이미 때가 늦었네. 아홉 번째 공격조도 이 각을 버티기 힘들어. 자네가 이 봉우리를 내려갔을 때에는, 우근은 이미 우리가 관할하는 지관의 경계를 넘어 버렸을 걸세."

"경계 따위 개에게나 던져 주라고 하시오! 아우의 원수를 갚는 데 그따위가 무슨 상관이란 말이오!"

"고집 부리지 말게. 인관人關을 지키는 이 공자는 자네가 개입하는 것을 그리 달가워하지 않을 거야. 비각에서 나온 사람들과는 절대로 문제를 일으키지 말라는 큰어른의 지시를 잊었나?"

채요명이 녹림의 큰어른 칠성노조까지 언급하자 강포의 기세가 조금 꺾이는 듯했다. 하지만 그것은 오랜 습관에서 비롯된 반사적인 움츠림에 불과했다. 강포에게는 칠성노조에 대한 경외감보다 아우를 잃은 원한이 더 절실했기 때문이다.

"누구도 나를 막을 수 없소!"

강포가 부르짖었다.

이 단호한 선언 앞에 채요명은 물론이거니와 조탁과 장십육도의 안색마저도 딱딱하게 굳었다. 이유야 무엇이건 간에 녹림도의 신분으로 녹림 맹주의 지시를 거역하는 것은 절대 금기의 반역 행위였다. 만일 누군가 그런 언행을 드러낸다면, 주위의 녹림도들은 그자를 율법에 따라 징치함으로써 맹주에 대한 권위를 세워야 했다. 만일 그것을 방관하면 같은 죄를 범한 것으로 간주되는 것이다.

"강 형, 심정이야 이해할 수 있지만, 그렇다고 그런 식으로 말하면 곤란하지."

장십육도가 요대에 걸린 유엽도의 손잡이 위로 오른손을 가져가며 느물거렸다.

"다시 한 번 생각해 보는 것이 좋을 텐데……."

조탁도 어깨 너머 박도의 손잡이를 움켜쥐며 경고했다.

그러나 어떠한 금기, 어떠한 율법도 지금의 강포에게는 무의미했다. 그는 횃불처럼 강렬한 안광을 이글거리며 다시 한 번 외쳤다.

"누구도 나를 막을 수 없어!"

외침과 동시에 강포는 두 자루 시뻘건 도끼를 뽑아 들었다. 계속 막는다면 힘으로라도 뚫고 가겠다는 의사 표현이었다.

이에 조탁과 장십육도도 각자의 병기를 뽑아 들었다.

"어쩔 수 없군."

"강 형, 우리를 원망하지 마시게."

그러면서도 두 사람은 채요명의 눈치를 살폈다. 이번 행사의 주장은 어디까지나 채요명이었다. 만일 채요명의 입에서 한마디만 떨어지면 당장 강포에게 달려들 작정이었다.

채요명은 공격 명령을 내리지 않았다. 그는 맥이 조금 풀린 음성으로 조탁과 장십육도를 향해 말했다.

"그를 보내 주게."

그 말이 의외인 듯 조탁과 장십육도는 잠시 어리둥절한 표정을 짓다가 이내 큰 소리로 반박했다.

"채 선배!"

"하지만 영록구구장永綠九九章에 따르면……!"

채요명은 쓸쓸히 웃었다.

"자네들은 그 영록구구장을 초안한 사람이 누군지 아는가?"

두 사람은 꿀 먹은 벙어리처럼 입을 다물고 말았다. 칠성노조의 율법이자 당금 녹림의 율법이기도 한 영록구구장의 초안자는 다름 아닌 문곡성 채요명이었던 것이다.

"영록구구장 가운데에는, 실제 상황에서는 직속상관의 지시가 가장 우선한다는 조항도 있네. 자네들도 기억하고 있겠지?"

"하지만 차후에 따를지도 모르는 문책은 어쩌려고 그러시오?"

"자네들과는 무관한 문제야. 모든 책임은 내가 질 테니 자네들은 더 이상 따지지 말고 물러서게나."

조탁과 장십육도는 그제야 병기를 거두며 뒤로 물러섰다. 내심으로는 잘되었다고 여길지도 몰랐다. 분노한 강포와 싸우고 싶은 사람은 그리 흔치 않을 것이기 때문이다.

채요명은 시선을 돌려 강포를 바라보았다. 철탑처럼 버티고 서 있는 강포에게선 맹렬한 살기가 용광로의 불길처럼 뿜어 나오고 있었다. 본디 피는 물보다 진한 법. 강견이 살기가 강한 것은 모두 그 형 되는 강포를 닮은 까닭이었다. 하지만 강포는 적목채의 부채주 자리에 오르며 천성적인 살기의 대부분을 안으로 갈무리했다. 높은 자리에 있을수록 혈기보다는 냉정함이, 저돌성보다는 침착함이 필요했기 때문이다.

하지만 아우의 죽음이 강포의 봉인을 제거했다. 지금의 강포는 적목채의 부채주가 아니라 복수에 눈이 뒤집힌 한 마리 원귀에 지나지 않았다. 율법이란 사람에게 적용되는 것. 귀신에게는 적용되지 않는다.

"말리지 않겠네. 대신 이것을 가져가게."

채요명은 품에서 길이가 한 뼘 반 정도 되는 둥근 원통을 꺼내어 강포에게 내밀었다.

강포는 오른손에 든 도끼를 앞으로 내밀었다. 그 넓적한 면 위에 올려놓으라는 뜻이었다. 받을 생각이 있다면 한 손으로 두 자루 도끼들을 포개 잡고 다른 손을 내밀 수도 있었다. 그럼에도 불구하고 굳이 이렇게 하는 까닭은, 혹여 채요명이 수작을 부려 자신의 발길을 막을까 염려한 때문이리라.

채요명은 이를 탓하지 않고 원통을 도끼의 넓적한 면 위에 얹었다. 강포는 도끼 위에 얹힌 원통을 힐끔 내려다보았다.

"소천신화통燒天神火筒이군."

채요명은 빙긋 웃었다.

"잘 보았네. 일전에 관병을 격파할 때 얻은 물건이지. 신호용으로라도 쓸 수 있을까 해서 가져왔는데, 자네에게 주게 될 줄은 몰랐네."

"고맙소, 채 선배."

강포는 고개를 한 번 끄덕인 뒤, 세 사람 사이를 지나 성큼성큼 걸어갔다. 채요명은 실로 복잡한 감정이 담긴 시선으로 멀어져 가는 그의 뒷모습을 바라보았다.

강포가 봉우리를 떠나고 얼마 뒤 호각 소리가 다시 울렸다. 우근을 향한 아홉 번째 공격이 시작되었음을 알리는 신호였다.

"이제 우리는 어떻게 하지요?"

조탁이 물었다.

"패관지주敗關之主가 무엇을 하겠는가? 돌아가 꾸지람만 기다릴 수밖에."

채요명은 천천히 걸음을 옮겼다. 칠성노조로부터 받을 문책은 그리 염려되지 않았다. 그가 지금 걱정하는 것은 강포의 안위였다.

칠성노조의 지시를 어기고 강포가 인관에 개입한 것이 과연 대세에 어떤 영향을 미칠 것인가? 좋은 영향일까, 아니면 나쁜 영향일까?

한참을 생각하던 채요명은 픽 웃으며 고개를 흔들었다. 아무리 지혜롭다 해도 그런 것까지 예측하기란 불가능한 일, 결국 모든 것은 하늘이 정한 대로 돌아가는 것이다.

세 사람의 모습이 봉우리 위에서 사라진 지 일 각쯤 지난 뒤.

삐익! 삐익!

이제는 작은 산짐승들의 귀에도 충분히 익숙해졌을 호각 소리가 무당산에 울려 퍼졌다.

우근 일행은 마침내 녹림도가 지키던 지관을 모두 돌파한 것이다!

(3)

산길 아래에서 어른거리는 사람 그림자를 발견하기가 무섭게 우근은 걸음을 멈췄고, 뒤따라 내려오던 황우는 그런 우근을 향해 질책하듯 투덜거렸다.

"저는 분명히 이 길이 아니라고 말씀드렸네요."

"젠장, 놈들이 일부러 이쪽 길에 흔적을 남겨 우리를 다른 길로 유인하려 한 것인 줄로만 알았지."

우근의 말에 황우는 힘없이 웃더니 다시 물었다.

"사부님, 혹시 조조를 아시는지 궁금하네요."

"알지."

"관우는요?"

"자네는 날 바보로 아는가? 둘 다 옛날 사람 아닌가!"

"화용도華容道에서 두 사람이 만난 일에 대해서는요?"

이야기가 약간 복잡해지자 우근은 당황한 기색을 드러냈다.

"어? 두 사람이 같은 시대 사람이었던가?"

황우는 한숨을 쉰 뒤, "하긴 방주님 같으신 분이 허허실실虛虛實實의 계교를 아실 리 없네요."라고 조그맣게 중얼거렸다.

황우의 말처럼 우근은 허허실실의 계교가 뭐 하는 데 쓰는 것인지 알지 못했다. 하지만 그는 제자에게 무시당하는 것이 그리 유쾌한 일이 아니라는 것만큼은 분명히 알고 있었다.

평소 같았으면 많이 배운 걸로 건방을 떠는 제자를 한 대 패주련만, 지금은 그럴 수 없었다. 지금의 황우는 우근의 주먹을 견딜 만큼 튼튼해 보이지 않았고, 그 점은 상위무도 마찬가지였다.

진기란 어떤 면에선 말과 비슷했다. 마찬가지로 진기를 운전하는 일이란 어떤 면에선 말을 모는 일과 비슷했다. 노련한 기수는 말을 피로하게 만들지 않는다. 마찬가지로 노련한 강호인은 진기를 고갈시키지 않는다. 한번 피로해진 말이 평소의 준분

함을 되찾는 데 많은 시간과 노력이 필요하듯, 한번 고갈된 진기가 본래의 정순함을 되찾는 데에도 그에 못지않은 시간과 노력이 필요한 것이다.

그런 관점에서 볼 때, 상위무와 황우는 노련한 강호인이라고 볼 수 없었다. 단전에 고여 있던 마지막 한 줌의 진기까지도 닥닥 긁어다 써 버린 뒤였으니 말이다. 마치 숨 한 번 돌리지 않고 백 리를 질주한 말처럼 말이다.

하지만 우근은 두 사람을 탓할 수 없었다. 만일 그렇게 하지 않았다면, 그들의 시신은 지금쯤 이 어둡고 음습한 무당산 어딘가에 버려진 채 차가운 밤이슬을 맞고 있을 터였다. 그들의 손에 의해 죽어 간 수많은 녹림도들과 비슷한 몰골로. 그 점에 비춰 보면, 황우와 상위무는 여전히 두 다리로 버티고 서 있다는 한 가지 사실만으로도 충분히 칭찬받을 만했다.

'그건 그렇고…….'

여기까지 생각한 우근은 황우와 상위무에게 주었던 시선을 천천히 전면으로 돌렸다. 그의 전면 십여 장 떨어진 산길에는 사람 그림자 하나가 산귀신처럼 을씨년스럽게 서 있었다.

산귀신.

그 인영은 정말 산귀신이라도 되는 양 홀연히 나타나 지치고 부상당한 우근의 일행을 가로막고 있었다. 그 인영이 용봉단과 녹림도의 뒤를 이은 세 번째 관문의 주인이라는 것쯤은, 허허실실이 뭔지 모르는 우근이라도 쉽게 짐작할 수 있었다.

이때, 달이 구름 사이에서 모습을 드러냈다. 그러자 나타난 인영의 전모가 우근의 시야 속으로 똑똑히 들어왔다.

으스름한 달빛 아래에서도 선명하게 빛나는 백삼, 푸르스름한 보광을 뿌리는 청옥 요대, 온유한 느낌을 주는 백옥선, 그리고 이 모든 신외지물들을 오히려 초라하게 만드는 준미한 이목구비.

잘생긴 얼굴이었다. 그러나 지독히 재수 없는 얼굴이기도 했다. 우근의 부리부리한 눈이 반으로 접혔다.

"우 방주, 그간 무양하셨소?"

백삼 미공자가 우근에게 인사를 건넸다. 그의 얼굴에는 오랜 친구를 만난 듯한 반가운 미소가 맺혀 있었다.

"흐으, 흐흐……."

우근은 웃었다. 그러나 웃는 것은 단지 입술뿐이었다. 말라붙은 땀자국으로 인해 귀신처럼 흉측해진 그의 얼굴에는, 웃음 대신 차가운 살기가 떠올라 있었다.

하지만 백삼 미공자는 여유만만하기만 했다. 백삼 미공자, 잠룡야 이악의 손자이자 마흔아홉 명 비영 중 네 번째 서열을 차지하고 있는 이군영은 우근의 일행을 향해 진심 어린 찬사를 보냈다.

"앞선 두 관문을 통과하면서 최소한 한 분쯤은 낙오하실 줄 알았는데, 소생의 예상이 보기 좋게 빗나갔군요. 과연 개방의 영웅들답습니다."

"닥쳐라!"

우근의 목살에 지렁이 같은 힘줄이 툭 튀어나왔다.

우근은 작년 가을 철군도의 지하 뇌옥에서 벌어진 일을 똑똑히 기억하고 있었다. 개방의 소주 분타주인 삼각풍 위백은 저 이군영이 설치한 죽음의 함정으로부터 방주인 우근을 구해 내기 위해 목숨을 던졌다. 위백과 형제의 교분을 나누던 우근이 그 크나큰 원한을 어찌 잊을 수 있겠는가!

이군영은 어깨를 으쓱거린 뒤, 안타깝다는 투로 말했다.

"우 방주께서는 이 후배와의 재회를 그리 달가워하시지 않는 모양입니다."

"흥! 승냥이 무리를 다시 만나는 게 어찌 달가울까?"

"그 정도입니까?"

이렇게 반문하며 슬픈 표정을 짓는 이군영을 향해 우근이 버럭 고함을 질렀다.

"잡담은 그만두자! 혼자 덤빌 테냐, 떼거리로 덤빌 테냐?"

비록 두 번째 만남에 불과했지만, 우근은 이군영이 어떤 부류의 인간인지 알 것 같았다. 이군영은 확실한 승산이 서기 전까지는 결코 전면에 나서려 하지 않는 완벽주의자였다. 다시 말해, 가까운 어딘가에는 이군영으로 하여금 확실한 승산을 품게끔 해 주는 막강한 조력자들이 대기하고 있다는 얘기였다. 그리고 우근의 이런 예상은 여지없이 들어맞았다.

"직접 가르침을 받고 싶은 마음은 굴뚝같지만, 우 방주와의 대결을 애타게 원하는 분이 계신지라……."

이군영의 말이 채 끝나기도 전에, 좌측의 수풀 속에서 한 남자가 걸어 나왔다. 얼굴보다 먼저 우근의 눈에 들어온 것은 한 쌍의 거무튀튀한 손이었다. 그 손은 괴괴한 어둠 속에서도 섬뜩한 금속의 질감을 풍기고 있었다. 그럴 수밖에 없었다. 그 남자는 강철로 만든 장갑을 끼고 있었으니까.

"남궁월……."

우근의 입술 사이로 한 사람의 이름이 낮고 무겁게 흘러나왔다. 그러나 강철 장갑의 남자는 아무 대답도 하지 않았다.

우근의 입가에 조소가 맺혔다.

"흐흐, 어린아이는 세 번 맞아야 정신을 차린다더니, 남궁형, 자네가 영락없이 그 짝이군."

끼이익!

남자가 낀 강철 장갑으로부터 듣기 거북한 금속성이 울려 나왔다. 한 번 울리면 하나의 목숨이 사라진다는 일호일명거一呼一命去의 최명호催命呼. 그러나 단지 그뿐이었다. 강철 장갑의 남자, 강호사마의 일원이자 비각의 비영 서열 십일 위를 차지하는 철수객 남궁월은 우근의 조소에도 분노하지 않았다. 그렇다고 살기를 드러낸 것도 아니었다. 하지만 그것이 남궁월의 분위기를 더욱 으스스하게 만들어 주었다.

과거, 남궁월은 우근과 두 번 싸운 경험이 있었다. 사 년 전 회하에서 벌어진 일대일의 쌍철지쟁雙鐵之爭이 그 첫 번째요, 지난해 소주 인근 일조령에서 각 진영의 수장으로서 참가한 집단 전투가 그 두 번째였다.

다른 시간, 다른 장소에서 벌어진 다른 형태의 두 싸움.

그러나 한 가지 공통점은 있었다. 남궁월은 두 번 모두 우근이라는 벽을 넘지 못한 것이다. 특히 지난해 일조령에서의 대전은 남궁월에게 있어서 죽음보다도 더한 치욕을 안겨 주었다. 당시 싸움에서 패한 남궁월은 매혼대법에 사용된 약물의 해독법을 우근에게 넘겨주는 대가로 목숨을 부지할 수 있었던 것이다.

그날 이후 오늘까지, 남궁월이 우근에게 설욕하기 위해 얼마나 절치부심 노력했는가는 굳이 설명할 필요도 없었다.

남궁월의 뒷전에 서 있던 이군영이 낭랑한 목소리로 말했다.

"광막한 강호에 모래알처럼 많은 것이 기인이사라지만, 아마도 두 분을 능가하는 영웅은 좀처럼 찾기 힘들 겁니다. 해서, 소생을 비롯한 어느 누구도 두 분의 대결에는 끼어들지 않겠습니다. 물론 두 분께서 대결을 벌이시는 동안, 일행분들의 안전은 소생이 책임지고 보장해 드릴 것을 약속합니다."

그러고는 몇 발짝 물러서는 품이 마치 비무의 참관인이라도 된 듯한 태도였다.

"흐흐, 이거 고마워서 몸 둘 바를 모르겠군."

우근이 슬쩍 비꼬았지만, 이군영은 부드러운 설명으로 그것을 받아넘겼다.

"모든 것은 남궁 비영의 뜻이지요. 하니 조금 전 우 방주께서 하신 사례는 마땅히 남궁 비영께서 받으셔야 할 겁니다."

그 미소가 못 견디게 얄미웠기에, 우근은 무서운 눈초리로 이군영을 노려보았다. 하지만 더 이상 말을 꺼내지는 않았다. 말이 길어질수록 흥분하는 쪽은 자신이라는 사실을 잘 알고 있었기 때문이다.

우근은 황우와 상위무를 슬쩍 돌아보았다. 두 사람은 커다란 나무에 등을 기댄 채 숨을 헐떡이고 있었다. 특히 마음에 걸리는 것은 상위무의 왼팔이었다. 그의 왼쪽 팔꿈치 안쪽에는 길이가 한 뼘이 넘는 커다란 상처가 새겨 있었다. 난전 중에 날아든 녹림도의 병기가 남긴 흔적이었다.

그러나 우근은 걱정스러운 내색을 조금도 비치지 않은 얼굴로 두 사람에게 말했다.

"패 줄 놈이 하나 있네. 그동안 기다려 주겠나?"

상위무는 피로와 고통으로 일그러진 얼굴로도 웃었다.

"흐흐! 때려 줄 놈은 때려 줘야죠."

"저희 걱정은 마시고 마음껏 때려 주셔도 되네요."

상위무와 어깨를 나란히 하고 있던 황우가 덧붙였다.

"좋아, 아주 좋아."

우근은 황우와 상위무를 향해 듬직하게 웃어 주었다. 하지만 그 웃음은 남궁월을 향해 돌아서는 순간 씻은 듯이 사라졌다. 말로는 좋다고 했지만, 실제로는 좋을 것이 하나도 없었다. 이른바 흉다길소凶多吉少의 형세.

그러나 우근은 절망하지 않았다. 오늘 밤 무당산에 펼쳐진 천, 지, 인의 세 관문이 아무리 흉험하다 할지라도, 그것은 어디까지나 사람에 의해 계획되고 사람에 의해 진행된 사람의 일이었다. 그리고 우근은, 타인에 의해 강요당한 운명에 목숨을 맡기기엔 너무도 굴강한 의지를 지닌 장부였다.

우근은 허리를 곧게 편 뒤 남궁월을 향해 외쳤다.

"남궁월, 맞을 준비는 다 끝났나?"

남궁월은 양손에 낀 강철 장갑을 가슴 높이로 끌어 올린 채, 우근을 향해 걸음을 옮겼다. 그의 두 눈에서 뿜어 나오는 새파란 광망은, 그가 이미 오래전 모든 준비를 마쳤음을 어떠한 대답보다 단호하게 말해 주고 있었다.

"모쪼록 역사에 길이 남을 명승부를 펼쳐 주시길."

멀찌감치 떨어진 곳에서 이군영이 말했다.

그 말을 기점으로, 우근과 남궁월, 공존하기엔 이미 늦어 버린 이 희대의 승부사들은 서로를 향해 격렬히 몸을 던졌다.

---

장문진인이 하사한 태청보검을 품고 무당산을 내려가던 현유진인은 산문으로부터 이십여 리 떨어진, 청운해靑雲海라는 이름의 울창한 송백림松栢林이 끝나는 지점에서 발길을 멈췄다.

현유진인은 학의 깃털처럼 새하얀 눈썹을 살짝 찌푸린 채 고민에 잠겼다. 청운해가 끝나는 지점에는 두 줄기의 갈림길이 시작되고 있었다. 하나는 노군당老君堂으로 이어지는 완만한 길이요, 다른 하나는 검계劍溪로 이어지는 급한 비탈길이었다.

만약 정상적인 상황이라면, 우근이 아닌 다른 누구라도 당연히 노군당으로 이어진 완만한 길을 택했을 것이다. 그러나 지금은 정상적인 상황이 아니었다. 현유진인이 산을 내려오는 동안 목격한 무수한 혈전의 잔재들은, 지금이 정상적인 상황과는 거리가 멀다는 사실을 말해 주고 있었다.

그렇다면 우근은 상식의 허를 찔러 검계로 이어진 비탈길을 택했을까?

현유진인이 이렇게 고민하고 있을 무렵, 양쪽 길을 살피던 수덕修德과 수본修本, 두 제자들이 달려왔다.

"이것 좀 보십시오."

현유진인에게 물건 하나를 내민 사람은 그중 노군당 쪽으로 이어진 길을 살피던 수덕이었다. 수덕이 가져온 물건은 강호에서 성형자星形子라는 이름으로 알려진 별 모양의 암기였다.

"길 한복판에 떨어져 있어서 발견하기에 그리 어렵지는 않았습니다."

수덕의 보고를 들으며 현유진인은 생각했다.

성형자의 주인은 물론 우근이 아닐 것이다. 천하제일장天下第一掌으로 이름 높은 우근이, 같은 백도를 걷는 무당파를 방문하면서 이따위 치졸한 암기를 지니고 왔을 리 없었다. 그렇다면 이 성형자의 주인은 우근의 목숨을 노리는 무리임에 분명했다.

'그런데 그 성형자가 누가 발견해 주기를 바라는 것처럼 길 한복판에 떨어져 있었다고?'

순간, 현유진인은 한 가지 고사를 떠올릴 수 있었다. 적벽赤壁에서 주유에게 대패하고 달아나던 조조는, 멀리 화용도에서 피어오르는 연기를 발견하고 추호의 망설임도 없이 그 길을 퇴로로 택했다. 그는 허즉실虛卽實이요, 실즉허實卽虛라고 생각했기 때문에 위험해 보이는 곳이 오히려 안전하리라 믿었다. 그러나 화용도에서 그를 기다리고 있었던 것은 다섯 관문을 깨뜨리며 여섯 장수를 벤 바 있는 무시무시한 청룡언월도. 제갈공명은 이미 조조의 심중을 읽고, 관우로 하여금 허허실실의 유인계를 펼치도록 했던 것이다. 교활한 사냥감이 제 꾀에 넘어가 더욱 교활한 사냥꾼의 덫에 걸린 셈이랄까.

현유진인은 그 고사를 지금의 상황에 대비시켜 보았다.

우근은 과연 어떤 사냥감일까? 말투가 거칠고 행동이 소탈한 탓에 많은 이들은 우근의 지모를 과소평가하곤 한다. 하지만 현유진인이 아는 우근은 실리에 밝고 판단이 빠르며 위기를 맞아서는 신중의 미덕을 발휘할 줄 아는 사람이었다. 다시 말해, 필요하다면 조조만큼 교활해질 수 있는 사냥감인 것이다.

그렇다면 이 공자는 어떤 사냥꾼일까? 만일 누군가를 잡기 위해 무당산 전역을 천라지망의 거대한 함정으로 바꿔 놓을 만큼 치밀한 사람이라면, 사냥감의 교활함을 미리 짐작해 석년 화용도의 고사를 재현할 수 있는 제갈공명 같은 사냥꾼이 될 수 있지 않을까?

불현듯 현유진인은 자신에게 주어진 시간이 그리 많지 않음을 깨달았다.

"이럴 때가 아니다. 서두르자!"

현유진인은 신법을 전개하여 노군당 쪽으로 난 완만한 길로 신형을 날렸다.

그런데 마음이 너무 조급했던 탓일까?

현유진인은 무당파 도사들의 뒤를 소리 없이 따르는 한 사내의 존재를 전혀 알아차리지 못했다.

# 성사재천成事在天

## (1)

　작년 여름, 남궁월은 분신처럼 여기던 묵철수갑을 우근의 무명장법에 의해 잃은 바 있었다. 강호 출도 이후 이십 년이 넘도록 사용해 온 애병을 잃었으니 그 안타까움이야 오죽했을까.

　평소 남궁월의 투지를 높이 평가해 온 비각주 이악은 그 일을 안타까이 여겨 대내 이십사아문二十四衙門 중 하나인 병장국兵仗局에 청탁을 넣었다. 병장국을 관리하는 환관 유승劉昇은 번거로움을 떠안은 데에 대한 불만이 아주 없지는 않았지만, 환관들의 우두머리인 왕진과 긴밀한 관계에 있는 이악의 청탁을 감히 거절하지는 못했다.

　팔천 근의 목탄이 병장국의 천자급天字級 용광로를 뜨겁게 달궜다. 민간에서는 통용이 금지되는 남만철南蠻鐵 이백 근이 그

용광로 안에서 시뻘건 쇳물로 녹아들었다. 망치 소리가 백 일 밤낮을 끊이지 않았고, 장인들의 벗은 웃통에는 불똥에 덴 자국이 수를 더해 갔다. 그리하여 탄생한 물건이 설한철수雪恨鐵手, 바로 지금 남궁월이 끼고 있는 강철 장갑이었다.

대내 병장국이 보유한 수준 높은 제련술의 정화 설한철수!

삶의 목표를 오로지 우근 타도에 건 강호의 대살성 남궁월!

괴병과 마인이 하나가 되니, 그 위력이야 말해 무엇하랴!

붕! 부우웃!

세 치 길이의 강철 손톱이 한 번 휘둘릴 때마다 고즈넉하던 밤공기가 진저리를 쳤고, 그 사납고 맹렬한 기세 앞에선 무당산의 산천초목마저도 숨을 죽이는 듯했다.

그러나 상대는 우근, 당대의 천하제일장으로 불리는 개방의 용두방주였다. 녹림도의 매복을 뚫는 과정에서 진력의 많은 부분을 소진한 뒤였으나, 일생의 호적수를 맞아 추호의 거리낌 없이 싸워 나가는 그에게선 모진 바람 속에서도 흔들리지 않는 거목의 풍모가 풍겨 나오고 있었다.

파옥권破玉拳에 벽씨일심수碧氏一心手, 십팔자나법十八字拿法에 광마각狂馬脚까지…….

우근은 자신이 수련한 여러 외가 공부들을 총동원하여 흑도의 십 대 조공 중에서도 최강이라는 남궁월의 수라마조공을 상대하고 있었다. 권각술에 있어선 이미 절정에 오른 그가 아니던가. 강호에 널리 알려진 평범한 초식이라 할지라도 일단 그의 육신을 통해 펼쳐지면 배산도해排山倒海의 절초로 바뀌었다.

그러나 남궁월이 우근과의 거리를 섣불리 좁히지 못한 데에는 다른 이유가 있었다.

소철의 팔진수, 혈랑곡주의 혈옥수와 더불어 천하에서 가장 무서운 세 가지 장력으로 꼽히는 무명장법!

비록 내식이 원활치 못한 관계로 함부로 전개하지는 않고 있지만, 우근에게는 바로 그 무명장법이 있었다. 그 무명장법 아래 이미 두 번이나 고배를 마신 남궁월로서는 감히 승부를 서두를 수 없었던 것이다.

그러던 어느 순간, 남궁월은 손을 거두고 한 걸음 물러섰다. 그때 우근은 양팔을 가슴 앞으로 둥글게 휘돌리는 삼재벽三才壁의 수법으로 남궁월의 후속 공격에 대비하고 있었다.

"싸우다 말고 뭐 하는 짓이냐? 다리에 쥐라도 난 거냐?"

우근이 남궁월에게 물었다.

"나는 이런 싸움을 하려고 여기 온 것이 아니다."

오늘 밤 무당산에서 남궁월이 처음으로 꺼낸 말이었다. 투지와 살기가 새어 나가는 것을 막기 위해 그는 이제껏 한마디의 말도 꺼내지 않았던 것이다.

우근은 가슴 앞에 올린 두 손을 내리고 껄껄 웃었다.

"벙어리가 된 줄 알았는데 이제 보니 아니었군. 좋아, 내가 어떻게 해 주면 남궁 형의 성에 차겠나?"

남궁월은 착 가라앉은 목소리로 말했다.

"무명장법을 써라. 나는 그것을 깨뜨리기 위해 왔다."

우근은 코웃음을 쳤다.

"소 잡는 데 닭 잡는 칼을 쓸까? 남궁 형 정도는 무명장법을 쓰지 않고도 충분히 상대할 수 있다고."

지독히 모욕적인 말이었지만 남궁월은 흔들리지 않았다.

"그런 말도 결국 네가 강하기 때문에 할 수 있겠지. 나는 너의 그런 강함을 존경한다, 그것도 아주 미칠 듯이."

가장 무서운 분노는 가장 차가운 형태로 드러난다고 한다.

지금 남궁월의 감정 상태가 바로 그랬다.

남궁월은 설한철수를 얼굴 앞에서 십자로 교차하며 으스스한 눈빛으로 우근을 노려보았다.

"그러나 너는 결국 무명장법을 쓰게 될 것이다. 왜냐하면……."

말하는 도중, 남궁월의 신형이 뿌옇게 흐려졌다.

"나는 지난겨울을 보내며, 무명장법이 아니고선 절대로 상대할 수 없는 한 가지 무공을 익혔기 때문이다."

뿌옇게 흐려진 남궁월의 신형이 우근을 향해 폭사되었다. 무서운 속도로 공간을 압축해 들어오는 남궁월의 기세는 무수한 실전을 겪은 우근으로서도 처음 대하는 위협적인 것이었다.

파라락!

잔뜩 압축된 공간 속에서 설한철수가 수십 개로 늘어났다. 눈부신 속도를 바탕으로 한 어깨, 팔꿈치, 손목 관절의 파격적인 움직임이 무수한 환영들을 만들어 낸 것이다.

우근은 얼굴이 딱딱하게 굳었다. 저 환영들 어딘가에는 분명히 실체가 숨어 있었다. 그 실체에 적중되는 날에는 무사하기를 바라기 어려울 것이다. 그러나 실체를 파악하기란 간단하지 않았다. 남궁월이 펼쳐 낸 공세는 그만큼이나 빠르고 현란했다.

"흡!"

우근은 두 손바닥을 합장하듯 모아 앞으로 쭉 내밀었다. 모인 손끝으로부터 보이지 않은 기운이 철퇴처럼 뭉치더니, 설한철수의 물결 속으로 세차게 파고들었다.

투웅!

별안간 둔탁한 충돌 음이 울렸다. 참새 떼처럼 우근을 향해 몰려들던 설한철수의 환영이 어둠 속으로 흩어졌다.

그 순간, 환영의 잔상을 뚫고 우근의 좌반신을 향해 쏘아 온

한 쌍의 강철 덩어리!

크게 놀란 우근은 합장한 손을 우측으로 틀어 강철 덩어리의 측면을 후려쳤다. 그러나 개방의 전대 장로 벽간碧幹이 창안한 이 벽씨일심수는 설한철수의 엄밀한 환영들을 일시에 깨뜨릴 만큼 파괴적이긴 했지만, 진기의 방향을 갑작스레 틀 만큼 교묘하지는 못했다. 일심一心이라는 이름이 말해 주듯, 초식을 전개하기 위해선 두 손바닥을 하나로 모아야 하는 제약이 있기 때문이다.

찌익!

불쾌한 파육 음이 길게 울렸다. 우근은 팔뚝에 떨어진 섬뜩한 느낌에 급히 몸을 물려야만 했다. 네 걸음이나 물러선 뒤에야 신형을 바로잡은 우근. 그의 왼쪽 팔뚝 바깥쪽으론 호랑이가 할퀴고 지나간 듯한 선명한 혈선이 네 줄기나 새겨 있었다. 설한철수에 달린 강조가 남긴 상처였다. 비록 벽씨일심수의 대응이 늦은 감은 있었지만, 남궁월의 공격이 단순히 일직선으로 날아왔다면 이 부위에 상처가 생길 리는 없을 터.

'또 다른 변화가 숨어 있었군.'

우근은 입술을 지그시 깨물었다. 그런 그의 시야로 허공을 한 바퀴 맴돌아 지면에 내려서는 남궁월의 모습이 들어왔다.

"벽씨일심수 따위로는 결코 내 첩영수라조疊影修羅爪를 막을 수 없다."

이번 격돌의 이득으로 자신감을 회복한 듯, 남궁월의 얼굴에는 득의의 미소가 떠올라 있었다.

"첩영수라조…… 그동안 놀기만 한 건 아닌가 보군."

우근이 무겁게 말하자, 남궁월의 눈동자 속으로 푸르스름한 빛이 스쳐 지나갔다.

"놀아? 흐흐, 물론 아니야. 네 무명장법을 꺾지 못하는 한,

나는 결코 놀 수 없지.”

남궁월은 양손에 낀 설한철수를 세차게 마주쳤다. 다음 순간, 그의 신형은 어느새 우근에게 날아오고 있었다.

짜자작!

공기를 찢어발기는 듯한 소음이 터져 나오며, 아까보다 갑절 이상 많은 설한철수의 환영이 우근의 전면을 꽉 채우며 밀려들어 왔다. 순간적으로 우근은 강철로 만든 거대한 그물에 갇힌 듯한 착각에 빠졌다. 첩영疊影, 그림자를 포갠다는 이름에 걸맞은 무시무시한 공격이었다.

‘어쩔 수 없다!’

우근의 얼굴에 결심의 기색이 어렸다. 그와 동시에 자연스럽게 구부러지는 두 무릎. 하늘을 떠받칠 듯한 좌장과 땅을 찍어 누르는 듯한 우장 사이에선 인간을 위압하는 막강한 기운이 피어오르기 시작했다.

“오라!”

우근의 입에서는 웅혼한 기합성이 터져 나왔다. 바야흐로 절세의 무명장법이 발휘되는 순간이었다.


“쯧쯧.”

이군영은 혀를 찼다.

첩영수라조로 말할 것 같으면 남궁월이 자랑하는 수라마조공에 잠룡야가 이번에 새로 하사한 밀교의 환영비전幻影秘典이 더해진 희대의 절공이었다. 멀리서 관전하던 이군영조차도 눈이 어지러울 정도였으니, 직접 상대하는 우근이야 말할 필요도 없을 것이었다. 그러나 우근은 첩영수라조의 무서운 공세 속에서도 추호도 밀리는 기색을 드러내지 않았다. 아니, 정도가 너무

미미해 쉽게 발견하긴 힘들지만, 놀랍게도 첩영수라조를 상대로 조금씩 우위를 확보해 가고 있었다.

한 쌍의 강인해 보이는 육장은 때로는 연기처럼 표홀히 흩어지고, 때로는 구름처럼 신비롭게 뭉치며, 때로는 송곳처럼 날카롭게 들어가고, 때로는 바위처럼 무겁게 돌아왔다. 그럴 때마다 설한철수가 만들어 낸 빽빽한 수영이 마치 모래로 쌓아 올린 성처럼 허망하게 무너지고 있었다.

그토록 신쾌하고 현란한 첩영수라조였으나, 무명장법의 패도무쌍한 역도 앞에서는 본연의 장점을 발휘하지 못하고 있는 것이다.

시간이 흐를수록 남궁월의 이마에는 점점 더 많은 수의 땀방울들이 맺혀 나왔다. 그는 핏물이 배어나올 정도로 입술을 짓씹어 가면서도 공세의 고삐를 늦추려 들지 않았지만, 우근은 단지 튼튼히 방호함으로써 승기를 확보해 나가는 놀라운 운용의 묘를 보여 주고 있었다. 그것은 강철 같은 외공과 정순한 내공, 혹독한 수련과 풍부한 경험이 두루 갖춰지기 전에는 결코 오를 수 없는 극고의 경지였다. 이에 이군영은 우근이란 무인에 대해 진심으로 감탄하지 않을 수 없었다.

그러는 동안 우근과 남궁월 사이의 싸움은 이백 초에 이르고 있었다. 만일 이대로 초수가 쌓여 간다면, 남궁월은 한번 눌린 기세를 회복하지 못한 채 그대로 패하고 말 것이 분명했다.

'도와줘야 하나?'

그러나 이군영은 이 싸움에 개입하고 싶지 않았다. 이것은 한 사람의 투지가 간절히 원하던 싸움이었다. 그 사람을 존중한다면 그 사람의 투지 또한 존중해야 하는 것이다.

이군영은 긴장했던 어깨 근육을 느슨히 풀었다. 무거웠던 마음이 가벼워지며, 그는 다시금 한가한 관전자로 돌아갈 수 있었다.

이제 이군영에게 남은 관심은 하나뿐이었다.

남궁월에게는 아직 감춰 둔 한 수가 있었다. 비록 남궁월은 그 한 수의 존재를 부정하려 애쓰고 있지만, 그 수를 꺼내지 않고선 결코 우근을 꺾을 수 없었다. 그리고 그러한 사실은 누구보다도 남궁월 본인이 가장 잘 알 터였다.

남궁월은 과연 우근을 상대로 그 수를 꺼낼 수 있을까?

이군영의 관전평은 매우 정확한 것이었다.

싸움이 이백오십 초를 넘어가면서부터 남궁월은 호흡이 급격히 거칠어지는 것을 느꼈다.

우근의 무명장법은 일조령 격전 이후 불과 반년 사이에 더욱 무섭게 변해 있었다. 남궁월이 절치부심하며 보낸 지난겨울을 우근 또한 그저 놀며 보내지는 않았기 때문이다.

철군도의 지하 뇌옥에서 우근은 존경하던 선배 방령과 형제의 우의를 나누던 위백을 함께 잃었다. 그것도 자신의 눈앞에서. 그들의 죽음을 모두 자신의 부족함으로 여긴 우근은 스스로에 대해 혹독한 채찍질을 가했다. 그 속에서 용맹정진한 무명장법이었으니, 예전에 비해 무서워지지 않았다면 오히려 이상할 것이다.

후욱! 후욱!

호흡이 가빠질수록 남궁월은 절망감에 젖어들었다.

어금니를 갈아붙이며 쏘아 보낸 쌍두비사雙頭飛蛇의 연환 공격이 장중부동을 장기로 삼는 수천수水天需의 수비에 가로막혀 허망하게 스러졌다. 뜻을 이루지 못한 채 뻗어 낸 설한철수를 하릴없이 회수하는 남궁월에게 기다렸다는 듯이 날아든 은은한 뇌음은, 무명장법의 열여섯 초식 중 우레를 상징하는 진위뢰震爲雷의 막강한 경력이었다.

우르릉!

뇌수까지 뒤흔드는 듯한 무지막지한 압력에 남궁월은 연거푸 여섯 걸음을 물러나야만 했다. 아무리 투지가 강한 남궁월이지만, 이때만큼은 패배라는 두 글자를 머릿속에 떠올리지 않을 수 없었다.

또 지는가?

그토록 승리를 갈구했건만, 또다시 놈에게 지고 마는가?

우근의 오른손이 지산겸地山謙의 묵직한 장세와 함께 코앞으로 밀어닥칠 때, 남궁월의 아래턱은 뭐라 형언하기 힘든 감정으로 덜덜 떨리고 있었다. 마구잡이로 설한철수를 휘둘러 상대의 장세를 흩트리려 해 보았지만, 평정심을 잃은 상황에서 쳐 낸 초식이 제대로 된 위력을 발휘할 리 없었다.

우근의 손바닥이 만들어 낸 회오리 같은 전사력纏絲力이 남궁월의 우반신을 휩쓸었다. 죽을힘을 다해 막아 보려 했지만, 갈비뼈 몇 대가 어긋나는 것만큼은 피할 수 없었다.

우근이 씩 웃으며 말했다.

"남궁월, 자네는 내게 안 돼."

남궁월의 두 눈에 핏발이 돋았다.


-남궁월, 자네는 내게 안 돼.


증오심? 살의?

그런 것이 아니었다. 단지 이기고 싶었다. 한 번이라도 우근을 꺾고 싶었다. 그러나 안 되었다. 아무리 노력해도 우근을 이

길 수 없었다. 따라갔다고 생각하면 어느새 몇 발짝 멀어져 있고, 다시 따라갔다고 생각하면 이제는 보이지도 않을 정도로 달아나 있는 것이다.

나는 영영 우근을 이길 수 없을지도 모른다!

그 순간, 남궁월은 한 가지 강렬한 유혹을 느꼈다. 만약 그에게 촌각이라도 냉정을 되찾을 여유가 주어졌다면, 그는 결코 그러한 유혹에 넘어가지 않았을 것이다. 반 년 전 잠룡야 이악이 설한철수에 장치된 '그것'에 관해 귀띔해 줄 때만 해도, 스스로 귀를 후벼 파고 싶을 정도로 심한 반발을 느꼈던 그가 아니던가! 정상적인 상황이었다면, '그것'으로써 우근을 어찌해 보려는 유혹 따위엔 결코 넘어가지 않았을 것이다.

그러나 유혹은 너무도 갑작스럽게 남궁월을 엄습했다. 절망의 벼랑 끄트머리에 몰려 있던 남궁월은 도저히 그 유혹을 물리칠 수 없었다.

꺾고 싶다!

단 한 번이라도 놈을 꺾고 싶다!

"으아아악!"

남궁월은 절규와도 같은 고함을 지르며 우근을 향해 몸을 던졌다.

파팟!

미세한 파공성과 함께 앞으로 쭉 뻗어 낸 설한철수로부터 열 개의 강조가 일제히 발사되었다. 필사의 기세로 몸을 날린 속도에 기관에 의해 발사된 속도가 더해졌으니, 그 쾌속함은 진실로 빛살을 방불케 했다.

"엇?"

우근은 일순 당황하고 말았다. 자존심이 유달리 강한 남궁월이 일대일의 대결에서 설마 이런 암수를 쓸 줄은 예상치 못했던 것이다.

그 긴박한 순간에도, 우근의 단련된 육신은 경인할 광경을 연출했다. 발사된 강조가 이 장의 거리를 비행하는 극미한 시간 동안, 그는 이미 마보馬步의 안정된 자세를 허물며 우측으로 다섯 자가량을 이동한 것이다. 무의식의 상황에서도 몸은 가장 적절한 대응을 펼치고 있었으니, 정신에 앞서 육체가 먼저 반응하는 경지가 바로 이럴 것이다.

그러나 암수는 단지 그것만이 아니었다. 남궁월이 상체를 약간 비틀어 설한철수를 재차 우근에게 겨눈 순간…….

쐐새색!

강조가 빠져나간 구멍으로부터 쇠털 같은 비침飛針들이 쏘아 나왔다. 설한철수에는 다섯 장 겹쳐 놓은 쇠가죽도 단번에 관통한다는 전설적인 암기, 폭우이화침暴雨梨花針이 장치되어 있었던 것이다.

한 장 반이 채 안 되는 거리에서, 상하좌우를 일제히 봉쇄하며 덮쳐 오는 비침의 소나기!

우근은 이번의 암수만큼은 피할 수 없으리란 것을 깨달았다. 이 상황에서 그가 할 수 있는 일이라고는 한 가지밖에 없었다.

"차앗!"

우근은 쌍장을 미친 듯이 휘둘렀다.

후릉!

땅바닥으로부터 한 줄기 돌개바람이 일어나며 우근의 몸 주위에 철벽같은 방어망을 구축했다. 그가 익힌 개방의 절기 중에 수비의 효과가 가장 뛰어나다는 육합망六合網, 그것을 극성으로 펼칠 때 드러나는 선풍장旋風牆의 현상이었다.

하지만 폭우이화침은 모든 종류의 호신강기를 파괴할 목적으로 제작된 암기였다. 선풍장을 뚫고 들어온 십여 개의 비침은 우근의 몸뚱이 곳곳에 여지없이 박혀 들었다.

이물질에 의해 살갗이 뚫리는 불쾌한 느낌이 우근의 얼굴을 일그러지게 만들었다. 불행 중 다행이라면 요처라고 할 만한 부위는 가까스로 보호할 수 있었다는 점이다.

"제기랄!"

우근은 어금니를 갈아붙이며 남궁월을 찾았다. 남궁월은 그로부터 이 장쯤 떨어진 곳에 서 있었다.

그런데 무슨 까닭인지 남궁월은 우근에게 더 이상 손을 쓰려 하지 않았다. 아니, 손을 쓰기는커녕 주춤주춤 뒷걸음질을 치고 있었다. 그는 무척 괴이해 보였다. 그토록 지독하게 내뿜던 투지와 살기는 어디로 가 버렸는지, 마치 울음을 터뜨리기 직전의 노파처럼 어깨를 바들바들 떨고 있었던 것이다. 마치 암기에 당한 사람이 자신이라도 되는 것처럼 말이다.

'저자가 왜 저러고 있지?'

우근은 이상하다고 생각했다. 남궁월이 저처럼 가련한 표정을 지을 수 있으리라고는 상상조차 하지 못하던 그였다.

그때 첫 번째 징후가 우근을 엄습했다. 왼쪽 무릎이 그의 의지와 무관하게 풀썩 꺾인 것이다.

"어?"

'이게…… 뭐지?'

우근은 자신의 신체에 일어난 갑작스러운 변화에 대해 영문을 알 수 없었다. 하지만 콧구멍에서 주르륵 흘러내려 입술 틈에 고이는 걸쭉하고도 비릿한 액체를 맛보았을 때, 우근은 비로소 자신에게 무슨 일이 벌어졌는지 깨닫게 되었다.

우근은 손을 들어 남궁월을 가리켰다.

"남궁월…… 너…… 너 설마……?"

어느새 혓바닥이 뻣뻣해지고 있었다.

남궁월은 우근의 손가락질을 받자 화들짝 놀랐다. 그 모양이 흡사 못된 장난을 치다 들킨 어린아이 같았다. 그는 더 이상 비참할 수 없는 얼굴로 폭우이화침이 발사된 설한철수와 그 앞에서 비틀거리고 있는 우근을 번갈아 바라보았다.

"아니야……. 이게 아니야……."

남궁월의 입에서 실성한 사람의 그것 같은 중얼거림이 흘러나왔다.

"이…… 이 비겁한……!"

우근의 두 눈 속에서 분노의 불꽃이 피어올랐다. 그는 남궁월을 무인이라고 생각했다. 비록 택한 길이 편벽해 세상으로부터 마두라고 경원당하긴 하지만, 그래도 수치심이 무엇인지 정도는 아는 당당한 무인이라고 생각했다.

그런데 이게 뭔가?

백번 양보해 암기도 병기의 일종이라고 치자!

독을 쓰다니!

남궁월이 독을 쓰다니!

분노는 무서운 속도로 우근을 휩쓸어 버렸다. 친구 사이에 신의가 존재하듯, 호적수 사이에도 신의가 존재했다. 우근은 지금 그 신의를 배반당한 것이다.

우근의 전신 관절에서 으드득거리는 소리가 울려 나왔다. 공력을 일으키면 해독의 가능성이 더욱 낮아진다는 것을 모르지 않았지만, 신의를 배반한 남궁월을 용서할 수는 없었다.

"비겁한 놈!"

꺾인 왼쪽 무릎을 펴는 것이 수천 근 바위를 들어 올리는 것만큼이나 힘들었다. 그러나 우근은 멈추지 않았다. 그는 절룩거리는 걸음으로 남궁월에게 다가갔다.

남궁월은 아무런 방어의 몸짓도 보이지 않았다. 그저 점점 다가오는 우근과, 우근이 힘겹게 치켜 올리는 손바닥을 멀거니 바라볼 따름이었다. 그의 눈빛은 이미 죽어 있었다. 자존심이 유달리 강한 그였다. 그 자존심을 스스로 죽인 순간, 남궁월이라는 인간을 구성하던 모든 요소, 외적인 강인함과 내적인 견고함까지 함께 죽어 버린 것이다.

우근의 손바닥이 남궁월의 머리를 향해 휘둘렸다. 빤히 보이는 일격. 남궁월이 아닌 다른 누구라도 피할 수 있는 일격이었다. 그러나 남궁월은 피하지 않았다. 아니, 피하지 못했다. 그때 남궁월은 회하에서 당한 첫 번째 패배에서도, 그리고 일조령에서 당한 두 번째 패배에서도 겪어 보지 못한 극심한 패배감에 사로잡혀 있었다.

……졌다.

무공의 패배는 설욕을 기약할 수 있었다. 그러나 자존심의 패배는, 최소한 남궁월에게 있어서는, 그것이 마지막이었다.

"쯧쯧."

멀리서 이군영이 또 한 번 혀를 차고 있었다.


(2)


땅바닥에 누운 남궁월의 얼굴에는 그가 쓰러지기 직전 느꼈던 절망적인 패배감이 그대로 말라붙어 있었다. 그 얼굴을 물끄러미 내려다보던 이군영이 조금 잠긴 목소리로 말했다.

"시신을 잘 수습하시오. 그는 만세야의 충성스러운 신하이자, 목숨으로 마음의 빚을 갚은 당당한 장부였소."

"존명尊命!"

어디선가 야행의를 입은 두 사람이 나타나 남궁월의 시신을 거뒀다. 경직이 채 시작되지 않은 남궁월의 두 팔은 땅을 향해 축 늘어져 있었다. 그 끝에는 남궁월의 투지를 모태로 삼고 대내 병장국의 기술을 자양으로 삼아 탄생된 강철 장갑, 설한철수가 끼워져 있었다. 주인이 살아 있을 적에는 그토록 무서워 보이던 설한철수였지만, 이제는 그저 단단하기만 한 쇳덩어리처럼 보였다. 만일 남궁월이 우근을 꺾었다면, 천하인들의 뇌리에는 설한철수라는 네 글자가 굵게 각인되었을 것이다.

'그들은 미처 모르겠지.'

향후 오랜 세월에 걸쳐 자신들을 공포에 떨게 만들 수도 있었던 무서운 마병魔兵 하나가 무당산의 인적 없는 숲 어딘가에서 이처럼 허무하게 그 용도를 마감하고 있다는 사실을. 그런 의미에서 볼 때 설한철수는 불행한 배우였다. 무대에 올라서기가 무섭게 퇴장당한 배우는 불행할 수밖에 없었다.

이 모든 광경을 시종 숙연한 눈길로 지켜본 이군영이 마침내 우근을 향해 고개를 돌렸다. 그러고는 분위기를 바꿔 보려는 듯 쾌활한 목소리로 말했다.

"우 방주께서는 아마도 소생을 장의사로 여기시는 모양입니다. 작년 철군도에서는 곽 사주의 시신을 거두게 하시더니만, 이제는 남궁 비영마저 저 꼴로 만드셨군요."

재치 있는 말이긴 했으나 불행히도 우근은 그 말을 들을 수 있는 상황이 아니었다.

우근은 남궁월의 시신이 있던 곳으로부터 사 장쯤 떨어진 곳에 앉아 운공에 들어 있었다. 달빛에 비친 그의 얼굴은 홍역에 걸린 아이의 얼굴처럼 울긋불긋한 데다 더러운 땀으로 뒤덮여 있어 매우 괴기스럽게 보였다.

그런 우근의 앞을 두 명의 거지가 막아 서 있었다. 우근이 남궁월과 싸우는 동안 약간이나마 원기를 회복할 수 있었던 황우와 상위무였다.

두 명의 거지는 두 마리의 고슴도치처럼 표독스럽게 몸을 웅크린 채 이군영을 노려보고 있었다. 이군영이 한 발이라도 다가가면 적의에 찬 가시를 들이대기라도 할 것처럼.

이해할 수 없는 일은 아니었다. 하늘처럼 받들어 모시던 방주가 저 꼴이 되었으니 말이다. 물론 이해한다고 해서 달라지는 것은 아무것도 없겠지만.

이군영이 두 명의 거지를 향해 말했다.

"우 방주의 능력이 천하를 뒤덮는 줄은 아는 바이나, 청갑귀산靑甲龜散은 운공으로 몰아낼 수 있는 독이 아닙니다. 공연한 수고를 하시는 것 같아 마음이 언짢군요."

그러자 황우의 입에서 경악에 찬 외침이 터져 나왔다.

"청갑귀산? 독중선毒中仙의 청갑귀산?"

그 외침이 이군영의 귀에는 마치 아름다운 노랫소리처럼 들렸다.

독중선.

이름은 군조君潮라고 하며, 주원장이 제국의 기반을 닦아 나갈 무렵 태어났다 하니 만약 살아 있다면 고희를 바라보고 있을 것이다.

군조는 삼십여 년 전 독문사천왕毒門四天王을 거느리고 출도, 십 년에 걸쳐 강호를 횡행하며 무려 일천에 달하는 사람들을 살해한 희대의 살인마였다. 그는 독을 씀에 있어서 도리를 헤아리지 않았고, 인명을 앗아 감에 있어서 이유를 따지지 않았다. 만일 강동의 걸출한 세 협객, 강동삼수가 혜성처럼 등장하여 목숨을 걸고 그를 제거하지 않았다면, 그의 무자비한 살인 행각은 아직까지 되풀이되고 있을지도 몰랐다.

군조는 결국 강동삼수에 의해 한 팔과 한 눈을 잃은 뒤, 독문 사천왕 중 살아남은 두 사람과 함께 어디론가 도주했다. 그때 체내에 있는 독정내단毒精內丹의 대부분도 파괴당했다고 한다.

그 후 군조는 단 한 차례도 강호에 모습을 보이지 않았다. 사람들은 아주 오랜 세월이 흐른 뒤에야 조심스럽게 그의 죽음에 관해 이야기하기 시작했다. 그러나 그 가공할 독공에 대한 공포는 수십 년이 지난 오늘날까지도 여전히 남아 있었으니, 생사가 불분명한 그의 이름이 강호사마의 한자리를 당당히 차지하는 까닭도 그러한 공포심에 기인한다고 할 수 있었다.

"남궁 비영의 폭우이화침에는 분명 독중선의 삼대절독三大絶毒 중 하나인 청갑귀산이 묻어 있습니다."

이군영이 낭랑한 목소리로 황우의 추측이 사실임을 확인해 주었다.

황우와 상위무는 서로의 얼굴을 돌아보았다. 그들의 얼굴에는 비슷한 표정이 떠올랐다. 그것은 극도의 절박함에 몰린 사람만이 지을 수 있는 악에 받친 표정이었다.

"해약을 내놔라!"

황우와 상위무가 호통을 치며 이군영에게 달려들었다. 지치고 부상당한 몸이지만 그런 것을 가릴 때가 아니라고 여긴 듯했다. 그도 그럴 것이, 군조의 절독에 당한 이상 군조 본인이 만든 해약 없이 살아날 가능성이란 백에 하나, 아니 천에 하나도 안 된다는 것이 강호의 정설이기 때문이었다.

그러나 두 사람의 행동은 스스로의 처지를 돌보지 않은 발악에 불과했다. 그 점을 잘 아는 이군영이기에 귀신처럼 흉악한 얼굴로 달려드는 그들을 담담한 표정으로 바라볼 수 있었다. 굳이 자신의 손을 더럽힐 필요가 있을까? 그에게는 만일의 사태를 대비해 데려온 많은 손들이 있는데.

후르릉!

한 줄기 바람이 이군영의 전면에서 피어올랐다. 기이하게도 그 바람에는 천상에서나 맡을 법한 그윽한 향기가 깃들어 있었다.

춘풍처럼 가녀린 바람, 그러나 위력만큼은 놀라운 것이었다.

"엇!"

"허억!"

황우와 상위무는 답답한 신음을 토하며 마치 코끼리에 부딪힌 사람처럼 정신없이 물러나고 말았다.

향기로운 바람을 일으키며 이군영의 전면을 가로막은 사람은 일신에 번쩍거리는 금빛 가사를 걸친 라마승이었다. 온화해 보이는 얼굴에는 눈썹을 포함한 한 오라기의 털도 없는 데다 피부 또한 젊은 여인처럼 팽팽하여 나이를 짐작하기 힘들어 보였다.

그러나 웬만한 석학 뺨치게 견문이 넓은 황우는 그 라마승이 겉보기보다 훨씬 나이가 많다는 사실을 알 수 있었다. 라마승이 쓰고 있는 호화로운 보관寶冠 때문이었다. 밀교, 혹은 라마교는 중국의 선종 불교와 달리 복식에 대한 개념이 엄격했다. 저처럼 화려한 보관을 쓰기 위해선 교내에서의 지위도 높아야 할뿐더러, 오랜 세월에 걸쳐 수도하지 않으면 안 되는 것이다.

라마승의 신분은 과연 기특한 면이 있었다.

"소개해 드리지요. 작년에 토번국 조공단과 함께 중원에 들어오신 승덕대비보장법왕昇德大悲寶藏法王이십니다. 서장 일대에서는 건달바乾達婆라는 이름으로 불리시기도 하지요."

이군영이 두 거지에게 말했다.

건달바는 불법을 수호하는 여덟 명의 신장, 천룡팔부중의 하나였다. 천상의 약수藥水 소마를 관리하며, 오직 향만을 먹고 산다 하여 달리 식향食香이라고 부르기도 했다.

황우는 퉁방울 같은 눈에 한껏 힘을 준 채 이군영을 노려보았다.

"궁벽한 서장 땅에는 팔부중의 이름을 사칭하고 다니는 늙은 낙타들이 여덟 마리 산다고 들었다. 중원에는 인물이 없어서 서쪽 사는 낙타들까지 끌어들인 거냐?"

평소 간지러울 정도로 언행에 신경을 쓰던 황우지만, 지금은 때가 때인 만큼 우근 못지않게 걸쭉한 입담을 쏟아 내고 있었다.

"나쁜 새끼……."

반면, 상위무의 입담은 매우 짧았다. 이군영에게 달려들기 전부터 그의 체력은 황우에 비해 훨씬 안 좋은 상태였었다. 그런 상태에서 맞이한 건달바의 일격은, 비유하자면 지친 나귀를 쓰러뜨린 최후의 한 짐이 된 셈이었다.

"법왕의 존체를 번거롭게 만든 것은 소생의 크나큰 죄이나, 천하에 이름 높은 개방 영웅들을 상대하려다 보니 어쩔 수 없었습니다. 이 점, 해량해 주시기 바랍니다."

이군영이 담담히 말하자, 황우는 더 이상 참지 못하고 욕설을 퍼붓기 시작했다.

"이 자라 새끼야! 혼자서는 아무것도 할 수 없는 놈이 계집애처럼 나불나불 잘도 지껄이는구나! 오랑캐 중놈 뒤에 숨어 허세를 부리는 너 같은 호로 새끼는 그냥 콱 똥물에 처넣어……."

그러나 이군영이 품에서 작은 자기병 하나를 꺼내자, 황우는 더 이상 어떠한 욕설도 입에 담지 못하게 되었다. 직감적으로 그 자기병 안에 무엇이 들어 있는지 알아차렸기 때문이다.

"그, 그게 혹시……?"

황우가 자기병을 가리키며 묻자, 이군영이 엄지와 인지 사이에 끼워 잡은 자기병을 간들간들 흔들어 보였다.

"짐작하신 대로 이 안에는 청갑귀산의 해약이 들어 있습니다. 남궁 비영께는 미처 말씀드리지 않았지만, 혹시 이런 일이 벌어질까 염려해 따로 챙겨 온 것입니다. 우 방주 같은 대영웅이 한낱 독 따위에 당해 죽는다면, 이는 천하가 아쉬워할 일이 아니겠습니까?"

그러나 말과는 달리 희고 가느다란 손가락 사이에 끼워진 자기병은 금방이라도 땅바닥에 떨어질 것처럼 위태로워 보였다. 황우는 마른침을 꿀꺽 삼킨 뒤, 떨리는 목소리로 이군영에게 물었다.

"원하는 게 뭐냐?"

이군영은 빙그레 웃었다.

"일전에 우 방주를 본 각으로 모시려 했으나 뜻을 이루지 못해 매우 아쉬워했던 기억이 있지요. 그 아쉬움을 이번 기회에 풀어 보려 합니다만."

이군영이 이렇게 말하는 까닭은, 산 우근이 죽은 우근보다 효용 가치가 높기 때문이었다. 우근의 목숨을 수중에 넣는다면 개방이라는 거대한 집단을 뜻대로 주무를 수 있었다. 복수심에 불타는 거지 떼보다는 고분고분 말 잘 듣는 거지 떼가 어느 모로 보나 도움이 되는 것이다. 다만 곤란한 점은 우근을 산 채로 잡기가 어렵다는 것인데, 지금이 바로 절호의 기회였다.

황우는 이럴 수도 없고 저럴 수도 없는 상황에 봉착했다. 스승을 살리자니 의기를 꺾어야 했고, 의기를 세우자니 스승의 목숨이 바람 앞의 촛불이었다.

그러나 황우는 곧 결심을 굳혔다. 의기가 아무리 중요하다 한들 사부의 목숨과 바꿀 수는 없었다.

"병 속에 든 것이 청갑귀산의 해약인 것은 분명하겠지?"

"소생은 국록을 받는 몸입니다. 일 처리에 다소 무정함이 있을지언정 거짓말을 하는 사람은 아니라는 점을 분명히 해 두고 싶습니다."

황우는 두툼한 입술을 잘근잘근 씹다가, 분해 못 견디겠다는 투로 항복의 의사를 밝혔다. 아니, 밝히려 했다.

"좋다! 어서 해약을……."

"안 된다!"

황우가 어렵사리 꺼낸 항복 선언은 등 뒤에서 터져 나온 날벼락 같은 호통에 허리가 뚝 잘려 버렸다. 황우는 깜짝 놀라 고개를 돌렸다. 그의 놀란 시선 속으로, 두 손으로 땅바닥을 짚으며 힘겹게 몸을 일으키는 우근의 모습이 들어왔다.

"사부님!"

황우가 다급히 달려가 우근을 부축했지만, 우근은 그의 손을 매몰차게 뿌리쳤다.

"치, 치워라! 이 돌대가리 같은 놈! 주, 죽을지언정 꺾여서는 안 된다는 방규를 잊었느냐!"

잘 돌아가지 않는 혓바닥으로 황우를 꾸짖은 우근은 두 다리를 부들부들 떨면서도 끝내 혼자 힘으로 몸을 일으켰다.

그 모습을 지켜본 이군영은 내심 혀를 내두르지 않을 수 없었다. 청갑귀산에 당한 뒤 반각이 넘게 지났으니 이미 우근의 전신에는 독 기운이 퍼질 대로 퍼져 있을 터였다. 그런데도 저렇게 움직일 수 있다는 것은, 그 근성이 얼마나 지독한가를 보여 주는 단적인 증거였다.

"개, 개방 거지에게 타협이란 없다! 덤벼라!"

우근은 이군영을 향해 쌍장을 치켜들었다. 잿빛으로 물든 안색에 전신은 자신이 흘린 땀으로 흠뻑 젖어 있었지만, 두 눈만큼은 무섭게 타오르고 있었다.

그러나 칼자루는 이미 이군영의 수중에 있었다.

"아마도 우 방주는 소생의 청을 거절하실 수 없을 겁니다."

이어 이군영은 곁에 있던 건달바에게 서장어로 몇 마디를 지시했다. 그러자 건달바의 신형이 바람에 실린 듯 스르르 우근에게로 밀려갔다.

"이 못된 낙타 대가리야! 우리 사부님을 그냥 놔둬라!"

황우가 건달바를 향해 온몸을 내던졌다. 그러나 금빛 승포의 소맷자락이 슬쩍 휘둘리자, 그는 파도에 휩쓸린 어린아이처럼 날아가 버렸다.

건달바의 밀종 무공은 고절하기 이를 데 없었다. 우근은 건달바와 첫 합을 겨룬 순간, 그것을 느낄 수 있었다. 건달바로부터 뿜어 나오는 음유한 압력은 남궁월에 비해 결코 뒤지지 않는다. 몸 상태가 정상이더라도 쉽게 이기기 힘든 강적인 것이다.

결국 우근은 열 합을 채 버티지 못하고 건달바의 장력에 가슴을 얻어맞고 말았다. 기혈이 역류하는 고통과 함께, 가까스로 억눌러 놓았던 청갑귀산의 독성이 일시에 혈맥 속으로 침투해 들어왔다.

"크으……."

우근은 주춤주춤 뒷걸음질을 치다가 엉덩방아를 찧었다. 그는 초점 풀린 눈으로 허공을 응시하다가 천천히 뒤로 넘어갔다.

"사부님!"

피를 토하는 듯한 황우의 절규가 아득히 멀어지면서, 우근은 의식을 잃고 말았다.

"이제야 끝난 건가?"

이군영은 천천히 앞으로 걸어 나왔다.

오늘 이 무당산에 베풀어진 천, 지, 인의 세 관문. 한 사람을 사냥하기 위한 그물치고는 너무 과한 감이 없지 않지만, 이군영은 그것을 결코 낭비라고 여기지 않았다. 그 한 사람이 다름 아닌 철포결 우근이기 때문이었다.

무당파를 비롯한 백도의 제 문파는 무양문에 대한 복수심으로써 확보할 수 있었다. 칠성노조를 비롯한 녹림의 거물들은 이득으로써 확보할 수 있었다. 이제, 천하제일 대방인 개방을 방주의 목숨으로써 확보하게 되었으니, 바야흐로 비각이 강호에서 본격적으로 활동하기 위한 모든 조건이 갖춰진 셈이었다.

'할아버지께서 기뻐하시겠군.'

느릿한 걸음걸이로 우근을 향해 다가가는 이군영의 얼굴에는 짙은 만족감이 떠올라 있었다.

그러나 한 자루 보검이 허공을 가르며 날아와 우근의 앞에 서 있던 건달바를 물러나게 만들었을 때, 그러한 만족감은 유리그릇처럼 깨지고 말았다.


(3)


그 보검은 신화에 등장하는 영조靈鳥처럼 우근의 머리 위를 두어 바퀴 맴돌고는, 날아왔던 방향으로 되돌아갔다.

약간 마른 듯하나 굴강한 느낌을 주는 손을 쭉 내밀어 날아온 보검을 받아 든 사람은 한 마리 백학을 연상케 하는 고고한 풍채의 노도사였다. 무당오검의 수좌이자 무당파에서 제일가는 검객으로 알려진 현유진인이 바로 그 사람이었다.

"원시안진!"

현유진인은 웅혼한 내력이 실린 도호를 길게 읊조렸다.

고막을 쟁쟁 울리는 그 도호가 이군영에게 커다란 의혹을 안겨 주었다. 현유진인은 대체 무슨 의도로 이 자리에 나타난 것일까?

현유진인의 보검은 아직 완전히 물러서지 않은 건달바를 똑바로 겨누고 있었다. 건달바는 심히 불쾌한 듯 맨송맨송한 이마에 힘줄을 세우며 빠른 서장어로 뭐라 지껄였지만, 삼엄한 검기에 전신이 노출된 상태라 감히 경거망동하지 못하고 있었다.

검기처럼 투명한 빛을 담은 채 건달바의 운신을 제압하던 현유진인의 두 눈이 어느 순간 이군영의 얼굴 위로 옮겨왔다.

"누가 감히 무당산에서 소란을 일으키는지 궁금했더니만, 이제 보니 문 대인과 함께 오신 이 공자였구려."

중기가 가득 실린 이 말로부터, 이군영은 현유진인의 등장이 결코 호의에서 비롯된 것이 아님을 알아차렸다. 사실 그는 조금 더 빨리 그 사실을 알아차렸어야 했다. 태청보검을 날려 건달바를 우근에게서 떼어 놓을 때부터, 현유진인은 이번 일에 나쁜 방향으로 개입하기 시작했으니까.

이군영은 흔들리는 마음을 차분히 가라앉힌 뒤, 현유진인을 향해 온화한 미소를 보냈다.

"소란이라고 말씀하시니 조금 섭섭합니다. 소생은 그저 우 방주를 모시고 당금 천하의 정세에 관해 진지한 대화를 나누고 싶었을 따름이었지요. 다만 우 방주와 소생 사이에는 과거 안 좋은 인연이 있었는지라 그 과정에서 아랫사람들끼리 작은 충돌이 벌어지고 말았습니다만…… 부득이한 일이라고 생각합니다."

"개방귀 같은 소리 집어치워라! 현유진인, 저자는 용봉단과 산적을 끌어들인 것으로도 부족해서, 서역 악승惡僧의 힘까지 빌려 우리 방주님을 해치려 한 놈이오!"

구원자의 출현에 없던 힘이 솟아나기라도 한 것일까? 한쪽 구석에 송장처럼 널브러져 있던 상위무가 상체를 벌떡 일으키더니, 이군영을 손가락질하며 악을 쓰기 시작했다.

현유진인은 무거운 표정으로 고개를 끄덕인 뒤, 다시 이군영을 바라보았다.

"빈도는 산을 내려오며 불미스러운 흔적을 많이 발견할 수 있었소. 폐 파의 영역 안에서 참으로 대단한 일을 벌이셨더이다. 시간적인 여유도 많지 않았을 텐데 그 정도 준비를 갖춘 것을 보면, 무후武侯도 감탄할 용병술이라 아니할 수 없을 것이오."

"감사합니다."

풍자라는 것을 모를 리 없으나, 이군영은 담담히 답례했다.

현유진인은 땅바닥에 쓰러진 우근에게 시선을 한 번 준 뒤, 말을 이어 갔다.

"우 방주는, 비록 뜻한 바가 다르다고는 하나, 폐 파의 장문진인께서 정식으로 첩牒을 보내어 초청한 귀빈이시오. 만일 공자께서 무당의 체면을 조금이라도 고려하셨다면, 이런 난폭한 행사는 벌이지 않았을 것이라는 생각이 드는구려."

보검이 뿜어내는 검기가 한층 더 상승되었다.

이군영의 붓으로 그린 듯한 눈썹이 보일 듯 말 듯 일그러졌다. 그의 눈이 틀리지 않았다면, 저 보검은 무당파의 보물이자 장문진인만이 지닐 수 있다는 태청보검이 분명했다. 그 태청보검이 무당파 장문진인인 현학진인이 아닌 현유진인의 손에 들려 있었다. 이는 현유진인이 독단적인 의사로 이곳에 온 것이 아님을 말해 주고 있었다.

'이비영이 현학을 가리켜 늙은 구렁이라고 하더니만⋯⋯.'

이군영은 어금니를 지그시 깨물었다. 단지 검을 겨누는 것만으로도 상대를 꼼짝 못 하게 만드는 저 고약한 훼방꾼을 이리로 보낸 장본인, 현학진인의 의중을 짐작할 수 있었기 때문이다.

현학진인으로부터 정식 초청을 받고 무당파를 방문한 개방 방주가 다른 곳도 아닌 무당산에서 변을 당한다면, 비난의 화살이 무당파로 쏟아질 것은 명약관화한 일이었다. 이번에 새로이 발족하게 될 회맹會盟의 종주 자리가 확실시되는 현학진인으로서는 그러한 비난이 결코 달가울 리 없을 터였다.

그러고 보면 문강의 비유는 언제나 적확했다. 현학진인은 늙은 구렁이가 분명했다. 실리는 최대한 챙기려고 하면서도 부담은 손톱만큼도 지지 않으려고 하는 약삭빠른 늙은 구렁이.

'차라리 현유를 해치운 뒤 증거를 없애 버릴까?'

현학진인에 대한 갑작스러운 경멸감은 평소 이군영답지 않은 난폭한 생각으로까지 이어졌다. 그러나 현유진인의 등 뒤로 하나둘씩 모습을 나타내는 무당파 도사들의 모습을 발견하자, 이군영은 그러한 생각을 즉시 포기할 수밖에 없었다.

무당파는 많은 자금과 그에 준하는 복잡한 공작을 투자해 어렵사리 확보한 대리인이자, 향후 비각의 강호 활동에 커다란 도움을 줄 고마운 조력자였다. 순간적인 감정에 사로잡혀 대사를 망치는 것은 우부나 하는 짓이었고, 이군영으로 말할 것 같으면 당연히 우부와는 거리가 먼 인물이었다.

'생포는 포기하자.'

설령 생포할 수 없다 해도 죽일 수만 있다면, 이군영으로서는 소기의 목적을 달성한 셈이었다. 다행히 그에게는 우근의 죽음을 확인할 최후의 한 수가 남아 있었다.

"진인께서 그렇게까지 말씀하시는데 소생이 어찌 감히 따르지 않겠습니까. 이 무당산에서 더 이상 추태를 부리지 않을 터이니, 진인께서는 그만 진노를 풀도록 하시지요."

이군영은 싹싹하게 포기의 의사를 밝힌 뒤, 몇 걸음 뒤로 물러섬으로써 스스로 한 말에 무게를 실어 주었다.

"무당의 체면을 세워 주신 점, 장문진인을 대신해 감사드리는 바이오."

현유진인은 매우 흔쾌해하며 태청보검을 거두었다. 운신이 자유로워진 건달바는 무서운 눈초리로 현유진인을 노려보았지만, 이군영이 따로 몇 마디를 던지자 곧 후방으로 물러섰다.

그때 한 사람이 엉금엉금 기다시피 하여 현유진인에게로 다가왔다. 건달바의 일 장에 저만치 날아갔던 황우였다.

"진인 어른, 제발 저희 사부님을 살려 주세요! 사부님께서는 저들의 암수에 중독되셨어요! 저들을 이대로 떠나보낸다면 사부님은 회생하실 길이 막히고 말 것이네요!"

현유진인의 새하얀 눈썹이 한차례 크게 꿈틀거렸다.

"이 공자, 황 소협의 말이 사실이오?"

"아까도 말씀드렸지만, 우 방주와 승강이를 벌이는 과정에서 아랫사람들의 손 속이 약간 과했던 모양입니다. 하지만 재주가 워낙 출중하신 분이니 별탈은 없으리라 믿습니다."

이군영은 대수롭지 않다는 듯 어깨를 으쓱거렸다. 황우가 그의 말을 부인하고 나오리란 것을 믿어 의심치 않으면서. 아니나 다를까……

"저자의 말은 사실이 아니네요! 사부님께서 당한 독은 독중선의 청갑귀산이네요! 만일 저자가 지닌 해약을 복용하시지 못한다면 사부님께서는, 사부님께서는…… 흐윽!"

황우는 목이 메는지 말을 맺지 못했다. 대신 뒷다리를 잡힌 방아깨비처럼 현유진인을 향해 쉴 새 없이 고개를 조아렸다.

청갑귀산이란 단어는 그 존재를 알고 있는 모든 사람들에게 커다란 충격을 주었다.

"그 노독물의 자취가 다시 나타나다니……. 원시안진! 원시안진!"

현유진인은 두 눈을 감고 연거푸 도호를 외웠다. 그는 독중선 군조와 비슷한 시대를 산 사람, 군조의 독이 얼마나 무서운 것인지는 이 자리에 있는 누구보다 생생히 기억하고 있었다.

잠시 후 현유진인이 감았던 눈을 떴다. 섬전처럼 예리한 안광이 이군영의 얼굴에 꽂혔다.

"청갑귀산의 해약을 지니고 계시오?"

이군영은 짐짓 당황한 체 머뭇거리다가 대답했다.

"그렇습니다만……."

현유진인은 목소리를 엄숙히 가다듬어 말했다.

"독중선의 독은 오래전부터 강호에서 금기로 여겨온 귀물鬼物이오! 만일 다른 이가 그 독을 썼다면, 빈도는 의당 공도公道에 비추어 책임을 추궁했을 것이오. 하나 이 공자는 국록을 받는 관인. 그 신분을 십분 참작하여 빈도는 이번 일을 불문에 붙이도록 하겠소. 하지만 청갑귀산의 해약만은 마땅히 내놓으셔야 할 것이오."

이군영은 선뜻 응낙하려 들지 않았다. 하지만 현유진인의 눈빛이 더욱 매서워지자 더 이상 버티지 못하겠다는 듯 한숨을 길게 내쉬었다.

"알겠습니다. 진인의 말씀을 좇기로 작정한 몸, 해약이 뭐가 아까워 숨기겠습니까."

그러고는 소매 속에 감추었던 자기병을 다시 꺼내니, 현유진 인은 그제야 눈빛을 누그러뜨렸다.

"선덕에는 반드시 보답이 따르는 법이오. 공자께서는 사도를 버리고 정도를 택한 것을 아쉬워하지 마시오."

현유진인은 등 뒤에 시립한 도사 중 한 사람을 지목, 해약이 든 자기병을 받아 우근에게 복용시킬 것을 명했다. 그의 지목을 받은 제자는 미욱하리만치 신중하다고 알려진 수경修鏡 도장이 었다. 수경 도장은 암암리에 공력을 끌어 올리며 이군영에게 다가갔다. 만에 하나 있을지 모르는 술수에 대비코자 함이었다.

물론 이군영은 어떠한 술수도 부리지 않았다. 다른 술수가 왜 필요하겠는가. 그가 수경 도장에게 건넬 자기병 자체가 이군 영이 준비해 둔 최후이자 최고의 술수인데 말이다.

하지만, 그럼에도 불구하고 이군영은 황우를 속인 것이 아니 었다. 자기병 안에 든 액체로 청갑귀산의 독 기운을 제거할 수 있는 것은 사실이었으니까. 그는 단지 한 가지를 말하지 않았을 뿐이다. 그것은, 독중선의 해독법이 독으로써 독을 공격하는 이 독공독以毒攻毒의 방식이라는 사실이었다. 다시 말해 자기병 안 에 든 액체는 이독공독의 용법을 아는 사람만이 약으로 쓸 수 있을 뿐, 그 자체로는 청갑귀산에 버금가는 극독이었던 것이다.

만일 이독공독의 용법을 알지 못하는 사람이 자기병 안의 액 체로써 우근을 치료하려 한다면?

결과는 불 보듯 뻔했다.

그 액체는 우근의 이름을 염라전 명부에 올려 줄 가장 확실한 절명필絶命筆이 되어 줄 것이다!

이군영의 이런 내심을 짐작할 리 없는 수경 도장은, 이군영으로부터 건네받은 자기병이 옥새라도 되는 양 오른손으로 단단히 움켜쥔 채 우근에게 다가갔다.

이군영은 천천히 뒷짐을 지고는, 앞으로 벌어질 일장의 소란을 지켜볼 준비를 했다. 현유진인이야 물론 당황할 것이고, 또 분노하겠지만, 한번 끊어진 명줄은 이을 수 없는 법이었다. 하물며 이군영이 거짓을 말하지 않았고, 또 자기병을 요구한 사람이 현유진인 본인일진대…….

그런데 상황은 이군영이 예상치 못한 방향으로 급전했다.

그 시작은 빛, 그것도 중인들의 시력을 일시에 멀게 만들 만큼 강렬한 빛이었다.

그 빛이 우근과 수경 도장 사이의 공간에 작렬한 순간, 장내에 모여 있던 모든 사람들은 자신도 모르게 두 눈을 감고 말았다. 그들이 수련한 안공眼功으로 미루어 볼 때, 그 빛의 강렬함을 능히 짐작할 수 있을 터였다.

그러나 오직 한 사람, 현유진인만큼은 그 강렬한 빛 속에서도 주위의 동태를 훤히 꿰뚫어 볼 수 있었다. 육신의 눈을 통해서가 아니라 마음의 눈을 통해서였다. 현문玄門의 공부를 극고의 경지까지 수련하게 되면 이와 같은 심안心眼을 얻을 수 있는 것이다.

그 심안의 영역 속으로 한 사내가 뛰어들었다. 그 사내는 놀랄 만큼 빠른 속도로 우근에게 달려들었다.

"멈춰라!"

현유진인이 노성을 터뜨리며 앞으로 뛰어나갔다.

싸아악!

허리에서 다시금 뽑힌 태청보검이 빛의 한 귀퉁이를 허물어뜨리며 얼음장처럼 싸늘한 검기를 뿜어냈다. 무당파 소청검법의 정수가 실린 이 답홍도룡踏虹屠龍의 일 초는, 사내와 우근 사이의 모든 경로를 단숨에 차단해 버리는 놀라운 위력을 발휘했다.

그러나 사내가 처음 보여 준 몸놀림은 애당초 방해자를 염두에 둔 유인책에 불과했다. 그의 목표는 우근이 아니었다. 그는 허공에서 교묘히 몸을 비틀며 진로를 바꾸더니, 아직 시력을 회복하지 못해 엉거주춤 서 있는 수경 도장에게로 쏜살같이 달려들었다. 사내의 손에 들린 묵직한 물체가 짧은 직선을 그리며 수경 도장의 오른손으로 떨어졌다.

"수경, 조심해라!"

현유진인이 다급히 외쳤지만, 그때는 이미 수경 도장의 오른쪽 손목이 잘린 뒤였다. 손목이 잘려 나간 부위에서는 붉은 핏물이 용솟음치듯 뿜어 나왔다.

"으윽!"

무시무시한 고통이 수경 도장으로 하여금 비명을 삼키게 만들었다. 하지만 그는 명문 중 명문이라고 할 수 있는 무당파의 제자였다. 비록 불의의 기습으로 불구가 되는 화를 입었으나, 반격 한번 못 하고 당할 만큼 녹록한 사람은 아니었던 것이다.

수경 도장의 좌장이 사내의 옆구리에 여지없이 틀어박혔다. 무당파가 자랑하는 면장綿掌이었다.

우두둑!

사내의 갈빗대가 부러져 나가는 소리는 전장으로부터 제법 떨어진 이군영의 귓전까지 똑똑히 울렸다. 그러나 단 한 마디의 비명, 단 한 마디의 신음도 들리지 않았다. 그것은 사내가 얼마나 독한지를 말해 주는 증거였다.

빛이 사라지기 시작했다. 잠시 자리를 내주었던 어둠이 자존심 상한 귀부인처럼 빛이 사라진 자리를 메워 왔다.

비로소 시력을 되찾은 사람들은, 빛과 함께 등장한 사내의 모습을 똑똑히 볼 수 있었다. 그는 육 척에 달하는 당당한 체구에 양손에 두 자루 시뻘건 도끼를 움켜쥔 대머리 거한이었다.

대머리 거한은 웃고 있었다. 면장에 내장이 진동된 탓인지, 코로 핏물을 줄줄 흘리면서도 소리 없이 웃고 있었다. 아마 소리 내어 웃을 수만 있었다면 그는 무당산이 떠나가라 웃었을 것이다. 하지만 그것은 불가능한 일이었다. 왜냐하면 그의 입에는 몸통에서 잘린 수경 도장의 주먹이 물려 있었기 때문이다.

"저, 저런……!"

대머리 거한이 물고 있는 것이 무엇인지 확인한 사람들은 소스라치게 놀라고 말았다. 하지만 정작 당사자인 대머리 거한은 태연하기 그지없었다. 아주 태연한 기색으로 수경 도장의 주먹을 그 자리에 선 채로 씹어 먹었다.

까드득! 까드득!

대머리 거한이 울근거릴 때마다, 닭의 연골을 부러뜨리는 듯한 소리가 울려 나왔다. 그 소리는 비록 크지 않았지만, 사람들의 살갗에 소름을 돋게 하기에는 충분했다.

필설로는 형용하기 힘든 기묘한 감정에 사로잡힌 채 대머리 거한을 지켜보던 현유진인은 어느 순간, 두 눈을 부릅뜨고 말았다. 대머리 거한이 씹어 먹는 저 주먹 안에 무엇이 들어 있었는지를 이제야 떠올렸기 때문이었다.

"안 돼!"

현유진인은 태청보검을 꼬나 쥔 채 대머리 거한에게 쏘아갔다.

그러나 대머리 거한은 결코 녹록하지 않았다. 어떤 물건을 세상에서 없애 버리기 위해 그 물건을 쥐고 있던 사람의 손까지 먹어 치우는 독종이 어찌 녹록할 리 있겠는가.

수경 도장의 주먹을 입에 문 채 두 자루의 붉은 도끼를 미친 듯이 휘저으며 현유진인에게 대항하는 대머리 거한은, 사람이라기보다는 지옥에서나 만날 법한 한 마리의 귀신처럼 보였다.

"세상에 남겨 두어선 안 될 악종이로다!"

현유진인의 얼굴에 푸르스름한 기운이 서리처럼 끼었다. 그는 검에 관한 한 사형인 현학진인마저도 능가한다는 절정의 검객이었다. 용처럼 웅장한 기세로 허공을 누비는 태청보검은 네 합 만에 대머리 거한의 양팔을 끊어 놓을 수 있었다.

그러나 그때, 대머리 거한은 하늘을 바라보며 우렁찬 대소를 터뜨릴 수 있었다. 동굴처럼 큼직하게 벌린 그의 입안에는 이미 아무것도 남아 있지 않았다. 수경 도장의 손도, 작은 자기병도, 그리고 그 안에 담겨 있던 액체마저도.

"크하하! 똑똑히 보았느냐? 이것이 강포의 복수다!"

대머리 거한이 이렇게 외친 순간, 현유진인의 다섯 번째 검초가 그의 수급을 밤하늘 높은 곳으로 날려 버렸다. 머리를 잃은 그의 몸뚱이는 고집스럽게도 오랜 시간을 버티고 서 있었지만, 결국 요란한 소리를 내며 쓰러지고 말았다.

대머리 거한, 대파산 적목채의 용사 강포는 그렇게 죽었다.

강포가 죽은 뒤에도 한참 동안, 장내에 있던 사람들은 사악한 주문에 걸리기라도 한 것처럼 꼼짝할 수 없었다.

가장 먼저 입을 연 사람은 현유진인이었다.

"이것도 공자께서 꾸민 일이오?"

이군영을 쏘아보는 현유진인의 눈빛은 그 손에 들린 태청보검만큼이나 날이 서 있었다. 하지만 이군영은 현유진인을 보고 있지 않았다. 그는 현유진인의 발치에 뒹굴고 있는 길이 한 뼘

반가량의 원통을 바라보고 있었다. 그 원통은 소천신화통이라는 이름의, 관병이 원거리 신호용으로 사용하는 화기였다. 조금 전 중인의 시력을 찰나지간에 앗아 갔던 물건이기도 했다.

"허허."

한 조각 허탈한 웃음이 이군영의 입술을 비집고 흘러나왔다.

이군영은 우근을 죽이고 싶었다. 강포도 그랬을 것이다. 상식적으로 생각할 때, 하나의 살의에 다른 살의가 더해지면 두 개의 살의만큼의 효과가 나타나야 한다. 그러나 현실은 그렇지 않았다.

만일 강포가 등장하지 않았다면, 자기병에 든 액체는 아무 방해 없이 우근의 배 속으로 흘러들어 갔을 것이고, 우근은 이군영의 눈앞에서 피를 토하며 죽었을 것이다. 그런데 강포의 살의가 그것을 막았다. 엉뚱하게도 강포는 그토록 죽이고 싶어 하던 우근을 살리는 역할을 하고 만 것이다.

얄궂은 일은, 이 자리에 있는 그 누구도 이러한 속내를 알지 못한다는 점이었다. 그들은 단지 해약이 사라진 줄로만 알 뿐, 허탈해하는 이군영의 마음은 짐작하지 못했다.

"빈도의 말이 들리지 않으시오? 그대가 꾸민 일이냐고 묻지 않소이까?"

현유진인이 재차 추궁했다.

이군영은 다시 한 번 무서운 인내력을 발휘해야만 했다. 그는 한 번의 심호흡으로써 복잡한 심사를 진정시킨 뒤, 강포의 목 없는 시신을 가리키며 말했다.

"저자는 칠성노조의 수하입니다. 믿지 않으실지 모르지만, 소생에게는 노조의 수하로 하여금 목숨을 버리면서까지 일을 도모하게끔 강요할 명령권이 없습니다."

이때쯤이면 황우와 상위무, 두 거지들로부터 패악이 터져 나올 법도 한데, 그들은 아무 소리도 못 하고 있었다. 초점이 풀린 눈으로 망연히 허공을 응시하는 그들은 뇌가 빠져나간 인간들처럼 보였다. 어쩌면 그들의 뇌는 강포가 먹어치운 자기병 안에 담겨 있었을지도 모른다.

현유진인은 잠시 이군영을 바라보다가 태청보검을 거두었다. 그는 약실藥室을 관리하는 제자, 수본 도장에게 말했다.

"수경을 치료해 주고, 회천옥령단回天玉靈丹을 가져오너라."

회천옥령단은 소림사의 대환단大丸丹과 더불어 강호의 이 대 영단靈丹으로 알려진 희대의 영약이었다. 현유진인은 수본 도장이 가져온 회천옥령단 한 알을 우근에게 먹인 뒤, 명문혈을 통해 진기를 주입함으로써 약력이 혈맥을 따라 흐르도록 도와주었다.

잠시 후, 우근의 등에서 손을 뗀 현유진인은 망연자실해 있는 황우에게 다가가 그 어깨를 두드려 주었다.

"회천옥령단이 노독물의 독을 해독할 수 있다고는 믿지 않네. 하지만 어느 정도의 시간은 벌어 줄 수 있을 게야. 부끄럽지만 빈도가 우 방주를 위해 해 줄 수 있는 일이라고는 이것이 전부라네. 본 파로 옮겨 치료해 주고 싶은 마음은 굴뚝같지만, 그것이 힘들다는 것은 자네가 더 잘 알 터. 이제 우 방주의 생사는 자네의 손에 달린 셈이네."

황우는 닭똥 같은 눈물을 뚝뚝 흘렸다.

"진인 어른께서는 최선을 다하셨네요. 이 은혜는 영원히 잊지 않겠네요."

말만으로는 부족했는지 현유진인을 향해 몇 번이고 고개를 조아린 황우는 바닥에 앉혀진 우근을 둘러업었다. 상위무가 비틀거리면서도 그 일을 도왔다.

두 거지의 힘겨운 작업을 묵묵히 지켜보던 현유진인이 이군영에게로 시선을 돌렸다.

　"빈도에게 마침 다른 곳에서 맛보기 힘든 좋은 차가 들어왔소이다. 빈도는 공자를 비롯한 여러 동도분들과 더불어 끽다를 즐기고자 하니, 부디 빈도의 청을 거절하지 말아 주시길 바라오."

　이군영은 씁쓸하게 웃었다. 말이 좋아 초청이지, 현유진인은 그가 더 이상 우근 일행을 핍박하지 못하도록 발을 묶어 놓으려는 속셈인 것이다. 더욱 씁쓸한 사실을, 지금의 이군영은 그런 속 보이는 초청조차 거절할 입장이 못 된다는 점이다.

　"진인께서 그토록 칭찬하시는 차라면 소생도 꼭 한 번 맛보고 싶군요."

　"그렇게 말씀하실 줄 알았소이다."

　현유진인은 늙수그레한 웃음을 흘린 뒤, 네 명의 제자로 하여금 우근 일행을 산 아래까지 전별하도록 명했다.

　이군영은 무당 제자들에게 둘러싸인 채 산 아래로 멀어지는 우근 일행을 바라보면서, 하늘 아래 완벽한 계획이란 존재하지 않는다는 사실을 다시 한 번 절감할 수 있었다.

　청갑귀산의 독성을 믿지 못한 것은 아니지만, 그럼에도 불구하고 우근은 죽지 않으리라는 예감이 뇌리를 떠나지 않았다. 세상에는 상식의 한계를 뛰어넘는 끈질긴 인간이 있었다. 오늘 밤 이군영이 지켜본 바, 우근이 바로 그런 인간이었다.

　"모사재인謀事在人이나 성사재천成事在天이라더니……."

　이군영은 작게 중얼거린 뒤 발길을 돌렸다.

다음 권으로 이어집니다